VASTES ÉMOTIONS ET PENSÉES IMPARFAITES

DU MÊME AUTEUR

LE CAS MOREL ; BONNE ET HEUREUSE ANNÉE, Flammarion, 1979.

DU GRAND ART, Grasset, 1986.

BUFO & SPALLANZANI, Grasset, 1989.

RUBEM FONSECA

VASTES ÉMOTIONS ET PENSÉES IMPARFAITES

roman

traduit du portugais (Brésil)
par

PHILIPPE BILLÉ

BERNARD GRASSET
PARIS

L'édition originale de cet ouvrage a été publiée en 1988 par Companhia das Letras, São Paulo, Brésil, sous le titre :

VASTAS EMOÇÕES E PENSAMENTOS IMPERFEITOS

Ouvrage traduit avec le concours de la Société Vitae
et de l'Institut National du Livre, Ministère de la Culture du Brésil

I

La lymphe du labyrinthe

1

Je me réveillai en essayant désespérément de me raccrocher à quelque chose, tout tournait autour de moi, je faisais une chute incontrôlée dans un abîme sans fond. Je tâchai de fixer mon regard sur le trait de lumière matinale qui perçait entre les rideaux. La rayure laiteuse tremblait rapidement. Le fait de tourner ma tête vers la luminosité de la fenêtre avait rendu ma chute encore plus vertigineuse. Je restai immobile, les yeux fixés sur la ligne de lumière, en attendant que la crise passe.

Je devais déménager ce jour-là. Après ce qui s'était passé, je ne voulais pas vivre ici un jour de plus. J'entendis la sonnette. Ce devaient être les déménageurs. Si ma crise continuait, je n'allais pas pouvoir me sortir de mon lit. Les déménageurs repartiraient sans avoir fait leur travail.

Tout en maintenant mon corps immobile, je tendis la main et attrapai mes médicaments sur la table de chevet. Je mastiquai une pilule jusqu'à la transformer en une pâte répugnante que j'avalai avec difficulté, et j'eus envie de vomir ; ce ne furent heureusement que quelques spasmes violents qui me firent trembler, mais qui accrurent mon hébétude. Ce médicament faisait parfois de l'effet rapidement, d'autres fois non. Deux heures plus tard, après que j'eus avalé, avec la même nausée douloureuse, une seconde pilule, la crise passa. Je pus alors me lever et ouvrir la porte.

Les déménageurs attendaient, assis par terre dans le couloir de service. Nous nous mîmes au travail.

Mon nouvel appartement se trouvait au quatrième étage d'un immeuble sans ascenseur. Sans ascenseur : c'était important. Je faisais disparaître Ruth de ma mémoire, après l'avoir fait disparaître de ma vie.

Le déménagement fut terminé à onze heures du soir. Je pris congé des déménageurs. Des meubles, des livres, des vêtements et divers objets étaient éparpillés dans mon nouvel appartement. Je mis à l'écart de ce désordre le cheval de Rouault et la valise contenant le journal et les affaires de Ruth ; puis je m'allongeai dans mon lit avec le journal de Ruth posé sur ma poitrine. Je n'eus pas le courage de l'ouvrir. J'éteignis la lumière. De quoi allais-je rêver cette nuit-là ? Mes vertiges me reprendraient-ils ? Liliana disait que j'avais l'air d'un mort quand je dormais (et rêvais) les yeux ouverts. Ruth disait la même chose. Non, je ne veux pas parler de Ruth. Pas encore.

Maintenant qu'aucune femme ne m'épiait, je pouvais avoir l'air d'un mort sans qu'on me dérange.

Je rêve d'une grande femme, qui doit se pencher pour m'embrasser. Mais je ne vois aucune femme, car je fais des rêves sans image. Pour un cinéaste, c'est plutôt étrange. Je sais que cette femme est dans mon rêve, je sais qu'elle porte un large chapeau ancien, d'où pend un voile qui couvre entièrement son visage, tout blanc, lumineux, phosphorescent — mais je ne vois rien. Je sais qu'elle a les yeux jaunes, c'est comme si je voyais cette femme, mais je ne la vois pas ; je n'entends pas non plus ses paroles, mais c'est comme si je les entendais. Je détiens un savoir sans sensation, une connaissance sans perception visuelle. Mon rêve est constitué d'idées.

Je fus réveillé par la sonnette de la porte de la rue.

Je me levai et allai à l'interphone. « Qui est-ce ? »

C'était une voix d'enfant : « Au secours, au secours, ils vont m'attraper ! »

J'appuyai sur le bouton qui commandait l'ouverture de l'entrée. J'ouvris la porte de l'appartement. Du petit palier, je regardai vers le bas des escaliers.

« Il y a quelqu'un ? criai-je.

— J'arrive », dit la voix enfantine, maintenant plus distincte, venant du bas des escaliers.

J'entendis le bruit de pas qui montaient doucement les marches.

Elle mit du temps pour apparaître sur le palier du troisième étage. Elle monta la dernière volée de marches encore plus lentement. Quand elle arriva à moi, elle sourit. Elle essaya de parler, sans y parvenir. Elle tenait dans ses mains, qu'elle plaça contre sa poitrine, un petit paquet de papier brun ; elle respirait difficilement. D'un geste, je l'invitai à entrer.

Arrivée dans le salon, elle se laissa tomber sur un des fauteuils. Elle me regarda, comme pour me demander de prendre patience et de la laisser retrouver son souffle.

« Merci beaucoup, dit-elle enfin, en haletant. Je m'appelle Angélica. »

Elle se tut. Également coi, je m'assis près d'elle. Peu à peu, la respiration d'Angélica revint à la normale.

« Qui vous poursuivait ?

— Je ne peux pas le dire. » Sa voix d'enfant n'était plus essoufflée.

« Pourquoi ?

— Ils me tueraient.

— Je vais appeler la police.

— Non ! cria-t-elle d'une voix stridente. Pour l'amour de Dieu !

— Alors, il vaut mieux que vous partiez.

— Je vous en prie.

— Partez », dis-je.

Angélica, arborant la moue de quelqu'un au bord des larmes, essaya de se relever du fauteuil mais n'y parvint pas. Je la pris par la main, pour l'aider. Ses mains étaient douces, chaudes, humides. Elle resta debout, tout près de moi. Je distinguai des poils collés sur son menton, espacés comme la barbe d'un adolescent. Angélica était une femme grosse, immense ; elle me parut soudain encore plus grande — comme un grand ballon de baudruche dans lequel on aurait encore soufflé pendant les quelques minutes de notre rencontre, et qui en même temps, parce qu'il aurait ainsi gonflé, serait devenu plus fragile et plus vulnérable. Mû par une impulsion, je lui dis : « D'accord, vous pouvez rester ici jusqu'au lever du jour. »

Angélica, qui me tenait toujours la main, émit un petit sanglot qui agita son ample poitrine. Ses yeux versèrent de grosses larmes. « Merci, merci ! »

« Couchez-vous sur ce canapé », dis-je sur un ton sec, pour

tenter d'empêcher que cette scène dramatique ne devienne encore plus mièvre.

Elle allongea son corps immense sur le canapé, qu'elle occupa en entier.

« Je ne pourrais pas vivre au quatrième étage d'un immeuble sans ascenseur. Je serais morte au bout d'une semaine, dit-elle.

— Je suis venu habiter ici justement parce qu'il n'y a pas d'ascenseur.

— A qui est ce fauteuil roulant ?

— A moi », dis-je en m'y asseyant. J'avais emporté le fauteuil roulant. Alors ? En fait, je ne voulais pas oublier ?

« Vous êtes triste ? demanda-t-elle.

— Oui. » A cette femme monstrueuse, je n'avais pas honte d'avouer que j'étais triste.

« Normalement, les hommes ne sont pas tristes. Du moins ceux que je connais. Pourquoi y a-t-il tout ce désordre chez vous ? Mon Dieu ! On dirait qu'un typhon est passé par ici. »

Aussitôt après avoir dit cela, elle s'endormit sans me laisser le temps de répondre. Elle ronflait, elle bourdonnait comme un hanneton.

Je regagnai ma chambre, fermai la porte et me recouchai sans ôter mes chaussures. Ruth détestait que je me couche avec mes chaussures. Je pris un livre et l'ouvris au hasard. Je ne sais combien de temps je passai à regarder les pages, sans lire.

Le jour se leva. Je me rendis au salon pour voir Angélica.

Elle était partie. Je ne sais comment elle avait pu sortir aussi discrètement. La porte de l'appartement était juste rabattue. Elle avait laissé son paquet de papier brun sur la table avec un mot écrit sur une page de garde arrachée à un livre. Ce n'était pas un livre auquel je fusse particulièrement attaché, mais ce geste prédateur me rendit furieux.

« Cher ami », l'écriture d'Angélica était serrée et difficile à lire, « merci beaucoup de m'avoir sauvé la vie. Dans le monde égoïste et cruel d'aujourd'hui, il est surprenant de rencontrer un homme aussi généreux que vous. Gardez-moi ce paquet, s'il vous plaît, cachez-le bien, je vais repasser le prendre un jour prochain. Votre amie Angélica. »

Mon amie Angélica. Je regardai le paquet. Qu'en faire ? Le mieux serait de le jeter. Comme je me dirigeais avec le paquet vers le vide-ordures, je repensai au producteur allemand que je devais rencontrer cet après-midi-là. Il fallait que je relise la lettre où il me faisait une proposition. Je reposai le paquet où je l'avais pris, sur la table, et partis chercher la lettre de Dietrich.

J'avais rendez-vous l'après-midi mais je sortis dès le matin, en laissant l'appartement sens dessus dessous. J'aimais déambuler dans les rues, pour voir les gens. Mais ce jour-là, je ne regardais personne, je pensais à Ruth, à Liliana, au travail infâme que je faisais pour mon frère télévangéliste, aux difficultés que j'affrontais pour obtenir le financement d'un nouveau film. De plus, pour la première fois de ma vie, j'éprouvais une sorte de méfiance, et même de crainte, envers les gens que je croisais — hommes dissimulés derrière leur barbe, femmes camouflées par des cosmétiques et des perruques, enfants ressemblant à des nains, ou vice versa. Les automobiles faisaient un bruit exaspérant et lâchaient une fumée noire, elles semblaient prêtes à m'écraser. Même le ciel, sans un nuage, arborait le bleu faux d'un Fra Angelico mal restauré. Que diable m'arrivait-il ?

Plus tard, j'eus faim et je me dirigeai vers un restaurant. Dans un kiosque voisin, j'achetai une revue de cinéma.

Peu de tables étaient occupées. N'importe qui peut retenir mon attention mais ce jour-là, dès que je fus assis, j'ouvris ma revue et me mis à lire sans regarder les gens qui m'entouraient. Je passai une commande au garçon et continuai de lire en attendant que le repas me fût servi. Mais à un certain moment, en levant mes yeux du magazine, je sentis que quelqu'un m'observait. Je regardai de côté et aperçus qu'un homme me surveillait discrètement. A cet instant, chacun de nous détourna rapidement son regard, comme s'il avait peur de l'autre.

Je me remis à lire. Mais à chaque instant le type me lançait des coups d'œil furtifs. Énervé, je le dévisageai ouvertement. L'homme me renvoya également un regard de défi.

Je remarquai alors que le type ressemblait à mon père, pendant ses derniers jours à l'hôpital, quand ses os saillaient sur son visage gris d'agonisant. J'éprouvai une douleur inattendue et si vive que les larmes me vinrent aux yeux. Comme le type de la table d'à côté observait ma tristesse, je lui demandai brutalement :

« Vous voulez me parler ? »

Je m'arrêtai subitement, et il fit de même, tandis que nos

regards, surpris, s'affrontaient. Dans ce restaurant aux murs couverts de miroirs, je ne regardais pas quelqu'un d'assis à une table voisine : je me regardais moi-même, mon propre reflet. C'était moi, cet individu émacié qui ressemblait à mon père. J'en eus le cœur glacé. Mon père avait presque quarante ans de plus que moi ! C'était donc le mien, ce vieux visage dévasté ?

« Vous n'en voulez pas ? » me demanda le garçon en désignant l'assiette qui était devant moi. J'étais resté un temps infini à songer, sans toucher au plat.

Je me remis à marcher dans les rues. Que diable m'arrivait-il ?

Mon père avait été un homme beau, avec de nombreuses maîtresses, et il avait fait du tennis, de la natation, il n'avait jamais attrapé une grippe — quand soudain il avait eu une hémorragie cérébrale. Il collectionnait les « péronnelles », comme ma mère les appelait, et les dépôts de bilan. Il avait possédé un magasin de fourrures, dans une ville où il faisait une chaleur d'enfer presque toute l'année. Il avait bien sûr fait faillite, mais jamais il n'avait eu de clientes aussi jolies, quoique si rares. Auparavant, il avait eu une chapellerie, mais les femmes avaient cessé de porter des chapeaux. A la fin, il tenait une petite mercerie — il avait toujours eu des magasins que fréquentaient surtout les femmes — rue Senhor dos Passos. Ma mère faisait de fréquentes apparitions dans la boutique, pour voir si quelque péronnelle s'y trouvait. Ils se disputaient parfois à l'heure du dîner, ou plutôt ma mère houspillait mon père, qui restait muet ; si elle ne s'arrêtait pas, il quittait la table et partait dans la rue. Alors, ma mère allait pleurer dans sa chambre. Moi, j'allais à la fenêtre, cracher sur la tête des passants et regarder l'enseigne lumineuse au néon du magasin d'en face. Ce genre de lumière me fascine encore aujourd'hui, et n'a jamais été bien mise à profit par le cinéma ni par la télévision. Quand mon père rentrait, bien plus tard, le chagrin de ma mère s'était dissipé, et je la voyais aller dans la cuisine lui préparer un verre de lait chaud. Un jour, il m'avait dit qu'il trouvait dommage que les hommes dussent être jugés comme des chevaux de course, sur le bilan de leur passé. « Le problème de ton père, m'avait un jour dit ma mère, c'est qu'il est très beau. » Elle n'avait pas eu à le voir paralytique, ni à nettoyer ses vêtements quand il y faisait ses excréments, ni à supporter l'incommensurable tristesse de son regard quand il pensait aux péronnelles. Car mon père était encore bel homme quand ma mère mourut.

L'impitoyable lucidité avec laquelle je repensais maintenant à mon père me remplit d'horreur — nous ne pouvons pas impunément voir les personnes que nous aimons telles qu'elles sont réellement. Pour la première fois, je venais de voir, dans ce miroir, son visage déchirant, son visage qui était le mien. Comment pouvais-je en être venu à ressembler à mon père, à lui, le malade ?

J'arrivai ponctuellement au Copacabana Palace à trois heures. Je téléphonai à Dietrich, dans sa chambre, et nous décidâmes de nous retrouver au bar de la piscine. Je ne le connaissais pas encore. Je tentai d'imaginer ses traits.

Il arriva vers moi la main tendue en disant « I'm Dietrich », flanqué d'une femme qui portait un livre.

« Je sais que vous êtes très occupé et je le suis aussi ; allons droit à l'essentiel », dit-il après avoir commandé des rafraîchissements. Nous parlions en anglais. « Nous avons vu votre film *La Guerre sainte,* qui va passer au Festival latino-américain de Berlin-Est, et nous voudrions que vous participiez à notre projet. »

Deux années s'étaient écoulées depuis que j'avais terminé *La Guerre sainte.* Les producteurs du film n'étaient pas encore parvenus à récupérer leur investissement.

« Vous avez vu mon film ?

— Oui, dit-il. Je l'ai beaucoup aimé. »

L'assistante de Dietrich semblait indifférente à notre conversation. Elle regardait avec intérêt les gens dans la piscine.

« Qu'avez-vous pensé de notre proposition ? »

Leur proposition, que j'avais reçue auparavant par courrier, était de faire un film en Allemagne d'après *Cavalerie rouge* d'Isaac Babel.

« Je ne peux pas encore vous répondre. J'ai été très occupé. »

La femme poussa vers moi le livre qui était devant elle. Finalement, elle n'était pas si absente que cela.

Je regardai le livre. *Collected Stories. Isaac Babel.* Sur la couverture, on voyait un homme robuste, presque gros, qui regardait de côté, avec un bonnet de cuir sur la tête, et un dolman à galons de fil doré et tressé, aux larges manches également bordées d'or. On aurait dit un type habillé pour un bal de carnaval des années vingt. J'avais déjà vu ce visage. Quand j'ai vu un visage, même en photographie, je ne l'oublie plus.

« Voici Babel. C'est là pratiquement tout ce qu'il a écrit.

— Je sais. Je peux garder ce livre ? Je pense que j'ai perdu le mien, tout au moins je ne sais pas où il est.

— Nous l'avons apporté pour vous. Nous aimerions que vous veniez à Berlin discuter avec nos collaborateurs. Vous comptez venir au Festival ?

— Je n'ai pas encore reçu de confirmation des organisateurs... Je n'ai pas reçu le programme, je n'ai pas encore de billet...

— Nous allons laisser un billet à votre disposition, à la Lufthansa. Correspondance à Francfort, avec la Panam. La Lufthansa n'entre pas à Berlin. Vieilles séquelles de la guerre. » Il rit. « Nous aimerions que vous veniez bientôt. Pour des discussions préliminaires. Tous les frais sont à notre charge, bien entendu.

— J'ai quelques choses à terminer.

— Nous pouvons attendre quelques jours. » En disant cela, il se leva. Il me tendit un carton. « Téléphonez pour annoncer le jour de votre arrivée. J'irai vous attendre à l'aéroport, à Berlin. »

2

Dietrich me fit l'impression d'être un type sérieux. En recevant sa lettre d'Allemagne, je n'avais pas accordé beaucoup d'importance à sa proposition, bien que je fusse désireux de recommencer à tourner. Mais après notre entrevue, cette proposition me semblait plus digne d'intérêt.

Je m'enfermai dans mon appartement pour lire et relire Babel, en prenant des notes. Au début, je n'étais motivé que par l'envie de filmer, après avoir passé deux années sans travailler, à part quelques films publicitaires pour la télévision. Mais mon intérêt s'accrut à mesure que je relisais les contes de Babel.

J'étais en train de rédiger la partie du scénario qui décrit la mort de Dolgouchov, pour me faire une idée des potentialités du texte de Babel, quand mon frère José, le télévangéliste, m'appela. Il voulait me parler du film que je préparais pour son émission télévisée hebdomadaire. Il me téléphonait tous les jours pour me faire des suggestions.

« Il faut que je touche le cœur des fidèles. Tu as fait un bon travail, me dit-il, mais je pense que je dois être plus direct, comme les Américains, dire que j'ai besoin d'argent pour les crèches, l'hospice de vieillards... »

Une conversation détestable. Je convins de passer chez lui, à Ipanema, à neuf heures du soir.

Je retournai à la mort de Dolgouchov. Babel ne dit pas comment le cosaque Afonka donne le coup de grâce à Dolgouchov. Voici comment Babel décrit la scène : « Ils parlèrent rapidement. Aucun mot ne me parvint. Dolgouchov remit ses papiers au commandant de l'escadron. Afonka les rangea dans son sac et tira un coup de feu dans la bouche de Dolgouchov. » C'était bien meilleur que ce que j'en faisais dans mon scénario. Le lecteur n'avait pas besoin de savoir comment Afonka avait tiré dans la bouche de Dolgouchov, il n'avait pas besoin de détails pour voir et sentir, enfin, pour imaginer ce qui se passait. On ne disait pas au lecteur comment était le visage d'Afonka, ou celui de Dolgouchov, au moment du coup de feu, mais le lecteur savait tout ce qui importait à ce moment, dans sa perspective de lecteur. Dans le film, je pouvais par exemple cadrer Lioutov avec la caméra, et le coup de grâce se réduirait à un son off, mais le récit y perdrait de sa force. Je pouvais aussi montrer le paysage, le ciel ou n'importe quoi d'autre, pendant qu'on entendrait la détonation. Ce serait une piètre astuce syntaxique qui affaiblirait encore plus la scène et priverait le spectateur de la tension créée par Babel. Mais cela avait-il la moindre importance ? Qui, parmi les millions de semi-analphabètes fabriqués par les institutions d'enseignement, les consommateurs d'un art facile représenté par la pop music, le cinéma et la télévision, connaissait Babel ? Ils ne connaîtraient Babel que par mon film. C'est-à-dire très peu.

Il était temps que je parte voir mon frère. Dans le taxi, je réfléchissais : Afonka tire un coup de feu dans la bouche de Dolgouchov. Très bien. Il tire un coup de quoi ? De fusil ? Babel ne le dit pas. J'avais imaginé qu'Afonka se servait d'un revolver. Comment serait la scène avec un fusil ?

Il était onze heures passées quand j'arrivai à la grande villa de José, l'une des dernières qui subsistaient à Ipanema.

Seul dans le salon, il regardait la vidéo que j'avais faite. Il ne portait pas la ceinture dont il avait l'habitude de se servir pour cacher le volume de son ventre à ses fidèles. « Tu es en retard », dit-il avec douceur. Il détestait attendre, mais il avait appris à contrôler son exaspération. Il la réservait pour ses prédications, quand il invectivait le péché et le démon. « Gislaine est déjà couchée. » Gislaine était la femme avec laquelle il s'était marié, quand il vendait encore des voitures d'occasion.

Il rembobina la vidéo. « J'aime bien ton film, tu sais. La photo est belle, je suis bien. J'ai bien aimé l'idée de montrer ce couple, la fille qui croit dès le début à ce que je dis et le gars qui doute, puis qui finit par être convaincu, quand je termine ma prière, et qui hoche la tête pour approuver ce que je dis.

— Tu trouves ça dans les films publicitaires de n'importe quel télévangéliste », dis-je, tout en sachant qu'il n'aimait pas être désigné par ce mot. Mais il feignit d'ignorer mon observation.

« Seulement là, peu avant la fin, dans cette séquence, on pourrait rajouter ce dont je t'ai parlé. » Il arrêta l'image. « Là, je pourrais lancer un appel direct, sincère, aux membres de la congrégation, pour qu'ils contribuent au rayonnement de notre Église et au financement de nos œuvres sociales. Sans hypocrisie. Comme l'a dit le prophète Malachie : " Apportez intégralement la dîme à la salle du trésor. Qu'il y ait de la nourriture dans ma maison. Mettez-moi donc à l'épreuve à ce propos[1] ". Quelque chose de direct. »

Son Église, c'était l'Église évangélique de Jésus Sauveur des Ames. Plus de dix mille personnes aidaient l'Église chaque mois, volontairement, en donnant une partie de leur salaire. Pour la plupart, des femmes de ménage et des ouvriers qui touchaient le salaire minimum.

« Malachie... dis-je.

— Ce nom signifie Ange du Seigneur. C'est le dernier des douze petits prophètes. »

José savait vendre. Il avait arrêté ses études, encore enfant, pour faire du commerce. Il avait été marchand ambulant de pacotille de contrebande, puis avait vendu des encyclopédies au porte-à-porte, puis des voitures d'occasion, et il vendait maintenant le salut des âmes.

Nous repassâmes le film plusieurs fois. Quand il eut obtenu de moi la promesse que je rajouterais les séquences qu'il voulait, il m'invita à prendre un whisky. Il me demanda alors ce que je penserais du fait qu'il se présente à un poste de sénateur aux prochaines élections. « Nous, les évangélistes, nous avons besoin d'une forte représentation au Congrès. Mais je me demande si, pour le moment, ça ne porterait pas préjudice à mon Église. Nous sommes en pleine croissance, ce n'est peut-être pas le moment de disperser mes efforts. »

Il s'arrêta de parler et avala une gorgée de whisky. Je restai silencieux. J'aperçus une étincelle de connivence dans son regard. « Je vais te surprendre », dit-il en avalant une autre gorgée. Je m'aperçus qu'il hésitait ; mais il était parti pour cette révélation : « Mon frère, le jour n'est pas loin où nous aurons un pasteur à la Présidence de ce pays. »

---

1. Traduction dite « œcuménique » de la Bible. *(N.d.T.)*

Je sortis de chez José déprimé, comme chaque fois que je lui rendais visite. Il ne possédait pas les qualités essentielles — l'amour, la compassion, la charité, la tolérance. Il n'aimait pas son prochain, ce qui ne l'empêchait pas, contrairement à ce qu'on pourrait croire, de beaucoup s'aimer lui-même.

Il était tard dans la nuit, mais il y avait encore beaucoup de monde dans le quartier du bas Leblon. Je me rendis à la Pizzaria Guanabara, où je mangeai une pizza debout au comptoir qui donne sur l'avenue Ataulfo de Paiva, entre des chauffeurs de taxis, un couple d'homosexuels et une prostituée. Puis je traversai la rue et me dirigeai vers chez moi. Je passai devant plusieurs jeunes gens assis sur les marches de l'entrée d'une banque, garçons et filles, dont certains drogués, attendant le dealer, d'autres attendant le client, attendant Godot, attendant le film (moi, certainement), attendant la fin de la nuit, la fin de leur vie. J'étais perdu dans ces élucubrations quand une fille se leva des marches de la banque et vint vers moi. Elle portait un jean serré, elle avait de grosses jambes et des bras fins. Le maquillage de sa bouche et de ses yeux, ses cheveux noirs, donnaient à son visage très blanc une fragilité morbide.

« Salut », dit-elle.

Je m'éloignai. Elle me poursuivit et, tandis que nous marchions, me prit par le bras.

« Je t'ai dit salut et tu m'as pas répondu. »

Je m'arrêtai. Je la regardai bien. Elle avait tout au plus seize ans.

« Qu'est-ce que tu veux que je te dise ?

— Dis-moi salut aussi, au moins.

— Salut.

— Tu veux pas me payer à bouffer au Guanabara ? »

Je réfléchis silencieusement.

« Après je vais chez toi, si tu veux. »

Le visage de la fille était décent et digne, quoique pervers, c'était peut-être une étudiante qui se prostituait pour acheter de la drogue. Quoi qu'il en fût, elle promettait tendresse et soulagement.

« Comment tu t'appelles ?

— Dani.

— Allons-y », dis-je. Nous traversâmes la rue pour retourner vers le Guanabara.

« Je peux commander un steak-frites ?

— Tu peux commander ce que tu veux. »

Quand son assiette arriva, Dani me demanda : « Tu vas rien manger ?

— Je n'ai pas faim. »

Elle mangea avec voracité. Entre deux bouchées, elle s'arrêtait et souriait gentiment. Elle mâchait tantôt d'un côté, tantôt de l'autre, c'était harmonieux, salubre, bovin, parfait, enviable.

« Alors ? dit-elle.

— Alors quoi ?

— Et maintenant ?

— Et maintenant quoi ?

— Maintenant.

— Maintenant quoi ?

— Maintenant. »

Nous étions debout sur le trottoir.

« Bonne nuit », dis-je.

Elle me prit par le bras. « J'ai des capotes, faut pas avoir peur.

— Ce n'est pas ça. Je suis fatigué. »

En arrivant chez moi, je m'assis dans un fauteuil et je restai à regarder le plafond. Le journal de Ruth était toujours par terre. Le désordre de la maison semblait avoir empiré.

Je me remis à travailler au scénario, je devais décider de ma réponse à Dietrich, il ne m'avait donné qu'une semaine.

Je récrivis la scène, à partir du moment où Lioutov et Grichtchouk trouvent Dolgouchov par terre, appuyé contre un arbre. Il a les jambes allongées, écartées, ses bottes sont sales et abîmées ; son ventre est déchiré et ses tripes apparaissent, ainsi que son cœur, qui bat. Dolgouchov demande à Lioutov de le tuer : « Les Polonais vont revenir et faire leurs saloperies. Voilà mes papiers. Tu vas écrire à ma mère et lui dire comment les choses se sont passées. » Mais Lioutov n'a pas le courage de le tuer et il éperonne son cheval pour s'écarter. Dolgouchov s'écroule, après avoir regardé la paume bleuie de sa main. « Très bien, sauve-toi, salaud. » Alors survient Afonka, qui demande ce qui se passe.

Je finis par rédiger comme ceci :

Afonka s'approche de Dolgouchov. Il saute de son cheval. Les deux hommes se parlent, celui qui est debout couvert de poussière, rayonnant de force, et le moribond étendu par terre. Lioutov, qui les observe de loin, n'entend pas ce qu'ils disent. Dolgouchov donne ses papiers à Afonka. Afonka les range dans sa poche. Puis il va jusqu'à son cheval et décroche son fusil de l'arçon. Puis, à pas lents mais fermes, il revient auprès de Dolgouchov, tournant le dos à la lumière du coucher du soleil. Dolgouchov, en s'appuyant sur ses coudes, redresse un peu sa tête et regarde Afonka. Afonka enfonce le canon de son fusil dans la bouche consentante de Dolgouchov et tire.

Il était tard lorsque j'éteignis la lumière pour dormir. Dormir, pour moi, c'était — c'était quoi ?

Rêve. A mes côtés, une femme sans visage, les lèvres couvertes d'une écume blanche, avec des fissures noires au milieu du corps, exhale une forte odeur de cadeau empaqueté. (En fait je ne vois pas cela, mais c'est ce qui se produit.) « Tu as honte de danser devant moi », lui demandai-je — est-ce Ruth, la femme sans visage? —, « honte de moi qui ai les mains calleuses et des cicatrices sur la queue, et qui ai dansé sur le sol carrelé de la rue Vieira Fazenda, en embrassant une fille qui avait dans la bouche une dent postiche foncée ? » Fer et feu dans ma tête, braise sur mes rétines, salive et sueur, merde et pisse, os, muscles. Il est trois heures, les voisins sont endormis devant leur téléviseur couleur. Une voix : « Attention à la blessure au front ! » La photo de ma mère, dans un passe-partout bordé de nacre, occupe tout l'écran invisible.

3

La sonnerie du téléphone me réveilla.

Je reconnus aussitôt sa voix : « C'est vous qui m'avez aidée l'autre nuit, quand des voyous me poursuivaient ? C'est vous qui m'avez ouvert la porte ?

— Angélica ?

— Ah, tu te rappelles mon nom ? Écoute, je t'appelle au sujet de la petite boîte que j'ai laissée là-bas. Tu me l'as bien gardée ?

— Elle est ici, quelque part.

— Quelque part ! ? Mon Dieu, quelque part ! Tu l'as perdue ? » Elle criait, de panique. « Ça vaut très cher, regarde si tu la trouves, je t'en prie. »

Je lui demandai d'attendre un peu. J'allai dans le salon. Le paquet de papier brun était resté à l'endroit même où Angélica l'avait laissé.

« Il est là, ne vous en faites pas », dis-je.

Angélica poussa un petit cri de soulagement.

« Écoute, ne laisse pas traîner cette petite boîte. Ta maison est très désordonnée. Ce n'est pas qu'il y ait dans cette boîte quelque chose qui vaille très cher, je rigolais, mais il vaudrait mieux que tu la ranges bien, pour moi. Quelqu'un peut passer et la prendre. » Sa voix se fit enjôleuse. « Range-la bien, pour moi ... Promets...

— Je ne veux pas être responsable de cette, ce — mais qu'est-ce qu'il y a, dans ce paquet, enfin ?

— Des petites quincailleries. Auxquelles je tiens. Un de ces jours, je vais passer les prendre. Mais range-les. Mets-les dans un tiroir. Promets-moi de les mettre dans un tiroir. Quelque part dans ton bataclan, il doit y avoir un tiroir. »

Pour clore la conversation, je promis de ranger le paquet dans un tiroir.

« Tu es un ange », dit Angélica pour conclure.

Je passai le reste de la nuit à lire Babel. A chaque instant, cependant, je pensais à Ruth. J'avais déménagé pour l'oublier, mais j'avais rapporté son fauteuil roulant avec moi. Mais je ne veux pas parler de ça. Pas maintenant.

Plus tard, j'allumai la télé pour voir le journal de midi et j'appris une nouvelle qui m'étonna.

Je n'aime pas la télévision. J'admets que la télévision est peut-être mon avenir et celui de tous les cinéastes, hélas. Sombre scénario : la télévision, après avoir assuré sa position de principal véhicule de loisir et d'information, devient l'unique moyen de communication de masse, géré par des crétins et/ou de sinistres profiteurs, qui apportent une gratification falsifiée et émotionnellement délétère à un public passif et apathique, facilement manipulable par des démagogues ; tout le monde, toutes les classes sociales (les riches utilisant des écrans géants, de la taille des écrans des anciens cinémas, lesquels, transformés en pharmacies ou en agences de banques, n'existent plus) passent la majeure partie de leur temps à regarder la télévision, en moyenne douze heures par jour — beaucoup laissent la télévision allumée même quand ils dorment.

Ce scénario me déplut. Il renforçait le préjugé existant contre la culture de masse. Pourquoi dire du mal de la culture de masse ? Elle reflète et exprime les valeurs morales et esthétiques de la majorité des gens et influe, à son tour, sur les idées, les sentiments et les comportements de ces mêmes personnes, en une circularité corrompue. Évidemment, les entrepreneurs de la culture de masse ne pensent qu'au profit. Mais n'est-ce pas la meilleure manière de produire quelque chose ? Des pommes de terre, des ordinateurs, de la bière, des livres ? Et qui ne pense pas au profit ? Quel artiste, penseur, savant, ne pense pas à quelque forme de profit en exerçant son activité ? De nos jours, la production de biens culturels, pour avoir cessé d'être une activité condamnée à la catharsis ou au dilettantisme, ne s'est pas nécessairement transformée en une chose méprisable. L'artiste est un professionnel comme n'importe quel autre. Mais je ne devais pas perdre mon temps à penser à cela. J'avais d'autres scénarios à écrire.

La nouvelle qui me préoccupa concernait l'assassinat mystérieux d'une femme nommée Angélica Maldonado. Angélica Maldonado, disait le journal télévisé, avait conquis une notoriété dans des défilés de déguisements de luxe, à l'époque du carnaval. Son corps mutilé avait été retrouvé par sa femme de ménage. La police pensait qu'elle avait été torturée avant sa mort. Un dénommé Aureo de Negromonte, « fameux artiste de carnaval et lauréat de défilés », selon la télé, affirmait que la mort d'Angélica était une perte irréparable pour le carnaval brésilien. Le défilé du carnaval de cette année, d'après Negromonte, était irrémédiablement affecté. On vit une photo d'Angélica portant une robe à longue traîne, couverte de pierreries et de nombreuses plumes.

L'excitation me gagna quand je la reconnus. C'était la grosse femme qui était venue chez moi. « Ils me poursuivent », avait dit Angélica cette nuit-là. Qui que ce fût, « ils » étaient parvenus à l'attraper.

Je cherchai le numéro de la police dans l'annuaire. Je fis le 190. Une voix féminine répondit : « Radio-patrouille, bonjour. »

J'hésitai. Qu'allais-je dire ? Ce n'était certainement pas la propriétaire de cette voix féminine qui allait écouter mon histoire. Elle me passerait une autre personne, qui m'en passerait une autre, et une autre encore. J'imaginai des hommes menaçants, en blouson de cuir, un bonnet de laine sur la tête, brandissant des fusils à canon scié, qui envahiraient mon appartement et m'emmèneraient en pleine nuit pour aller déposer dans un commissariat sinistre. De plus, je ne savais rien de cette histoire, pas même ce qu'il y avait dans le paquet de papier brun qu'Angélica avait laissé chez moi et m'avait demandé de garder.

« Excusez-moi, c'est une erreur », dis-je.

Je pris le paquet dans le tiroir, parmi les chemises. J'entendis un tintement cristallin que je n'avais pas remarqué auparavant. Je pris un couteau et coupai la ficelle qui attachait le paquet.

C'était une boîte en carton, sur laquelle était écrit *Maison Turuna — Tissus — Lit et Table — Mercerie — Articles pour le Carnaval et l'Umbanda*[1]. Je l'ouvris. La boîte contenait plein de

1. *Umbanda :* religion d'origine africaine, au Brésil. *(N.d.T.)*

pierres bleues, vertes, rouges, de différentes tailles. La quincaillerie mentionnée par Angélica. J'en plaçai une à contre-jour. A son éclat, on eût dit une pierre précieuse. J'imaginai un instant que c'étaient des émeraudes et des rubis de valeur. En en prenant une autre dans la boîte, je revis les mots à l'encre bleue, *Articles pour le Carnaval.* J'en déduisis raisonnablement que ce devaient être de vulgaires pierres qu'Angélica utilisait pour ses déguisements de carnaval, elles étaient toutes colorées. Je continuai cependant de placer les pierres à contre-jour, elles avaient toutes un éclat qui me fascinait de plus en plus. Et si elles étaient authentiques ? Je pensai à mon ami Maurício, propriétaire de la Florentino, l'une des plus grosses entreprises de commercialisation de pierres précieuses du Brésil.

Il n'était pas facile d'arriver jusqu'au bureau de Maurício à la Florentino. Les mesures de sécurité étaient très strictes. En bas, le magasin occupait tout le rez-de-chaussée de l'immeuble. Devant, plusieurs vigiles en civil observaient attentivement les gens qui entraient. A l'accueil, le portier me donna un badge en échange de ma carte d'identité. Un vigile armé monta avec moi dans l'ascenseur. Dans cet ascenseur, comme partout où je passai sur le chemin du bureau de Maurício, il y avait des caméras vidéo qui enregistraient mon parcours.

Je dus franchir plusieurs portes, dont les unes ne s'ouvraient que quand les autres étaient fermées, avant de trouver Maurício.

« Comment sont les émeraudes ? demandai-je.

— Les émeraudes ? »

Il rit. Ma consultation devait le surprendre. « C'est pour un film que je suis en train de tourner, ajoutai-je.

— Eh bien... elles sont vertes... plaisanta-t-il.

— Je sais qu'elles sont vertes. Mais, c'est-à-dire, je m'intéresse vraiment aux pierres précieuses.

— Tu veux tout savoir ? Ça fait beaucoup.

— Le plus possible, pour un ignorant. »

Maurício rit. Il avait toujours eu un sens de l'humour qui me déplaisait, je déteste les gens ironiques et je suis fâché contre moi-même quand je m'aperçois que je me conduis de cette façon, mais c'était mon ami et je laissai tomber.

« Je parle sérieusement, c'est pour cela que je suis venu jusqu'ici te faire perdre ton temps.

— Tu veux en savoir le plus possible ? » Autre sourire. « Les émeraudes sont une variété de béryl. Selon la table de dureté de Mohs, elles ont un indice de 7,30-8 ; leur densité relative est de 2,67-2,78 ; cassure : conchoïde, irrégulière, en éclats ; système cristallin hexagonal, prisme à six côtés, cristaux allongés ; indice de réfraction 1,576-1,582 ; biréfringence-0,006 ; dispersion 0,014 ; polychroïsme défini : vert, bleu verdâtre et même jaune verdâtre ; spectre d'absorption...

— Ça suffit, dis-je.

— En langage d'ignorant, les émeraudes ont, naturellement, une forme hexagonale. Tous les cristaux d'un minéral déterminé présentent le même type de symétrie.

— Et les diamants ? Ne me parle pas de biréfringence ni de toute cette merde.

— Les diamants se cristallisent isométriquement, en formant un hexaèdre régulier, ou bien avec huit côtés triangulaires, en forme d'octaèdre.

— Et les rubis ?

— Ce sont des corindons, rouges, très précieux. Système cristallin hexagonal, ou trigone, prismes à six faces, rhomboèdres.

— Elles sont grandes, les émeraudes ?

— Au musée de Leningrad, il y en a une qui pèse plus de deux kilos. Au Pérou, il y en avait une de la taille d'un œuf d'autruche, que les indigènes adoraient et qu'ils appelaient la *Mère des Émeraudes.*

— Il y a beaucoup d'émeraudes au Brésil ?

— Il y en a. Mais les meilleures viennent de la mine de Muzo, en Colombie. Il y en a encore de belles dans d'autres endroits, au Zimbabwe, en Inde...

— L'émeraude, c'est la même chose que l'aigue-marine ?

— L'aigue-marine, l'émeraude, le morillon, sont tous des béryls, mais leur polychroïsme, leur spectre d'absorption, leur iridescence, leur opalescence, leur astérisme, leur brillance sont différents et établissent des caractéristiques esthétiques propres à chaque variété. Une Émeraude, c'est une Émeraude, une Aigue-Marine, c'est une Aigue-Marine. Tu comprends ? Une Rose, c'est une Rose, c'est une Rose. »

Nous restâmes un moment silencieux. Quelque chose en Maurício m'inquiétait, mais je ne savais quoi.

« Si le film se passe au Brésil, il vaut mieux que les pierres soient des aigues-marines. Les plus importants gisements de cette pierre sont au Brésil. Si ça t'intéresse vraiment, je vais te montrer des pierres, pour que tu te fasses une meilleure idée.

— C'est cher, les émeraudes ? Tu sais pourquoi je te demande ça ? Je crois que j'ai une émeraude, chez moi.

— Tu as une émeraude chez toi. Et alors ?

— Je crois que j'ai aussi un diamant. Parle-moi encore des diamants. Ne me raconte pas tous ces trucs. Dis-moi seulement des choses simples, par exemple, s'ils sont incolores et s'ils brillent beaucoup.

— Ils brillent beaucoup, mais ils ne sont pas toujours incolores. Ils peuvent être jaunes, verts, bleus, rougeâtres ou noirs. Il n'y a rien de comparable à leur dureté. Dix, sur l'échelle de Mohs. Leur clivage est parfait.

— Comment puis-je savoir si les pierres dont je suis en possession ont de la valeur ou pas ? Je crois que j'ai aussi un rubis.

— Tu ne peux pas le savoir.

— Le diamant a plus de valeur parce qu'il est plus dur et qu'il brille plus ?

— C'est plus ou moins ça.

— La dureté et la brillance comme paramètres de la valeur. Comme pour les gens. Intéressant », dis-je. Même Fleming avait choisi un bon titre, pensai-je, *Diamonds are Forever,* mais le film de Guy Hamilton était médiocre.

« Tu as vraiment ces pierres ou ce sont des imitations ? Apporte-les ici pour que je les examine. Un verre ordinaire fait de cristal de roche pure, de plomb rouge et de carbonate de potassium peut tromper bien des profanes. Pas plus tard que l'autre jour, un de nos clients a acheté des rubis qui étaient en fait des pierres mêlées d'oxyde d'aluminium. On peut produire un rubis synthétique en utilisant la technique de Czochralski, développée par les laboratoires Bell, aux États-Unis. C'est presque comme un Mogok. » L'expression de Maurício avait changé. Ou plutôt, sa façon de me regarder avait changé ; il ne manifestait pas de sympathie, comme je l'avais supposé avant. Cela me mit mal à l'aise. « J'aimerais voir ces pierres, dit-il.

— Je vais te les apporter, un de ces jours.

— N'oublie pas de le faire. » Pause. « Au fait, pour l'histoire de Ruth. Je suis vraiment désolé, tu vois.

— Oui, merci. » Pour avoir l'opinion de Maurício, fallait-il donc que je l'entende parler de Ruth ? « Je préfère ne pas en parler.

— Excuse-moi », dit Maurício. Un silence gêné s'établit entre nous. Il chercha quelque chose à dire et trouva finalement : « Tu sais pourquoi mon entreprise s'appelle Florentino ?

— Non.

— Tu te rappelles la fois où nous avons parlé de rêves ? Tu m'avais dit que tu avais une manière bizarre de rêver. »

Parlais-je donc de mes rêves à tout le monde ?

« Et je t'ai dit que moi aussi, j'avais un rêve bizarre. Tu t'en souviens ? »

Je ne m'en souvenais pas.

« C'est toujours le même rêve. Au sujet du diamant *Florentino*. J'ai commencé à en rêver à l'époque où je travaillais chez H. Stern. Il y a des diamants plus célèbres que le *Florentino* — le *Cullinan*, le plus gros de tous, qui ornait le sceptre d'Edouard VII et qui se trouve aujourd'hui dans la Tour de Londres ; le *Dresden* ; le *Hope* ; le *Koh-i-Noor*, dont le nom, qui signifie Montagne de Lumière, lui a été donné par le shah de Perse en 1739 ; le *Nassak*, qui a été dérobé dans un temple de Çiva par les Anglais, en 1918. On connaît pour chacun son histoire et l'endroit où il se trouve. Mais le *Florentino* est entouré de mystère. En 1657, il était en possession de la famille Médicis, à Florence — d'où son nom. Il a peut-être d'abord appartenu à Cosimo, l'ami des arts, le mécène de Donatello, Brunelleschi, Della Robbia, ou peut-être à son petit-fils Lorenzo, poète et assassin, faiseur de papes, mécène, tyran immoral qui a fait de Florence l'État le plus développé du Moyen Age. On ne sait pas. Ce qui est certain, c'est que celui qui s'est défait de cette pierre ne peut être que Cosimo III — faible, vaniteux, hypocrite — ou alors son fils Giovan Gastone, un jouisseur, encore plus dissipé que son père, soumis au clergé et aux pays étrangers, et qui a fini de ruiner la maison Médicis et son pays. Entre 1723, date à laquelle Giovan Gastone est monté sur le trône, et 1737, date de sa mort, le diamant *Florentino* a cessé de faire partie des biens des Médicis pour se retrouver dans la couronne des Habsbourg, précisément celle de Charles VI, devenu empereur d'Autriche en 1711. Le *Florentino* est resté presque deux cents ans entre les mains des Habsbourg, jusqu'à la fin de la Première Guerre. Alors, le président des États-Unis, Wilson, a exigé que soient respectés les droits des peuples de ce qui formait l'Empire austro-hongrois. La Hongrie, la Tchécoslovaquie, la Yougoslavie sont devenues des États souverains. Le 11 novembre 1918, l'empereur Charles Ier a renoncé au trône et la République a été proclamée le lendemain. Alors, plusieurs choses se sont produites : les Habsbourg ont été bannis en 1919, Charles Ier est redevenu un moment empereur de Hongrie mais il est mort en 1922. Pendant cette période, le *Florentino* a disparu. Comment un diamant considéré comme parfait, de 137,27 carats, d'une valeur incalculable, a-t-il pu s'envoler ?

— Coupé en morceaux ?

— Aucun lapidaire au monde n'aurait eu le courage de commettre un acte aussi sauvage, aussi brutal, aussi stupide. » Maurício fit une grimace horrifiée. « Maintenant, voici mon rêve. Dans ce rêve, je sais où se trouve le *Florentino*. Dans un énorme coffre rempli de quincaillerie, dans le grenier d'une grande maison ancienne. »

Maurício me serra fortement le bras.

« Je vois tout, dans ce rêve, la façade de la maison, au sommet de laquelle est écrit, sur une saillie en demi-lune, entre deux gorgones répugnantes : 1831. Je vois les fenêtres aux vitres colorées, l'énorme porte en bois. La maison se trouve dans une vallée entourée de montagnes pierreuses. Le *Florentino* est là, dans le grenier de cette maison, à l'intérieur du coffre, flawless, indestructible, éternel, rutilant, indomptable. »

Maurício me regarda avec un sourire indéchiffrable.

4

En redescendant du bureau de Maurício, je vis qu'un type arrêté au coin de la rue m'épiait de façon étrange, dissimulée, tandis que le portier m'ouvrait la porte de la rue. C'était un jour de chaleur, mais l'homme portait un long pardessus refermé.

De retour chez moi, je regardai par la fenêtre et vis que l'homme au pardessus parlait avec un autre type, comme s'il lui donnait des instructions.

J'allai voir si la boîte était là où je l'avais laissée. Je l'ouvris pour regarder les pierres. Elles ne semblaient avoir aucune des caractéristiques dont Maurício avait parlé. Ce devaient être des imitations bon marché. Quoi qu'il en fût, je les apporterais à Maurício dès que j'aurais un moment de libre, pour qu'il les examine. Je lui dirais : « Je ne veux pas parler de Ruth, d'accord ? Maintenant, regarde ces pierres. »

La sonnette de l'interphone retentit. Le portier, la voix embarrassée, me dit qu'un policier voulait me parler.

« Il vous a fait voir ses papiers ?

— Non.

— Alors, comment savez-vous s'il est de la police ?

— Il me l'a dit.

— Ne le laissez entrer que s'il vous fait voir sa carte. »

Peu après, le policier arriva. C'était un gros homme, qui ne semblait pas en bonne santé. Il me montra sa carte. Inspecteur Sarraceno. Il me dit qu'il enquêtait sur l'assassinat d'une femme du nom d'Angélica Maldonado.

« Nous avons trouvé votre adresse et votre téléphone dans le carnet de la victime.

— Ah oui ? »

La brièveté résolue de ma réponse parut le gêner.

« Vous habitez ici ?

— Oui.

— Vous connaissez cette femme ? Elle s'appelle Angélica Maldonado. »

Il me montra sa photo.

Sans hésitation : « Non, je ne sais pas qui c'est. » De toute façon, la photo ne ressemblait absolument pas à l'Angélica qui était venue chez moi.

« Mais votre adresse était dans son carnet.

— C'est un mystère que vous pourrez peut-être m'expliquer. »

Ce n'était pas un imbécile. Il promena un regard panoramique sur le salon.

« Et ce fauteuil roulant ?

— C'était à ma femme.

— C'était une célèbre artiste du carnaval. La morte. Vous n'avez jamais entendu parler d'elle ?

— Comment c'est, son nom, déjà ?

— Angélica Maldonado.

— Elle participait au carnaval comme porte-étendard ?

— Non. Défilé de déguisements.

— Vous la connaissiez, vous ?

— Moi ? dit Sarraceno, surpris.

— Oui. Vous.

— Je ne m'intéresse pas au carnaval. C'est une exception, dit-il avec un sourire malheureux, d'habitude, les flics s'y intéressent.

— Je ne m'y intéresse pas, moi non plus. »

Il fixa un instant ses yeux sur mon visage, pour me sonder, peut-être m'intimider.

« Autre chose ? demandai-je.

— Non, non. Vous pourriez me donner un verre d'eau ? »

Quand le flic fut sorti, j'éteignis les lumières et revins à la fenêtre. Il monta dans une voiture de police garée devant l'entrée. Dès que la voiture se fut éloignée, l'homme au pardessus surgit de l'ombre et jeta un rapide coup d'œil vers ma fenêtre. J'eus l'impression qu'il avait eu le temps de me voir. Je reculai, effrayé. Je courus jusqu'à la porte et vérifiai qu'elle était fermée. J'appuyai mon oreille contre le battant, à l'écoute d'un éventuel bruit suspect. Rien. Si ! Qu'était-ce ? Des bruits de pas, de légers bruits de pas dans les escaliers, et qui s'arrêtèrent devant ma porte !

Les coups à la porte m'effrayèrent. Je retins ma respiration. Le portier ne devait laisser entrer personne sans prévenir par l'interphone, que s'était-il passé ? Il valait mieux faire croire qu'il n'y avait personne chez moi. Mais le type au pardessus m'avait vu, il savait que j'étais là, derrière la porte. Il peut tirer à travers le bois et me toucher, pensai-je en m'écartant et en me collant contre le mur.

On frappa de nouveau. Il savait. Mieux valait l'affronter. Je déteste sentir que j'ai peur. J'ai eu dans ma vie des comportements courageux qui s'expliquaient en fait par mon incapacité d'avoir peur. Je préfère affronter le pire danger plutôt que de rester avec ma peur.

« Qui est-ce ? demandai-je en observant avec joie que ma voix était ferme.

— C'est moi, idiot. Ouvre vite. »

C'était Liliana. J'ouvris la porte.

Elle entra rapidement.

« Il y avait un type avec une tête sinistre, en bas, quand je suis entrée, me dit-elle.

— Un type en pardessus ? demandai-je.

— C'est ça. Un type en pardessus. On aurait dit un violeur. » Elle fit une pause. « Il est vrai que la plupart des hommes me regardent comme des violeurs. Qui est ce type ? Un ami à toi ? Tu as toujours eu des amis très bizarres. »

J'allai jusqu'à la fenêtre, mais je ne vis pas trace du type.

Pourquoi ne renvoyais-je pas Liliana ?

Je m'aperçus qu'elle regardait le paquet d'Angélica, posé sur la petite table.

« L'histoire de ce paquet est marrante », dis-je.

Je racontai l'épisode de la visite d'Angélica, sans parler de sa mort, ni des pierres.

« Un Sidney Greenstreet en jupons, dit Liliana lorsque j'eus fini, mais ce paquet est trop petit pour contenir un faucon maltais. »

Elle alla jusqu'à la fenêtre. « Je n'ai pas pu me rendre au cimetière. J'étais en voyage.

— Je sais.

— J'ai bien fait, non ? De ne pas y aller. » Sa voix tremblait. On aurait dit qu'elle allait pleurer, mais Liliana ne pleurait jamais.

Je changeai de sujet. « Je pars en Allemagne pour le Festival de Berlin-Est et je vais y rester quelques mois », dis-je. Je lui parlai de Dietrich. « Je pense que je vais accepter sa proposition. » Puisque je ne pouvais pas la tuer, pourquoi au moins ne lui disais-je pas tout de suite adieu ?

Liliana rit.

« Quelle proposition vas-tu accepter ? Tu ne m'as pas dit quelle proposition cet Allemand t'a faite. En termes objectifs : l'argent.

— On verra plus tard.

— Le plus important est pour plus tard ?

— L'argent n'est pas le plus important, dis-je.

— Qu'est-ce qui est le plus important ? Les économistes disent que l'argent est un des plus grands instruments de liberté que l'homme ait inventés jusqu'à maintenant.

— Je n'ai pas parlé d'argent avec lui.

— Tu vas en Allemagne faire un film sur une petite guerre qui s'est déroulée en Europe il y a plus de soixante ans ? Babel était un écrivaillon faible, francisé. Fais un film sur la guerre qu'il y a ici, dans ton pays, aujourd'hui. Notre guerre hobbesienne de tous contre tous...

— Dietrich pense que je suis l'homme qu'il faut pour mettre en scène *Cavalerie rouge* », dis-je. Je lui montrai le livre avec la photo de Babel. « Cette photo te fait penser à quelqu'un ?

— Non. » Autre rire. « Dietrich doit être un idiot, ou un escroc. Il pense que tu vas faire une autre *Guerre sainte.* Mais tu sais pourquoi *La Guerre sainte* a marché ? D'abord parce qu'Euclides da Cunha en a écrit l'histoire et que le personnage principal en était Antonio Conselheiro, et pas une merde à la Babel. Conselheiro n'a jamais lu Maupassant. Il chiait sur Maupassant.

— C'est moi qui ai écrit le scénario.

— Et la deuxième raison du succès de ton film peut s'expliquer par le même mot qu'Orson Welles a utilisé pour expliquer comment il avait obtenu les innovations cinématographiques de *Citizen Kane* : l'ignorance. Tu ne connaissais rien au cinéma, quand tu as fait ce film. Tu as été sauvé par ta propre ignorance. »

C'était moi qui avais raconté à Liliana cette histoire d'Orson Welles, et elle s'en servait maintenant contre moi, sans même me donner la consolation du reste de la réponse que Welles avait faite au journaliste des *Cahiers* : « Si ce mot (ignorance) vous semble inadéquat, remplacez-le par innocence. » Quand j'avais connu Liliana, c'était une gamine de quinze ans sans aucune érudition. Maintenant, à vingt ans, elle me faisait la leçon.

« Je ne veux plus te voir pendant quelque temps, dis-je.

— C'est à cause de Ruth ? demanda-t-elle, captieuse.

— C'est à cause de moi-même.

— Je sais que c'est à cause de Ruth.

— Je ne veux plus te voir.

— Plus jamais ? Cette scène est trop artificielle, même pour un cinéaste médiocre comme toi. »

Après le départ de Liliana, je regardai le fauteuil roulant. Alors, c'était ça, ma vie ?

Je parlai au portier par l'interphone : « Ne laissez entrer personne sans m'avertir auparavant par l'interphone.

— Mais... je ne laisse jamais... cette femme... elle m'a dit qu'elle était mariée avec vous et qu'elle habitait ici.

— Elle n'habite pas ici. Et je ne suis marié avec personne.

— Vous êtes nouveau dans l'immeuble et j'ai cru...

— Je veux que personne, qu'aucun visiteur n'entre sans mon autorisation expresse, vous avez compris ? »

Avant que je ne me mette à dormir et à rêver, Liliana m'appela.

« Le type en pardessus m'a suivie jusqu'ici, chez moi.

— Tu as dit au portier que tu étais ma femme ?

— Peu importe. Ecoute : ce type sinistre en pardessus m'a suivie jusque chez moi !

— C'est vrai ?

— Je le jure. J'ai peur.

— Peur, toi ? Tu n'as peur de rien.

— Si ça se trouve, il m'a suivie depuis plus longtemps, sans que je m'en aperçoive. Ou bien, c'est à toi qu'il s'intéresse ? demanda Liliana.

— Je crois que c'est à moi qu'il s'intéresse. Il rôdait autour de chez moi avant que tu n'arrives. Il est peut-être de la police. La police est passée ici avant que tu ne viennes.

— Non, ce n'est pas un policier. Il n'a aucune légitimité. Il se cache. Qu'est-ce que c'est que cette histoire de police ?

— C'est une longue histoire. Je n'ai pas envie de la raconter.

— Raconte.

— Cette femme qui est venue ici et qui a laissé une boîte de pierres colorées. Tu te rappelles ce paquet en papier brun que tu as vu sur la petite table ?

— Oui.

— La femme qui a laissé ce paquet ici a été tuée. Je pense que ces pierres sont des émeraudes, des rubis, des saphirs.

— Des émeraudes, des rubis, des saphirs ?! Tu es sérieux ? Combien il y en a ? Tu as compté ?

— Une trentaine, par là. »

Tel fut mon rêve :

La même femme aux yeux jaunes, maintenant avec une queue osseuse, mais pas exactement comme celle d'une guenon. Elle me boit, comme un vampire. Elle me dit des choses à l'oreille : « La météo s'est encore trompée dans ses prévisions. » Et : « Tes autres jolies femmes te traitaient aussi de la sorte ? » Quand elle dit cette dernière phrase, ses dents sont pleines de sang, de *mon* sang. Je lui dis que j'ai peur que la maison ne s'écroule à tout moment et que je reste enseveli sous les décombres. Si c'est une maison, pourquoi n'ouvrais-je pas la porte pour sortir ? Le bout de sa langue est rouge, même quand elle ne suce pas mon sang. Son vagin est toujours humide. Je suis énervé car je dois faire et défaire des valises, nouer et rompre des amitiés, et aussi parce que j'ai gâché ma vie en refusant de tirer un coup de grâce dans la nuque des gens que j'aime.

Comme toujours, mon rêve est sans images. Quand j'étais enfant, et jusqu'à mon adolescence, je ne me rappelais pas mes rêves, au réveil ; c'était comme si je ne rêvais jamais. Lorsque j'avais commencé à me souvenir de mes rêves particuliers, je croyais que tout le monde rêvait comme moi. Quand j'avais compris que je rêvais différemment, je m'étais intéressé à la question un certain temps. J'avais lu d'innombrables livres, consulté des médecins, le tout en vain. L'interprétation des phénomènes oniriques, depuis Artémidore, dans l'Antiquité, jusqu'à Freud, plus récemment, parle peu des rêves comme les miens. Freud, même s'il reconnaît que les rêves, bien que surtout visuels, peuvent contenir aussi des impressions auditives ou d'autres catégories, ne va pas plus loin. Il cite un auteur, J. Delbœuf, qui rêvait de noms latins. Mais Delbœuf *voyait* aussi des choses. J'avais alors appris par cœur une définition du rêve que je trouvais lumineuse : « un monde archaïque de vastes émotions et de pensées imparfaites ». J'avais fini par découvrir, dans le livre de A. Maury : *Analogies des phénomènes du rêve et de l'aliénation mentale,* une définition de l'état onirique qui correspondait à ce qui se passait en moi : « une association vicieuse et irrégulière des idées ». Il y avait des moments où je me demandais si j'étais fou.

Le lendemain, j'apportai à Maurício, pour qu'il les examine, trois pierres, une de chaque couleur.

Parvenir au bureau de Maurício s'avéra de nouveau compliqué. Après être passé devant les différents vigiles de la joaillerie, au rez-de-chaussée, on me conduisit dans une salle à deux portes, où il n'y avait qu'une table, une chaise et une caméra vidéo, avec sa petite lumière rouge allumée. Je testai les deux portes. Elles étaient verrouillées. Au bout de dix longues minutes, une femme, bien habillée et bien coiffée, entra.

« Excusez cette attente. Normalement, nous allons plus vite.

— Il s'est passé quelque chose ?

— Vous avez essayé d'ouvrir les portes. Nous avons dû aller chercher M. Maurício à sa réunion pour qu'il nous dise s'il vous connaissait.

— Il me connaît ? »

Elle rit en montrant ses dents parfaites, nécessaires pour son poste : « Oui. Malheureusement, il ne peut pas vous recevoir, mais je suis à votre disposition. »

Je lui laissai les pierres, emballées dans du papier, à l'intérieur d'une enveloppe. Elle ne me donna aucun reçu. Ce devait être la règle de ce genre de transaction : ils ne vous faisaient pas confiance, mais vous deviez leur faire confiance.

L'énorme bâtiment qui abritait les nouveaux locaux de l'Église évangélique de Jésus Sauveur des Ames se trouvait à Copacabana.

José m'attendait.

« Comment tu trouves ? me demanda-t-il après m'avoir fait faire le tour du propriétaire.

— Pourquoi tu as choisi Copacabana ? Il n'y a pas de place pour se garer dans la rue. »

José rit. « Primo, tu aurais dû garer ta voiture dans notre garage.

— Je suis venu en taxi.

— Secundo, les membres de notre Église n'ont pas de voiture.

— Toi, tu en as trois, dis-je.

— Tertio, le profil psychosocial du résidant de Copacabana est très semblable à celui du résidant de la zone Nord. Copacabana est une bonne entrée pour nous qui venons de la périphérie. L'avenue Delfim Moreira, c'est pour plus tard.

— Ah, tu as fait une étude de marché.

— Quel mal y a-t-il ? Mon frère, mon frère, tu n'as que haine et désespoir dans le cœur. Tu devrais te joindre à nous.

— Pourquoi ? »

José me regarda dans les yeux. « Pour faire une révolution éthique et religieuse au travers des enseignements de Jésus. La droiture morale et l'amour, comme voie de salut. La vieille Eglise catholique ne veut rien savoir de Jésus — elle veut et elle a toujours voulu uniquement le Pouvoir ; les croyances primitives africaines sont amorales et hédonistes. Ni l'une ni les autres n'ont la Réponse. Tu aimes ce monde cruel et corrompu où nous vivons ? » Il dit cela en plantant dans les miens ses yeux limpides et convaincants. José avait-il changé ? Ou bien croyait-il seulement en son imposture, comme tout bon charlatan ? Ou alors, n'y avait-il vraiment que de la haine dans mon cœur ? De la haine pour lui ? Oui, je le détestais, depuis l'enfance, depuis l'époque où il attrapait des mouches, leur arrachait les ailes, puis les posait sur le sol et disait « je veux te voir voler, maintenant, la mouche ». Mais je ne le haïssais pas parce qu'il arrachait les ailes des mouches, je le haïssais pour sa fantastique habileté à les attraper. José voyait une mouche posée, sur une surface aussi bien horizontale que verticale, et d'un geste extrêmement rapide, il attrapait la mouche avant qu'elle ne s'envole. « Je l'ai eue », disait-il en montrant son poing fermé. Puis il mettait sa main sous le robinet, pour mouiller les ailes de l'insecte et empêcher qu'il ne s'envole quand il commencerait son travail de mutilation. Moi, je n'arrivais pas à attraper les mouches à la main, et j'étais jaloux de son habileté. C'était cela. J'étais un jaloux. Je devais savoir que quelqu'un d'aussi inventif et impitoyable aurait une carrière brillante, et j'en crevais de jalousie.

« Cette semaine, je vais apporter ces modifications au film, dis-je.

— Après le carnaval, on commence la nouvelle campagne, je te serais très reconnaissant si le film était prêt. »

Je passai la nuit à lire et relire Babel. Chaque conte était un chef-d'œuvre. Je ne sais ce qui m'impressionnait le plus : la tension, l'équilibre entre ironie et lyrisme, l'élégance de la phrase, la précision, la concision. Je n'aime pas relire un texte littéraire, quel qu'il soit, sauf si c'est pour l'adapter au cinéma. J'avais lu *Os Sertões*[1], ce chef-d'œuvre d'Euclides da Cunha, d'innombrables fois, mais dès la cinquième, je n'éprouvais plus aucun plaisir à cette lecture. Et la vie d'Euclides, malgré tous ses aspects dramatiques, ne m'avait jamais intéressé. Du reste, je ne m'intéressais à la vie de personne. Peu m'importait de savoir, par exemple, que Gauguin eût été pédophile, j'étais curieux de savoir comment il obtenait la lumière et la couleur de ses toiles. Mais, inexplicablement, j'avais envie de savoir des choses sur la vie de Babel.

A la fin du livre que m'avait prêté Dietrich, il y avait une petite notice biographique, qui disait qu'Isaac Babel était né à Odessa en 1894 et avait grandi au sein d'une famille juive de la classe moyenne. Pendant la Révolution et la guerre civile, il

1. Traduit en français sous le titre : *Les Terres de Canudos*, Julliard, 1947. *(N.d.T.)*

avait combattu dans la cavalerie ; plus tard il avait ouvert une imprimerie à Odessa. Il était venu à la littérature en 1923, en publiant quelques contes dans des revues. Il avait publié *Cavalerie rouge* et *Contes d'Odessa*. Il avait été arrêté lors des purges de la fin des années 30 et était mort dans un camp de concentration, en 1939 ou 1940, du typhus, ou fusillé.

Le lendemain matin, j'allai travailler au film de mon frère José. Tout en remontant ce film, je songeais à quel point je pouvais être en train de renforcer le pouvoir et de favoriser l'ambition des évangélistes. Pour moi, tous les évangélistes étaient des opportunistes rusés comme mon frère, faux comme les prêtres de toutes les religions existantes. La religion était une grosse affaire dirigée par des escrocs. L'homme moderne n'avait pas besoin de Dieu, il avait besoin d'une éthique, d'amour, de tolérance... Quelle merde, j'étais en train d'inventer une nouvelle religion, j'inventais la roue. Qu'ils aillent se faire foutre.

J'ignore pour quelle raison, mais une impulsion subite me poussa à prendre l'annuaire téléphonique pour y chercher le nom de Negromonte. Il y avait cinq Negromonte. Aureo était l'un d'eux.

« Oui, je suis Aureo de Negromonte. » Froid et méfiant.

« C'est vous qui participez aux défilés de déguisements ?

— Qui êtes-vous ? »

J'expliquai que j'étais cinéaste et que je m'intéressais aux défilés de déguisements.

Il changea d'attitude : « Il serait temps de faire un film sur nous.

— Eh bien, j'aimerais discuter avec vous.

— Quand ?

— Le plus tôt possible.

— Je suis très occupé, le défilé est dans trois jours et mon costume n'est pas encore prêt. Une situation horrible.

— Ça ne serait pas long. Je veux d'abord avoir une conversation préliminaire, qui ne vous prendra pas beaucoup de temps. Je peux passer chez vous ?

— Ici, c'est un vrai bazar, tout est en désordre. Je ne veux pas que vous voyiez ma maison comme ça.

— J'ai l'habitude des maisons en désordre. La mienne, par exemple.

— C'est vrai ?

— Mais oui. Je ne vais même pas remarquer le désordre de votre maison. »

Negromonte me donna son adresse. Un appartement à la Tijuca. Nous nous fixâmes rendez-vous pour le soir même.

Negromonte vivait dans un appartement petit. C'était un homme d'un âge difficile à définir, peut-être à cause de son maquillage.

« Je ne vous avais pas prévenu ? » me dit-il après m'avoir ouvert la porte. Dans le salon, une profusion d'étoffes brodées de paillettes, de strass, de cannetilles, incrustées de pierres brillantes colorées, était éparpillée sur les tables et les chaises. Deux femmes brodaient les tissus.

« Ah, mon Dieu, il n'y a plus que trois jours et j'en suis tellement désespéré que j'ai quelquefois envie de me flinguer.

— Ça sera prêt, monsieur Aureo. Chaque année c'est pareil, vous devriez avoir l'habitude, dit l'une des femmes, une grosse mulâtresse.

— Tu sais que je ne rigole pas, Mildred. Si le déguisement n'est pas prêt, je me flingue ! Et vous... vous deux, ce sera de votre faute. Je l'écrirai sur un mot pour la police. » Il changea subitement de ton pour s'adresser à moi : « Tout en noir et doré. Je me déguise toujours en noir et doré. Aureo, en latin, ça signifie or, vous le saviez ? Bien sûr, vous êtes cinéaste, vous devez savoir ça. C'est ma mère, qui m'a donné ce nom, ma petite maman chérie que Dieu a emportée l'an dernier — j'ai tellement souffert, j'étais si seul. Elle savait que ce nom m'irait comme un gant. Or. Vous imaginez, si je m'appelais Mildred.

— Mildred était une reine, dit Mildred.

— Reine où ça ? demanda Negromonte ironiquement. Pas en Angola. C'est un nom de Blanc. Fais-nous du café, Marijó, pendant que ce jeune homme me parle du film qu'il veut faire avec moi.

— Pour ce projet, je devais me faire aider par Angélica Maldonado. Vous l'avez connue ?

— Angélica la Grosse ? Bien sûr. Elle était gentille, mais très méfiante. Elle ne laissait personne voir son déguisement, pas comme moi, qui le montre à tout le monde. Je dis même son nom — le nom du déguisement est un secret que vous devez garder soigneusement, sinon tout le pays s'en sert. Moi, je montre tout. Vous savez comment s'appelle mon déguisement ? Le Trésor des Mines du Roi Salomon. Ça vous plaît ?

— Oui. Mais parlez-moi encore d'Angélica. Elle avait de la famille ? Elle était mariée ? Je la connaissais très peu.

— Non, elle était célibataire — qui se serait marié avec une femme de cette dimension ? — et elle n'avait pas de famille. Elle a eu une drôle d'histoire. Elle a été élevée dans un orphelinat et elle était très pauvre, elle avait réussi au prix de grands sacrifices. Elle était très travailleuse, elle cousait elle-même ses déguisements. Elle disait que c'était pour que personne ne copie son modèle. Or, personne n'aurait copié ses modèles, ses costumes n'étaient pas terribles. Mais comme Angélica était une protégée de Diderot, elle défilait au Glória, au Monte Líbano, au Scala, au Português de Recife, partout, même à l'étranger.

— Qui c'est, Diderot ?

— Vous n'allez pas me dire que vous ne savez pas qui est Diderot ?

— Non, je ne sais pas.

— Vous ne savez pas qui est Diderot Assunção ?

— Non, je ne sais pas.

— Le plus gros imprésario du métier. Un grand imprésario. Ceux dont il s'occupe vont en Europe, aux États-Unis, pour montrer leurs costumes dans les grands hôtels, les clubs, et ils se font du fric.

— Vous travaillez avec lui ?

— Pas encore. Mais quand il va voir le Trésor des Mines du Roi Salomon, il va me donner un contrat, j'en suis sûr. Regardez ce cabochon, là », dit-il en me montrant une énorme pierre arrondie, « vous avez déjà vu plus beau ? On dirait qu'il a été fait par la mère Nature. Toutes mes pierres sont comme ça, mon strass vient de France, et aussi les paillettes, les cannetilles, tout est importé, et de première qualité. Cette année sera l'Année de la Réparation, l'année où les injustices commises contre moi seront vengées. Je méritais de gagner, l'an dernier, avec Mon Royaume pour un Amour, mais j'ai été deuxième. Et l'année d'avant, c'était encore pire. Nabuchodonosor II et les Jardins Suspendus de Babylone était en troisième place, un chef-d'œuvre, un travail grandiose, éblouissant, et seulement troisième. J'avais tellement étudié pour ce déguisement !... Parce que je fais des recherches, vous savez, dans les livres, dans les encyclopédies, je discute avec les spécialistes, avec les savants, ce que personne ne fait, je recherche toutes les informations sur le thème de mon costume avant de le créer... pas vrai, Mildred ? J'ai eu envie de me suicider, quand j'ai été troisième. Vous allez venir me voir défiler, cette année, hein ? Le mieux, c'est au Glória, vous savez, là, il n'y a pas de bal, juste le défilé. Il n'est pas facile d'entrer, vous savez, ce défilé est fait pour la télévision et seuls peuvent y assister les clients de l'hôtel et une demi-douzaine d'invités. Mais je vous obtiendrai une invitation. Alors, ce café, Marijó ! ? »

5

Maurício passa chez moi.

« Je suis venu te parler des pierres que tu as laissées à mon bureau. »

Maurício plongea la main dans sa poche et en sortit un petit emballage de papier de soie. Il l'ouvrit. « Où est-ce que tu m'as dit que tu avais trouvé ces pierres, exactement ?

— Nulle part. Je les ai toujours eues. Elles étaient à ma mère. » J'utilisais ma mère, comme Negromonte.

« Ces pierres valent très cher, dit Maurício. Elles valent une petite fortune. Tu veux les vendre ?

— Je ne sais pas. » Je tâchai de cacher ma surprise. Très cher ! Combien cela pouvait faire, une petite fortune ? Si trois pierres valaient une petite fortune, combien en vaudraient trente ? Je calculai en millions de dollars. Avec deux millions de dollars — ce qui n'est pas beaucoup, pour le cinéma — je ferais un film encore meilleur que *La Guerre sainte.* Les pierres valaient-elles assez ? J'eus envie de poser la question à Maurício, mais j'eus peur qu'il soupçonne quelque chose. Il fallait que je fasse attention.

« Tu en as d'autres ? Si tu veux en vendre, nous sommes acheteurs.

— J'en ai peut-être, mais il faut que je les cherche.

— Cherche-les, mon vieux, si tu en as beaucoup, ça suffira pour financer ton film. » Le bougre semblait lire mes pensées ! « Mais écoute, s'il y en a vraiment beaucoup, il me faut connaître leur origine. »

A nouveau, cette sensation d'inconfort que j'avais éprouvée dans son bureau. Je connaissais Maurício depuis des années, nous avions grandi ensemble, mais il n'avait jamais fait naître en moi ce sentiment. Me soupçonnait-il de m'être emparé illégalement de ces pierres ?

« Je vais chercher ; s'il y en a d'autres, je t'en parle », dis-je en le reconduisant vers la porte, car je voulais me débarrasser de lui avant qu'il ne découvre quelque chose.

« Je vais passer le carnaval ailleurs, mais je serai de retour jeudi. Téléphone-moi. » Pause. « Tu peux me faire confiance... »

Après le départ de Maurício, je me remis à lire Babel. Le petit livre contenait tous les récits que Babel avait publiés de son vivant : les contes d'Odessa ; ceux qui relataient son expérience à la Première Armée de Cavalerie, commandée par le général Boudienny, pendant la campagne contre les Blancs, en Ukraine et dans l'est de la Pologne ; et, enfin, les histoires de son enfance. J'ai toujours aimé lire des contes, depuis mon jeune âge. La littérature que je consommais à dix ans portait des titres comme : *Les Meilleurs contes russes, Les Meilleurs contes américains, Les Meilleurs contes français, Les Meilleurs contes italiens,* etc. A quatorze ans, je croyais avoir lu tous les contes qui avaient été écrits dans le monde. (Je me demande comment j'ai pu devenir cinéaste au lieu d'écrivain de contes.) Il y eut une époque où mon auteur de contes préféré était Maupassant ; une autre où c'était Poe ; j'ai eu mon inévitable phase Tchekhov. Maintenant, c'était ma période Babel. Je me rappelle qu'il y a eu une tentative d'attirer l'attention sur Babel, du fait qu'il a été victime des purges de Staline. On avait fait de lui un martyr. Comme c'est emmerdant, les martyrs.

Pourquoi la vie de Babel m'intéressait-elle autant ? Quelle importance cela avait-il, pour moi, de savoir que Babel avait commencé par écrire en français, en imitant Maupassant, et qu'il avait fini par écrire mieux que le modèle qu'il contrefaisait ? Quelle importance, la rumeur selon laquelle il aurait vu, un jour, son père, agenouillé aux pieds d'un officier cosaque, lui baiser les bottes ? (Était-ce pour cela qu'il s'était enrôlé plus tard dans la Cavalerie, afin de devenir lui-même un cosaque ?) Pourquoi restai-je si longtemps à regarder la photo où il portait ce dolman à brandebourgs dorés ? Seul un Juif pouvait avoir un visage aussi expressivement récalcitrant, un regard où se mêlaient ironie, scepticisme et compassion. Qui était cet homme ? De fait, je voulais en savoir plus sur Babel. Je voulais tout savoir.

Je passai deux jours dans la salle de montage à apporter les modifications demandées par mon frère, pour son film sur l'Église de Jésus Sauveur des Ames. En fait, ses suggestions étaient très bonnes, comme toutes celles qu'il avait faites auparavant, et elles rendirent ce pauvre film encore plus persuasif. Quatre milliers de malheureux supplémentaires donneraient dix pour cent de leur salaire à l'Église, et j'étais complice de cette exploitation.

Le vendredi précédant le carnaval, le film vidéo était prêt. Je téléphonai chez José. Gislaine répondit.

« José est parti à Brasília, pour un entretien avec le président de la République. » Gislaine semblait dire : Tu crois que le président te recevrait, toi, pauvre diable jaloux ?

« Je pensais qu'il n'y avait personne à Brasília le vendredi, surtout à la veille d'un carnaval... »

Gislaine hésita, ne sachant que dire. « Il revient demain...

— Je vais laisser le film au laboratoire, pour qu'on fasse des copies. José sait où il est. »

Du laboratoire, je partis rendre visite à mon ami Boris Gurian, un vieux savant juif. Gurian était né en Russie et sa famille avait émigré en Autriche, pour fuir les communistes, quand il était encore enfant. Vingt ans après, il était devenu professeur de littérature russe à l'université de Vienne et avait dû encore fuir, cette fois les nazis. Il était allé en Hollande, puis de Hollande en France, les nazis sur les talons. Il avait fini par atterrir au Brésil, accompagné de sa sœur Sara. Sa mère, son père et un de ses frères n'avaient pas échappé à l'holocauste. Mais Gurian n'aimait pas parler du passé et, à part cela, je savais très peu de chose sur sa vie.

Il était quatre heures de l'après-midi. Gurian était déjà légèrement ivre. L'alcool ne produisait aucun effet visible sur lui, à part le tic presque imperceptible de passer le bout de sa langue sur ses lèvres. En se déplaçant avec difficulté — non pas à cause de la boisson, mais parce qu'il ne s'était jamais tout à fait remis d'une fracture de la jambe —, Gurian me conduisit dans son bureau, une pièce aux murs tapissés de livres poussiéreux, entassés chaotiquement sur des étagères. Il y avait aussi des livres par terre.

Nous nous assîmes dans des fauteuils usés et décolorés.

« Tu veux un whisky ? » me demanda-t-il en désignant une bouteille, des verres et un seau à glace sur le bureau. « Habituellement je prends du whisky local, mais comme tu venais je m'en suis procuré du bon.

— Qu'est-ce que tu sais sur Babel ? » demandai-je, après que nos boissons furent prêtes, la mienne avec des glaçons, la sienne pure.

« Tout, répondit Gurian. Tu crois que je pourrais ne pas connaître le plus grand écrivain juif du XXe siècle ? Par où tu veux que je commence ? »

Il commença par me dire que les parents de Babel, chez eux, parlaient yiddish entre eux et russe avec leurs enfants. Ils étaient d'Odessa. Isaac avait été envoyé dans une école religieuse judaïque, à l'âge de six ans. Au cours de sa formation, la découverte de la littérature et de la culture françaises, à l'École commerciale Nicolas Ier, avait eu beaucoup d'importance. A quinze ans, il écrivait des histoires en français. Il aurait pu choisir le français pour écrire son œuvre, mais il avait bientôt abandonné cette langue.

« Il n'a pas non plus voulu écrire en yiddish, comme Singer, par exemple, ni en hébreu, comme Kaniuk. » Il fit une pause, pensif. Je remarquai que Gurian était plus pâle et voûté que la dernière fois que je l'avais vu. « Un critique a dit que l'hébreu et le yiddish étaient, pour Babel, le ghetto d'où il voulait s'enfuir. Il a préféré écrire dans la langue des goyim, le russe. »

A seize ans, Babel était allé à Kiev pour étudier à la faculté d'économie politique et sociale. Parce qu'il était juif, il avait été empêché d'entrer à l'université d'Odessa.

A Kiev, il avait connu Eugenia Gronfein, la fille d'un ami de son père, et il devait se marier avec elle en 1919. Dans cette même ville, il avait publié dans une revue son premier récit, écrit en russe. Dès qu'il avait été diplômé, en 1915, il était parti, illégalement, pour Petrograd, la capitale littéraire du pays.

« Il se promenait dans les rues de Petrograd, continua Gurian, avec de faux papiers sur lui — étant juif, il n'avait pas obtenu de permis pour résider dans cette ville — et sans manteau, en plein hiver. Il a lui-même raconté cela, qu'il possédait un manteau mais ne le portait pas, par principe. A Petrograd, il a connu Gorki, lequel a publié deux de ses récits dans la revue *Letopis.* Il s'est peu à peu intégré au groupe d'intellectuels qui gravitaient autour de Gorki — les futuristes Brik, Chklovski, Maïakovski. Babel a dit que Gorki l'aurait envoyé " apprendre avec le peuple ". Et puis la guerre est arrivée et Babel s'est enrôlé. En octobre 1917, il a été envoyé sur le front roumain. Tu sais ce qui s'est passé ?

— Il a été décoré pour sa bravoure, répondis-je.

— La vie de Babel ne contient pas de hauts faits. Il a attrapé la malaria et on l'a évacué. »

A ce moment-là, Gurian eut un accès de toux qui me parut long, mais qui ne dura probablement pas plus d'une minute. Quand il eut fini de tousser, Gurian essaya de parler, sans y parvenir.

« Attends un peu », dis-je.

Nous bûmes en silence ; Gurian haletait de façon préoccupante.

« Je n'ai plus beaucoup de temps, dit enfin Gurian.

— Je peux revenir demain. »

Gurian rit, amusé de ma méprise.

« J'en ai encore pour quelques mois... » Il rit de nouveau : « Peut-être. » Sa voix était très faible. Il passa sur son visage sa main tremblante et décolorée, striée de veines bleues, criblée d'éphélides. Sans que j'eusse le temps de le rattraper, son corps bascula en avant et tomba sur le sol.

Il s'était évanoui mais respirait normalement. Je le relevai et l'installai sur une chaise. Il resta dans une position qui me sembla très inconfortable, même pour un homme inconscient. Je le transportai, dans mes bras, jusqu'à sa chambre. Il pesait très peu lourd.

Dans sa chambre aussi, il y avait des livres par terre, et d'autres éparpillés sur le lit. Je trouvai un espace où déposer le corps fragile de Gurian. Je revins en courant dans le salon et j'appelai une de ces cliniques qui ont un service d'urgence, la première que je trouvai dans l'annuaire.

En attendant l'arrivée du médecin, je cherchai dans la bibliothèque de Gurian un livre sur Babel. Toute recherche méthodique était impossible dans ces étagères pleines de livres entassés sans aucun ordre ou critère. Je pensai alors à sa sœur Sara. Sur une des tables, il y avait un petit carnet d'adresses où je trouvai son numéro de téléphone. Personne ne répondit.

Le médecin arriva, accompagné d'un infirmier. Il examina Gurian.

« Vous êtes un parent à lui ?

— Je suis un ami.

— Nous allons devoir l'emmener. Vous vous portez garant pour lui ? »

Je les accompagnai, dans l'ambulance.

A notre arrivée, le médecin me demanda de passer au secrétariat de la clinique, où l'on exigea que je fisse un dépôt, en chèque, comme garantie du paiement des frais d'hospitalisation de Gurian.

Je rappelai chez sa sœur. Cette fois, elle répondit.

« Je suis un ami de Gurian.

— Ah, un ami de Gurian... Boris a beaucoup d'amis... mais personne n'aide Boris... Et Boris aide tout le monde... Je suis très occupée, monsieur.

— Madame Sara, Gurian est en clinique.

— Boris en clinique ? A cause de la boisson, c'est ça ? Je lui dis toujours, Boris, tu es trop vieux pour boire, mais il ne m'écoute pas. »

Le temps passe très lentement dans les salles d'attente de clinique.

Sara tarda à arriver. Elle avait rapetissé avec l'âge. Elle était beaucoup plus voûtée que Gurian, mais elle avait un regard très intelligent.

« Boris n'a pas les moyens de rester dans ce genre de clinique, dit-elle.

— Ne vous en faites pas.

— Il dépense tout son argent dans les livres et la boisson, dit Sara. Mais moi, j'ai des économies. Dites au secrétariat de m'envoyer la facture.

— C'est déjà réglé.

— Jeune homme, je vous dis que je veux qu'on m'envoie la facture. Vous croyez que je n'ai pas d'argent ? »

Avant de partir, Sara essaya, sans succès, de voir son frère au bloc d'urgence. Finalement, nous quittâmes la clinique ensemble.

Liliana m'attendait devant l'entrée de mon immeuble. Nous nous saluâmes.

« Tu ne m'invites pas à entrer ? »

Lorsque nous fûmes dans l'appartement, Liliana me demanda :

« La chambre aussi est dans la même pagaille ? »

Sans y être invitée, elle se dirigea vers la chambre.

« Ici, c'est un peu mieux », dit-elle en s'asseyant sur le lit.

Je m'assis sur une chaise.

« Viens t'asseoir à côté de moi, dit-elle.

— Je suis bien, ici.

— Tu ne veux pas... jouer avec moi ?

— Non.

— Tu n'as pas envie ? » Liliana avait demandé cela sans montrer aucun charme sensuel, elle savait que chaque fois que les femmes font cela, elles ont l'air d'imitations bon marché de Marilyn Monroe. Liliana m'avait posé cette question en me regardant en face. Elle voulait obtenir une réponse vraie.

« Coucher avec toi, c'est bon sur le moment. Après, c'est une horreur.

— Tu me fais de la peine. »

Je me tus.

« Si je ne te connaissais pas, je trouverais que tu es comme la majorité des hommes. Les hommes n'aiment pas les femmes qui les aiment. C'est un fait. » Elle fit une pause. « Tu as trouvé une nouvelle maîtresse ?

— Non.

— Tu es très bizarre, tu sais ? A l'époque où tu étais marié avec Ruth, tu me voyais quelquefois... Depuis...

— Je ne veux pas en parler. »

Je sortis de la chambre. Elle me suivit.

« J'ai commis un crime ?

— Va-t'en, dis-je.

— Je vais finir par te détester, dit-elle depuis la porte. Tu aurais besoin d'aller voir un analyste. Je pense que tu es malade. »

Après le départ de Liliana, je pris le livre de Babel et je me mis à regarder son portrait en essayant de me rappeler où je l'avais déjà vu. Dans un film ? Il ressemblait à Alexander Know dans *Man in the Middle,* mais ce n'était pas dans un film que j'avais vu un visage comme le sien. C'était dans un livre, ou dans une revue. Alors, je me rappelai : un peintre, c'était ça, un peintre ! J'ouvris les caisses du déménagement où se trouvaient mes livres et je me mis à chercher. J'étais prêt à renoncer lorsque je vis un livre de peintures de Goya. C'était là la personne qui ressemblait à Babel et que je voulais retrouver — Goya lui-même, sur un autoportrait fait en 1787, qui se trouve au musée des Beaux-Arts de Castres.

Tout excité, je plaçai côte à côte le peintre et l'écrivain. Tous deux regardent le monde de côté, à travers des lunettes cerclées de métal. Goya, peut-être un peu plus gros, laisse transparaître dans son regard le pessimisme, le désespoir résigné de celui qui est disposé à tout faire pour réaliser une œuvre parfaite : collaborer avec l'envahisseur français, tromper par des astuces et des combines les menaces de l'Inquisition et la méfiance de la noblesse qu'il servait, mais dont il a dépeint impitoyablement la laideur et la vulgarité. Le regard de Babel est plus ironique, il n'est pas encore gagné par le désespoir qui s'emparera de lui quand il comprendra son incapacité à servir la Révolution, à appartenir à cet ordre naissant. Comme le peintre espagnol, l'écrivain russe ne pourra lui aussi se consacrer qu'à une chose — la création d'un chef-d'œuvre. Deux artistes qui ont affronté l'alternative de devoir choisir entre la perfection de la vie et la perfection de l'œuvre, selon l'option de Yeats. Babel et Goya ont choisi l'œuvre. La *Cavalerie rouge,* de Babel, et *Les Désastres de la guerre,* de Goya, ont enregistré avec la même crudité les horreurs de la guerre, ses effets brutaux. Les *Contes d'Odessa,* d'un autre côté, correspondaient aux *Caprices* du peintre. Cette coïncidence m'exalta. Je décidai que je tournerais mon film en utilisant la même lumière que Goya, les mêmes couleurs noires, les marron, le rouge sombre des peintures de guerre. Je n'accepterais les conditions d'aucun producteur plein d'idées. Je choisirais un photographe qui m'aiderait à capter ces couleurs, cette lumière, cette ombre.

Je rêve que je suis au coin d'une rue, avec une lettre à la main, et que j'éprouve un désir ardent, non identifié. Bruit et lueur d'éclairs et de tonnerre (que je ne vois ni n'entends). Je sais qu'une lumière bleutée illumine une grande grille d'égout par où les choses disparaissent, comme de l'eau usée. J'ai un kyste au nez, puis je suis transporté dans un train. A la fenêtre, les mains aux doigts cassés de voyageurs qui s'agrippent à l'extérieur, et mon portrait déguisé en légionnaire reflété dans la vitre. Qui disparaissent par la grille. J'ai aussi conscience des seins d'une fille qui sent la fleur de pomme et d'un grand flacon d'encre bleue. Qui disparaissent par la grille. Puis enfin elle (qui ? qui ?) pose un pied sur la grille et dit sur l'écran sombre : « Tue-moi, détruis-moi, cogne-moi sur la tête, ici, dans ce bar, ici, à ce coin de rue, puis va à mon enterrement, rien ne me rendra plus heureuse. Attends, attends un peu, allons à la maison, ces gens ici sont capables de te faire du mal, allons à la maison, il y a des choses que l'on ne peut faire qu'à la maison. » Elle enlève son pied de la grille.

José faisait une émission de télévision de deux heures, tous les dimanches matin. Je détestais cette émission mais, pour une raison que moi-même je n'identifiais pas, j'allumais la télé, je regardais un moment, puis j'éteignais en disant que je ne le ferais plus jamais.

C'était une émission en direct de la nouvelle église de Copacabana, bondée bien que ce fût un dimanche de carnaval. José était le seul télévangéliste sur le petit écran, en ce dimanche de péché.

« Ainsi, le Seigneur sait délivrer les hommes droits de la tentation, et garder en réserve les injustes pour le Jour du Jugement », disait José. Il fit une pause. Le régisseur fit un gros plan de José puis montra une femme, une fidèle qui l'écoutait, intimidée. Autre gros plan sur José, expressif : « Le Seigneur garde en réserve les injustes pour le Jour du Jugement, AFIN DE LES CHÂTIER ! »

José avait appris toutes les nuances possibles de l'oratoire biblique. Je l'avais déjà vu consoler les malheureux, donner du courage aux désespérés, du réconfort aux malades, de la vaillance aux faibles, de l'espoir aux vaincus, de la foi aux indécis. Mais nous étions un dimanche de carnaval, un jour idéal pour dénoncer les tentations humaines. Et José le faisait avec l'éloquence de Burt Lancaster dans *Elmer Gantry*.

« Dieu châtiera surtout ceux qui se vautrent dans la concupiscence immonde ; les arrogants, les obstinés, qui ne craignent pas de blasphémer, alors que les anges, supérieurs en force et en puissance, ne portent pas de jugement blasphématoire devant le Seigneur. »

J'avais pris l'émission en cours et, connaissant très mal la Bible, je ne savais pas quel apôtre mon frère pouvait citer ce jour-là. Une chose était certaine : ce ne devaient pas être les paroles exactes de l'apôtre, car mon frère avait l'habitude d'adapter les textes bibliques à ses objectifs mélodramatiques.

« Mais ces pécheurs de Sodome et Gomorrhe, comme des animaux qui n'obéissent qu'à la Nature, faits pour être enfermés et tués, blasphémant ce qu'ils ne comprennent pas, périront dans leur propre corruption. Ce sont des souillures et des ordures, ils se réjouissent dans leur erreur, leurs yeux sont pleins d'adultère ; et ils ne cessent de pécher, leur cœur est habitué aux concupiscences de la chair, ce sont les enfants de la malédiction, ils se sont fourvoyés sur la route de Balaam, fils de Bosor ; ce sont des fontaines sans eau, des nuages emportés par la bourrasque, et voués éternellement à l'obscurité des ténèbres. »

José était descendu de son pupitre et s'avançait dans le passage. Les fidèles tournaient la tête pour l'accompagner du regard.

« Donc, dit José en levant un bras menaçant, si, après avoir échappé à la corruption du monde, par la connaissance du Seigneur et Sauveur Jésus-Christ, ils y retombent, vaincus, leur situation devient finalement pire que celle du début. Car il aurait mieux valu pour eux n'avoir jamais connu le chemin de la Justice, plutôt que, l'ayant connu, de s'être détournés du saint commandement qui leur avait été transmis. » Après un travelling sur l'auditoire : « Ainsi, il leur est arrivé ce que dit un proverbe plein de vérité : le chien est retourné à son propre vomi et la truie lavée à son bourbier. »

Quand le sermon fut terminé, une femme s'entretint avec les fidèles qui se trouvaient dans l'église. Les interlocuteurs avaient été soigneusement choisis.

« Le pasteur a raison, dit un homme grand au visage honnête, ceux qui dorment comme des porcs, à cette heure du jour, après avoir passé la nuit à se vautrer... à se vautrer...

— Dans la luxure », compléta l'animatrice. C'était une femme intelligente.

« ... dans la luxure, à se complaire dans les plus ignobles péchés... »

Quelqu'un d'autre, maintenant, une femme : « Nous sommes ici quelques-unes des nombreuses personnes qui ne s'abandonnent pas au péché et à la pourriture. De celles qui savent que leur âme immortelle ne doit pas être maculée, qu'elles doivent aider Jésus à sauver le monde, en aidant notre pasteur José, qui représente Jésus sur Terre ».

Encore un : « En aidant Jésus à prévaloir sur le manque de charité, nous sauvons nos âmes pour toute l'éternité et nous bâtissons pour nous, ici sur Terre, une vie de paix et d'amour. »

Le dernier : « Nous tous — et pas seulement ceux qui se trouvent ici, nous sommes nombreux à travers le pays — tous ensemble nous contribuons avec notre foi, avec notre amour, avec notre dîme, à la gloire de Jésus. Jésus est notre salut. »

Sur l'écran s'inscrivirent l'adresse et le numéro de téléphone de l'Église de Jésus Sauveur des Ames. Une voix engageante disait : « N'attendez pas demain, Jésus a besoin de vous. »

J'éteignis la télé. J'avais de la peine pour ceux qui écoutaient mon frère. Je ne regarderai plus jamais ça, pensai-je.

J'appelai la clinique. Gurian était sorti du bloc d'urgence. Je lui rendis visite. Il était dans sa chambre, en chemise de nuit et semblait encore plus affaibli.

« Ça va mieux ? » lui demandai-je. Je lui parlai de ma rencontre avec sa sœur.

« Depuis la mort de ma mère, Sara a pris sa place. » Il fit une pause. « Où est-ce qu'on en était, à propos de Babel ? » Il semblait impatient de me raconter ce qu'il savait.

« Babel a attrapé la malaria et il est rentré chez lui.

— Ah, oui... En mars 1918, il était à Petrograd, où il travaillait au journal de Gorki, *Letopis*. L'année d'après, il est revenu à Odessa pour se marier avec Eugenia Gronfein. En 1920, il travaillait pour un service d'informations du gouvernement. Sous le nom de Lioutov, il écrivait dans le journal du Premier de Cavalerie, intitulé le *Cavalier rouge*.

— Pourquoi avait-il pris ce pseudonyme ?

— Pour cacher qu'il était juif.

— Pourquoi Babel a-t-il voulu entrer au régiment de Boudienny ? Pour devenir lui-même un cosaque et compenser l'épisode de son père en train de baiser les bottes du cosaque ?

— Je ne sais pas si c'est vrai, cette histoire selon laquelle son père aurait baisé les bottes d'un cosaque. De fait, les Juifs étaient souvent humiliés et il est possible que ça se soit produit. Mais je crois que Babel cherchait de la matière pour écrire. Les écrivains font ça, ils courent le monde à la recherche de sujets pour leurs livres. L'ironie de la situation, si mon hypothèse est juste, c'est que les histoires que Babel a écrites pendant la guerre, et qu'il transportait avec lui au milieu des combats, ont été perdues, d'après ce qu'il dit dans son journal.

— J'aurais voulu savoir comment était Eugenia Gronfein. Les femmes m'intéressent.

— Je ne sais pas. Si Babel, qui était marié avec elle, ne le savait pas, comment le saurais-je ? »

Gurian regarda autour de lui et me posa une question surprenante : « Tu n'as pas un flacon à boire, dans tes poches, par hasard ?

— Un flacon dans mes poches ?

— Quand j'étais petit, tous les adultes avaient un... Je pense que ça ne se fait plus.

— Tu peux boire ?

— Non. C'est-à-dire : c'est ce que te diront les médecins, si tu le leur demandes.

— Tu veux que j'aille t'en acheter ? »

Il le voulait. Il n'avait pas besoin de répondre.

Dans les parages de l'hôpital, il y avait une alimentation, où j'achetai une bouteille de whisky écossais.

Je versai deux doigts de whisky dans un verre qui se trouvait sur la table de chevet.

« Tu ne vas pas boire ? » me demanda Gurian.

Nous portâmes un toast à Babel.

« Il a perdu ses contes et il est tombé malade, reprit Gurian, maintenant revigoré. Sa santé n'était pas très bonne. Il a même vécu un moment dans le Caucase, pour cette raison. Quand il est revenu à Odessa, après la campagne militaire, c'était un homme célèbre, après tout il avait servi sous Boudienny et il était devenu l'ami de Gorki. Plus tard sa situation s'est compliquée. Au Congrès des Écrivains, en 1934, trois ans avant d'être arrêté, Babel a prononcé un discours pour s'excuser d'écrire peu. Il a dit : " Lorsqu'on parle de se taire, on ne peut me passer sous silence, puisque dans cet art je suis passé maître. " Il ne parlait pas sérieusement. Babel, à ce Congrès, s'est déclaré fidèle à la Révolution, ce qui était peut-être vrai, mais il a fait l'éloge des canons littéraires de l'époque, ce qui ne pouvait être que de l'ironie. Tout comme sa revendication du droit " d'écrire mal, qui nous a été retiré ", était aussi sarcastique. N'importe quel idiot peut constater, dans ses textes, que c'était un perfectionniste. En fait, Babel, " le grand maître du silence ", voulait revendiquer le droit de l'écrivain à *ne pas écrire,* ce qui était considéré comme une hérésie par les organisations d'écrivains soviétiques. Ou plutôt, il préférait ne pas écrire, s'il n'en avait pas la pleine liberté. »

Gurian me demanda de lui verser encore du whisky. Il but, en fronçant les sourcils et en regardant autour de lui, comme s'il essayait de se rappeler quelque chose.

« Encore », dit-il en me tendant son verre. J'y versai une petite quantité de whisky.

« A Odessa, il s'est lié d'amitié avec celui qui allait devenir son biographe, Constantin Paoustovski. J'ai le livre de Paoustovski, chez moi, *Histoire d'une vie.* Tu sais lire le russe ?

— Non. J'ai lu Babel en anglais et en portugais, répondis-je.

— Les termes russes de ton scénario seront probablement transcrits selon le système de Thomas Shaw, *The Transliteration of Modern Russian for English-Language Publications,* dit Gurian. J'espère que tu vas t'inscrire tout de suite à un cours de russe. Pour en revenir à Paoustovski, c'est lui qui a dit que Babel était le premier grand écrivain *soviétique.* Mais Babel est plus que cela. Il ne doit rien aux grands écrivains russes qui l'ont précédé, Dostoïevski, Tolstoï, Tchekhov, Pouchkine, Tourgueniev, Gogol, ni à son contemporain Gorki. C'est dommage, que tu ne lises pas le russe. Les jeunes d'aujourd'hui sont bien ignorants. Le russe est une belle langue. Une langue aussi jolie que le portugais.

— Babel est plus grand que Tchekhov ?

— Il fut un temps où on séparait les écrivains de langue russe en deux catégories, les écrivains russes et les écrivains soviétiques. Babel serait le premier, et le plus grand, des écrivains soviétiques. Mais cette classification est artificielle.

— Tu n'as pas répondu à ma question. Babel est plus grand que Tchekhov ?

— Pour y répondre, il faut que je prenne une autre gorgée de ce nectar, dit Gurian astucieusement, avec un sourire matois. La nastroenie, l'atmosphère de Babel ne permet pas de comparaison avec celle de Tchekhov. Tu es très malin. Si tu me demandais de comparer Babel et Dostoïevski, la réponse serait plus facile. »

Je servis un autre verre à Gurian. Le bout de sa langue sombre commença à apparaître entre ses lèvres.

« Babel cherchait un idéal impossible à atteindre pour n'importe quel artiste. C'est pour ça qu'il a écrit si peu, mais avec une exactitude, une concision splendides. Sur ce plan-là, il est supérieur à Tchekhov, cet autre démon du perfectionnisme.

— J'ai travaillé ces jours-ci sur la mort de Dolgouchov. Je suis en train d'examiner la possibilité de tourner *Cavalerie rouge*.

— C'est marrant, le cinéma... Comment est-ce que tu vas obtenir la même concision que Babel, c'est-à-dire l'arrêt immédiat du récit dès qu'a été dit ce qui devait être dit, l'essentiel ?

— Je ne sais pas, je ne sais pas encore comment résoudre cela.

— Pouchkine disait que la précision et la brièveté sont les principales qualités de la prose. Babel le savait... Dostoïevski ne le savait pas... Si tu me sers un autre whisky, je te dis quelque chose d'important. »

Nous portâmes un autre toast à Babel.

« Le cinéma n'a pas les mêmes recours métaphoriques et polysémiques que la littérature. Le cinéma est réductionniste, simplificateur, plat. Le cinéma n'est rien.

— Le cinéma n'est rien ?

— Si je m'assois dans le couloir de la clinique, je vois un film — les gens se déplacent, parlent, pleurent, transportent des choses, attendent, etc. Le cinéma n'est rien d'autre que cela.

— Tu peux aussi voir un livre, en regardant le couloir. La littérature non plus n'est rien d'autre que cela.

— Ça mérite un autre drink. Les pensées profondes méritent toujours qu'on lève son verre, dit Gurian.

— Je vais te laisser te reposer un peu. Je reviens demain.

— Laisse la bouteille. »

J'emportai la bouteille avec moi.

6

Quand j'arrivai chez moi, le portier me donna une enveloppe. C'était une invitation pour le défilé, avec un mot de Negromonte : « Ne manque pas de venir, pour me donner du courage. »

« Cette dame est venue ici.

— Quelle dame ?

— Cette dame. » Le portier devait faire allusion à Liliana.

Je montai chez moi. En attendant l'heure d'aller assister au défilé de déguisements, qui commençait à sept heures du soir, je restai à contempler le fauteuil roulant de Ruth et le portrait de Babel. Il y avait des livres, des vêtements, des cassettes, une énorme quantité d'objets divers, sur le sol et sur toutes les chaises et les autres meubles, sauf sur le fauteuil de Ruth. Cela me donna envie de voir une photo d'elle. J'ouvris la valise qui contenait les affaires de Ruth que j'avais emportées dans mon déménagement.

Je vidai la valise. Un livre, *Modern Dance.* Un flacon de parfum à moitié vide. Un collier de perles en verre. Un foulard en soie. Un sachet contenant un tampon hygiénique. En voyant cela, je me souvins de Ruth avec plus de netteté que jamais : je la vis, pour la première fois, comme un être vivant et fragile, qui se révélait maintenant à moi dans toute sa beauté, à travers un tampon hygiénique. Pourquoi, auparavant, n'avais-je pas considéré cet objet, lié à la vitalité de mon amie, avec les mêmes yeux que maintenant ? Pourquoi avais-je toujours été si éloigné de Ruth, pourquoi ne l'avais-je jamais connue telle qu'elle était réellement ?

Je gardai dans ma main cet article fait de papier et de fibre, et je me souvenais douloureusement. Mais je ne voulais pas me souvenir.

Je rangeai cet objet dans la valise. Puis je partis pour le défilé de déguisements.

Dans la grande salle du défilé, il y avait une longue table où se tenaient les jurés qui évalueraient les déguisements : des hommes et des femmes bien habillés, des personnalités, des artistes, dont les noms étaient annoncés par un animateur. Le défilé serait fait pour la télévision. Quelques rares spectateurs étaient placés en face de la table des jurés.

Une porte latérale donnait accès à d'autres salons, où les concurrents — presque une cinquantaine, présélectionnés — se maquillaient et revêtaient leurs costumes.

Il ne me fut pas difficile de trouver Aureo de Negromonte, en compagnie de Mildred et Marijó, dans le plus grand salon, orné de colonnes. Il était déjà maquillé, mais différemment de la dernière fois que je l'avais vu : ses lèvres, son visage, arboraient des couleurs bien plus vives. Il n'était pas encore habillé.

Les candidats masculins et féminins au prix d'originalité devaient défiler en premier, puis les concurrents féminins et masculins de la catégorie « luxe ». Le Trésor des Mines du Roi Salomon entrait évidemment dans cette deuxième catégorie.

« Je suis très nerveux... dit Negromonte. Mon Dieu ! Je suis déjà un vétéran, mais au moment du défilé... Regarde mes mains ! » Elles étaient glacées, couvertes de sueur.

A chaque instant, Mildred essuyait avec un petit mouchoir de batiste la sueur qui perlait au front et sur la lèvre supérieure de Negromonte.

« Diderot Assunção est ici ? demandai-je.

— Diderot Assunção ? Pourquoi veux-tu rencontrer Diderot Assunção ?

— Pour le film. Je ne t'ai pas parlé du film ?

— Mais ça ne sera pas avec moi, ce film ? Pourquoi Diderot ? C'est un vieux pédé, moche.

— Je veux simplement discuter avec lui.

— Si je te racontais des choses terribles que je sais sur Diderot, je doute que tu irais lui demander des conseils.

— Je ne vais pas lui demander de conseils. Je veux juste discuter.

— Discuter de quoi ?

— Des défilés. Par exemple, combien paye un hôtel pour avoir un défilé. Des choses de ce genre.

— Tu ne vas pas demander à Diderot de t'indiquer quelqu'un d'autre pour faire le film, non ?

— Non.

— C'est vrai ?

— Tu peux compter sur moi. »

Aureo me prit par le bras et me conduisit parmi le fantastique branle-bas des salons où les concurrents s'habillaient. Nous arrivâmes finalement devant un personnage à barbiche et aux cheveux teints en rouge, aux bras fins et flasques, portant une chemise noire à paillettes. C'était Diderot.

Negromonte lui expliqua que j'allais faire un film sur les défilés.

Diderot me regarda attentivement.

« Oui ? dit-il enfin.

— Je voudrais discuter avec vous.

— Eh bien, vas-y, dit-il à contrecœur. Tu peux nous laisser », ajouta-t-il pour Negromonte.

Negromonte se mordit les lèvres et s'éloigna. Je m'aperçus qu'il nous regardait de loin, de derrière une des colonnes du salon.

« Je voulais faire un film avec Angélica Maldonado, mais après ce qui s'est passé...

— On m'a dit que tu as une tenue dingue, Lulu », fit Diderot à un concurrent qui passait près de lui, pas encore habillé, « il me tarde de voir ça ». Ils se firent la bise. Puis Diderot me regarda comme s'il était surpris que je fusse encore là et il me dit, négligemment : « Oui ?

— C'est à propos du film.

— Quel film ? dit-il en feignant d'avoir oublié.

— Le film que je voulais faire avec Angélica Maldonado.

— Ah, oui, je sais... La pauvre est morte, n'est-ce pas ? Il faut que tu le fasses avec quelqu'un d'autre. Fais-le avec Aureo, ce n'est pas ton petit ami ?

— Oui, mais Aureo ne voyage pas à l'étranger. Je veux faire mon film avec quelqu'un qui y va. Je veux filmer aussi la personne en train de défiler à l'étranger, vous comprenez ? Je sais que c'est vous qui vous occupez des déplacements. »

Pour la première fois, Diderot me regarda droit dans les

yeux. Un coup d'œil rapide, significatif. Mais il ne se rendit pas compte de tout ce qu'il m'avait révélé.

« Cláudio, tu vas faire un carton, dit-il en attrapant par le bras un homme grand, aux cheveux noirs, qui passait.

— Tu crois ? Je suis mort de peur. Je me sens tout retourné, à l'intérieur. J'ai l'impression que je vais mourir ! »

Tandis que Cláudio et Diderot bavardaient, je sentis que quelqu'un m'observait. C'était un homme très pâle, adossé à une des colonnes. Il détonnait sur l'entourage. Il était si blanc qu'il semblait avoir le visage enduit de céruse, comme les actrices japonaises dans les films de samouraïs. Ses yeux étaient noirs et fébriles.

« Alors ? demandai-je à Diderot.

— Je vais y réfléchir, dit-il. Tu as le téléphone ? »

Je lui donnai mon numéro de téléphone et mon adresse.

Diderot s'écarta et disparut aussitôt au milieu des plumes colorées, des vestes et des traînes brillantes. Le type très pâle avait aussi disparu.

« C'est une vipère, me dit Negromonte.

— Qui ?

— Diderot. Je veux te parler, après le défilé. Tu m'attends ?

— D'accord. »

Je vis tout le défilé. Trois prix étaient donnés pour chaque catégorie. Aureo n'en gagna aucun.

Après le défilé, les salons se vidèrent peu à peu. A la fin, dans le grand salon à colonnes, seuls restaient Negromonte, assis sur un banc et portant encore son immense et scintillant déguisement Le Trésor des Mines du Roi Salomon, ainsi que Mildred, Marijó — et moi.

« Je vais me tuer aujourd'hui, hein, Mildred ? »

Mildred se tourna vers moi : « Oui, jeune homme, il va se tuer.

— Six mille plumes de paon, dit Negromonte, deux mille plumes de nandou, des millions et des millions de pièces de verroterie, de cannetilles, de paillettes, de strass, une année entière de travail, pas vrai, Mildred ?

— Trois mille plumes de nandou », corrigea tristement Mildred.

Marijó se mit à pleurer.

« J'ai fait des recherches, j'ai passé des jours et des jours à la Bibliothèque nationale... Les livres n'étaient jamais là... Et je revenais... Je revenais encore... J'ai lu tous les livres qui parlent des mines du roi Salomon... » Il soupira profondément. « Chacun de ces cabochons symbolise une chose différente, a une signification particulière... Tout ça pour rien...

— L'an prochain, tu auras une autre chance, qui sait... dis-je.

— L'an prochain, je défilerai dans l'autre monde. Là, je suis sûr qu'il y a plus de justice.

— Si Dieu le veut ! dit Mildred, vous le méritez, après tous ces sacrifices.

— Ici, sur terre, j'ai connu l'échec.

— Ne fais pas de connerie, Negromonte, dis-je.

— Negromonte, Negromonte... Ce n'est pas mon vrai nom. Dis-lui mon nom, Mildred. »

Mildred resta silencieuse.

« Dis-lui mon nom répugnant ! » cria Negromonte. Sa voix résonna dans le salon.

Un type en uniforme de vigile s'approcha et nous dit que c'était l'heure de fermer.

« Dis-lui mon nom répugnant, Mildred !

— Benedito, dit Mildred.

— Ah ! Ah ! » cria Negromonte en se levant du banc, portant encore sur son dos l'armature de fil de fer, de bois, de plastique, de carton, de tissu, de pierreries, de plumes et de décorations diverses, de cinq mètres de hauteur, ce qui fit même reculer le vigile, effrayé. Puis Negromonte tournoya, les bras ouverts, et tomba par terre, où il resta à sangloter.

Mildred, Marijó et moi, nous relevâmes Negromonte avec l'aide du gardien. Nous lui ôtâmes son déguisement. Puis nous ramenâmes chez lui le malheureux artiste, avec ses vêtements, dans deux taxis. Je pensai que c'était le moment de demander à Aureo quelles choses terribles il savait sur Diderot.

Malheureusement, ce fut impossible. Dès que j'eus parlé de Diderot, il se mit à pleurer et à parler, de façon indistincte, des injustices qu'il avait souffertes pendant toutes ces années.

Lorsque je partis, Mildred et Marijó étaient couchées sur le lit avec Negromonte ; lui, dormant sous les draps, elles, habillées, alertes comme deux chiens de garde.

Il y avait deux voitures de police garées devant la porte de mon immeuble, ainsi qu'un petit attroupement.

Un policier me barra le passage.

« J'habite ici.

— Le portier a été tué, dit-il.

— Comment ?

— Il y avait un cambriolage, le portier a entendu du bruit et il a voulu intervenir.

— Je vais me coucher », dis-je au policier. J'avais déjà assez de problèmes comme ça, je n'en voulais pas d'autre.

Tandis que je montais les escaliers, deux hommes pressés me croisèrent, un policier militaire et un type avec un appareil photo. Ça ne m'intéresse pas, les faits divers ne m'intéressent pas, pensai-je, je vais me coucher.

La porte de mon appartement était ouverte et il y avait plusieurs personnes à l'intérieur. Lorsque j'entrai, ils s'arrêtèrent pour me regarder.

« C'est vous qui habitez ici ? demanda l'un d'eux.

— Oui.

— Voudriez-vous nous dire s'il vous manque quelque chose ? » dit un des hommes, qui devait être un policier, tout en regardant d'un œil perplexe le désordre de la pièce. « Les voleurs ont forcé votre appartement et ils ont tué le portier de l'immeuble.

— Ils ont tué le portier ?

— Ici même. Dans l'entrée. Il est tombé dans le couloir. »

Je regardai, gêné, la pagaille de la pièce. Mais la police pensait que c'était l'œuvre des voleurs.

Accompagné du policier, je passai en revue les différentes pièces de l'appartement.

« Je pense qu'il ne manque rien, dis-je.

— Tout indique qu'ils venaient de fouiller l'appartement quand le portier est arrivé. Ils lui ont tiré dessus et ils se sont enfuis. Le portier de l'immeuble d'à côté a vu deux hommes sortir en courant et monter dans une voiture. Il n'a pas noté la plaque.

— Ça s'est passé à quelle heure ? demandai-je.

— Vers huit heures du soir. Le portier était en train de regarder le journal télévisé avec sa femme, quand il a entendu du bruit, et il est allé voir.

— J'assistais à un défilé de déguisements, expliquai-je.

— Votre appartement est libre. L'expertise est terminée. Plus tard, vous allez être appelé pour venir déposer au commissariat.

— Vous pensez que ces voleurs pourraient revenir ? demandai-je.

— S'ils pourraient revenir ? Je ne crois pas. Vous voulez qu'un agent reste ici cette nuit ?

— Non, pas la peine. Je vais bloquer la porte avec un meuble. Je ferai réparer la serrure demain. »

Je descendis à l'appartement du portier. Une femme au visage gonflé par les pleurs m'ouvrit la porte. Elle était brune, mais la faible lumière qui tombait d'une lampe accrochée au plafond lui donnait un teint gris.

« Je suis le locataire de l'appartement 401, dis-je. C'est vous qui êtes... qui étiez... la femme de... de...

— D'Edmilson », dit-elle.

Je regardai par-dessus son épaule : une petite chambre occupée par trois lits aux couvre-pieds ordinaires, une vieille armoire à linge ; dans un recoin du mur, un petit réchaud à deux brûleurs ; assis sur un des lits, deux enfants regardaient vers moi, effrayés.

« Si vous avez besoin de quelque chose, il suffit de me le dire », dis-je.

Les sanglots de la femme redoublèrent.

« N'ouvrez la porte à personne », dis-je.

Je retournai chez moi dès que les policiers furent partis et j'entrepris d'élever une barricade contre la porte. J'empilai tous les meubles que je pus tirer, à part le fauteuil roulant, en strates successives. La porte du fond était dotée d'un verrou qui ferait beaucoup de bruit si on le forçait. Puis j'allai voir si la boîte contenant les pierres d'Angélica était toujours dans son tiroir. J'étais certain que les voleurs avaient pénétré dans l'appartement pour les chercher.

Les pierres étaient là. Je les examinai une à une.

Puis je me couchai sur un matelas, par-dessus la barricade, tout habillé, chaussé et avec la boîte de pierres dans ma poche. Je repensai à Mildred et Marijó, couchées sur le lit de Negromonte, vigilantes.

Je finis par m'endormir. Tel fut mon rêve : Une femme regarde la télévision sans s'arrêter pendant presque un demi-siècle, des films doublés, des journaux, des feuilletons, des publicités, des interviews d'idiots, le tout bien bourré dans son crâne. Des centaines de fois, elle change de vêtements, de visage, de voix, de manière de parler, de lessive, de déodorant, de cigarettes, de margarine. Elle dit : « Je ne cours plus dans les moments creux pour faire du pop-corn ou aller fouiller dans le frigidaire. » Maintenant, elle ne se lève plus. Elle tend la main, attrape son whisky ordinaire, la glace dans la boîte isothermique. Les couleurs de l'indifférence sont douces : plus personne ne lui commande.

Je fus réveillé par un coup de téléphone de Dietrich.

« Allô, dis-je, inquiet.

— Il est tard, là-bas ?

— Non, non.

— Le Festival de Berlin a été repoussé.

— Personne ne m'en a rien dit, ici, au Brésil.

— M. Plessner, qui va financer le film, a demandé que vous veniez vite. Allez chercher votre billet à la Lufthansa. M. Plessner est plein d'idées. Il est impatient de vous voir »

Il n'y a rien de pire au monde qu'un producteur plein d'idées et impatient.

« Il va vous suggérer de faire du général Boudienny le méchant du film.

— Je croyais que c'était vous, le producteur du film.

— Je suis le producteur exécutif. Qui est-ce qui a dit, déjà : " La grande règle du cinéma est la suivante : plus le méchant est parfait, plus parfait sera le film " ? demanda Dietrich.

— Vous savez très bien que c'est Hitchcock. Mais ça ne vaut que pour les films policiers. *Cavalerie* n'est pas un film policier. »

Boudienny serait un parfait méchant, je devais l'admettre, au cas où le personnage principal du film serait Babel-Babel et non Babel-Lioutov. Certainement Boudienny avait-il contribué à détruire Babel-Babel. Mais Boudienny ne savait pas que c'était Babel qui se cachait derrière le masque de Lioutov, dans la Cavalerie. La haine de Boudienny était venue plus tard, quand il avait lu ce que Babel avait écrit, quelque chose qui n'était pas à la gloire des militaires, comme il aurait voulu que fît Babel. Boudienny croyait que la fonction de l'écrivain était celle de propagandiste. Pour compliquer le tout, le protagoniste du film serait Lioutov, et Lioutov, c'était Babel, je devais en tenir compte.

« Écoutez, dis-je, les choses sont un peu compliquées, ici. Je vous rappelle un de ces jours...

— Monsieur Plessner... » coupa Dietrich.

Je raccrochai.

7

Je ne trouvai personne pour réparer ma serrure, ce lundi de carnaval. Chez tous les serruriers à qui je téléphonai, personne ne répondait.

Je laissai telle quelle la barricade de la porte principale — en fait, j'y ajoutai même une petite table — et je sortis par la porte du fond, avec ma boîte de pierres précieuses dans la poche.

J'achetai des poires, des mangues, des pêches, des baies, des papayes et une grande tranche de pastèque.

Lorsque j'entrai dans la chambre de Gurian, à la clinique, il observa le sac volumineux que je portais et me dit, déconcerté : « Ne me dis pas que ce sont des fruits.

— Si, répondis-je, déçu aussi, tu n'aimes pas ça ?

— Il y a une bouteille cachée au milieu ?

— Il est encore bien tôt pour boire, dis-je.

— Cette histoire de ne boire qu'après une certaine heure n'est rien d'autre qu'une convention anglaise, idiote comme toutes les conventions anglaises. Les Russes boivent à n'importe quelle heure. Tu ne veux pas qu'on parle des Russes ? »

Je sortis acheter une nouvelle bouteille de whisky écossais.

« Ça ne va pas te faire de mal ? demandai-je en lui versant un verre.

— Dans l'état où je suis, tout me ferait du mal. Même du bouillon de poulet maigre », dit Gurian.

Nous bûmes.

« Après ton départ, j'ai pensé à ce que tu m'as dit sur la mort de Dolgouchov. Il vaut mieux mourir comme Dolgouchov, adossé contre un arbre, avec les tripes à l'air, que de la manière qui m'attend. »

Que pouvais-je répondre à cela ? Je gardai le silence.

« C'est tellement emmerdant de rester sur un lit d'hôpital, qu'on finit par se dire “ mourir ne peut pas être pire que cela ”, et par passer l'arme à gauche pour fuir l'ennui. » Il me regarda. « Tu penses que c'est une bravade de vieillard, c'est ça ?

— Je ne sais pas.

— Tu veux que je parle de Babel, non ?

— Si tu en as envie.

— Tu te souviens des histoires “ Le sel ” et “ La lettre ” ?

— Oui.

— Comment tu trouves ces contes ?

— Ce ne sont pas mes préférés. Mais je compte m'en servir pour le film. Balmachev éjectant une paysanne du train en marche, puis lui tirant dessus — ça donnerait une séquence très dramatique. Sémion Kourdioukov tuant son propre père devant le régiment, pour venger la mort de son frère, c'est aussi très intéressant.

— Je ne crois pas qu'intéressant soit le mot juste pour décrire ce récit tragique. Ce qui rend l'histoire fascinante, ce n'est pas sa brutalité. C'est la façon dont elle est racontée par Vassili Kourdioukov, le frère cadet rescapé de la tragédie, dans la lettre qu'il écrit à sa mère. Tiens-en compte quand tu feras ton film. Tu peux trouver la même chose dans les journaux — des pères qui tuent leurs enfants et vice versa — mais ça n'est rien de plus qu'une histoire ignoble qu'il faut oublier. Les Kourdioukov s'entre-tuant, mais dans l'écriture de Babel, ce n'est pas un fait divers. Encore un peu », dit Gurian en me montrant son verre.

« Ces deux histoires, avec “ La mort de Dolgouchov ”, étaient les préférées de Babel. » Sa voix n'était plus qu'un murmure. « Babel a dit qu'il n'a réussi à exprimer ses pensées qu'à partir de 1923. “ Ma carrière littéraire a commencé au début de 1924. ” 1924, c'est l'année de publication de ces trois histoires dans la revue de Maïakovski, *Lef.* »

Gurian, qui était assis sur le lit, s'allongea en murmurant quelque chose, les doigts crispés sur son verre.

« Quoi ? demandai-je en me penchant sur lui.

— L'art aide les gens à mieux voir les choses », répéta-t-il. Sa voix était devenue très faible. Je rapprochai ma chaise de son lit.

Il ferma les yeux. Son visage maigre et livide m'emplit de tristesse. Les yeux toujours fermés, il dit : « J'ai une théorie, dont on discutera à un autre moment, parce que je suis très fatigué, aujourd'hui. Je vais simplement l'énoncer. »

Il se tut. Je pensai qu'il s'était endormi et je me levai tout doucement de ma chaise.

« Je pense, dit Gurian en ouvrant les yeux, que si Babel n'avait pas été assassiné, il se serait suicidé, comme Maïakovski. »

Il referma les yeux.

« Je reviens demain.

— Tu peux laisser la bouteille ? »

J'emportai la bouteille avec moi.

Les rues étaient très embouteillées, à cause du carnaval, et je mis longtemps pour arriver chez Negromonte.

Pour la première fois, je le voyais sans aucun maquillage. Son visage était pâle et ridé. Il semblait avoir surmonté les déceptions de la nuit précédente.

« C'est pour moi ? demanda-t-il en me prenant la bouteille des mains. Scotch ! Merci, mon petit. Ah, mon Dieu ! C'est si bon de connaître quelqu'un d'intelligent et de sensible.

— Ça va bien ?

— J'ai récupéré. Il faut tenir bon, pas question d'être mal luné, de rester à ressasser mon amertume. La vie est vraiment faite pour être vécue. Ce ne sont pas ces salauds qui vont m'abattre. Tu veux boire quelque chose ? Il y a du whisky, de la vodka, de la bière fraîche. Moi, je ne peux pas beaucoup boire, parce que ce soir je vais au bal Gala Gay. Tu veux voir mon déguisement ? Non, je ne veux pas te le montrer, j'ai honte. Je vais te chercher à boire, un instant. »

Negromonte sortit du salon. Il y avait une télévision en couleurs qui montrait des scènes d'un défilé d'école de samba, sans le son.

« J'ai apporté de la vodka. J'ai envie de goûter ce scotch, que tu as apporté. Juste un peu, à cause de ce bal. »

Il buvait vite.

« Et Diderot ?

— Ne me parle pas de ce salopard. Il me fait débander.

— Tu m'as dit que tu voulais me raconter quelque chose de terrible.

— Je ne veux pas parler de ce merdeux. Je vais te montrer mon déguisement. » La voix de Negromonte perdait de sa clarté. Il s'enivrait vite.

« Tu me racontes d'abord cette histoire terrible à propos de Diderot, et après tu me feras voir ton déguisement.

— J'ai honte de te le montrer. Tu es très bon chic, bon genre...

— Mais je veux bien voir ton déguisement.

— Vraiment ?

— Oui. Mais d'abord, tu me racontes cette histoire sur Diderot.

— Tu regarderas mon déguisement, après ?

— D'accord, après.

— Tu me montreras avec ce déguisement, dans ton film ?

— D'accord. »

Avant de se mettre à parler de Diderot, il but encore deux grandes gorgées.

« C'est un assassin.

— C'est tout ? » Je sentais que Negromonte avait d'autres choses à raconter.

« C'est tout ?! Tu trouves que ce n'est pas beaucoup ?

— Tu veux me raconter d'autres choses. Allez, vas-y.

— Comment tu le sais ?

— Je le sais. Raconte.

— Tu viendras voir mon déguisement, après ?

— D'accord.

— Diderot travaille pour un contrebandier de pierres précieuses, un type très pâle et mystérieux qui s'appelle Alcobaça. On dit qu'il est très riche. Mais quel est le voleur qui ne devient pas riche, dans ce pays ? Tu sais comment ils font pour passer les pierres en contrebande ? »

Alors, cet homme pâle était le chef de la bande. Alcobaça... Drôle de nom...

« Dans les costumes, poursuivit Negromonte d'une voix pâteuse. Les pierres précieuses sont incrustées dans les costumes parmi les pierres en verre sans valeur. Angélica faisait de la contrebande pour Alcobaça et elle me l'a raconté. C'était une amie très proche.

— Tu penses que c'est eux qui ont tué Angélica ?

— Je ne veux plus en parler. Ecoute, tu ne répètes à personne ce que je t'ai raconté.

— Ne t'en fais pas. Tu sais si c'est son vrai nom, Alcobaça ?

— Personne ne le sait. Même pas Diderot.

— Il était au défilé, Alcobaça ?

— Je ne sais pas. Maintenant, reste ici bien tranquille, je vais mettre mon déguisement. »

Il sortit en titubant.

En attendant qu'il revînt, je songeai à Kourdioukov cravachant son propre père, qui ne demande pas la clémence, devant les cosaques du régiment en formation militaire. Ce serait une bonne scène.

Negromonte revint enfin. A travers le voile qui lui recouvrait le visage, on voyait qu'il s'était maquillé soigneusement. Il portait un diadème sur la tête, un petit boléro en lamé brodé, des pantalons bouffants transparents et un caleçon à paillettes.

« Odalisque Favorite du Harem du Sultan ! Ça te plaît ?

— C'est très joli.

— Tu t'en vas déjà ?

— J'ai un rendez-vous, maintenant, dis-je, déjà sur le pas de la porte, en regardant ma montre.

— Tu t'ennuies, avec moi ?

— Non, bien sûr que non. L'an prochain, j'irai voir ton défilé, j'espère que tu auras le premier prix.

— L'an prochain ? Et le film ?

— Je t'appellerai plus tard, pour le film. »

Il me prit par le bras. « Tu es mon ami, hein ? Mon Dieu ! J'ai tellement besoin d'un ami !

— Mildred est ton amie. Il faut que j'y aille, Negromonte, il le faut vraiment. »

Je partis, honteux d'avoir été si fourbe avec quelqu'un d'aussi vulnérable que Negromonte. Je téléphonai à Liliana de la première cabine que je trouvai.

« Je peux passer chez toi ? »

Je pris un taxi. Lorsque nous arrivâmes rue Barata Ribeiro, la circulation se ralentit peu à peu.

« Ce sont ces groupes de danseurs du carnaval, dit le chauffeur de mauvaise humeur, ces fils de pute aiment bien défiler sur les grands axes... Les autres, ceux qui travaillent, ils les envoient se faire foutre... Ce pays est un merdier... Il n'y a plus d'ordre, c'est un véritable foutoir... Ils ne pensent qu'aux saloperies... Vous avez regardé les bals du carnaval à la télévision, hier ? On a vu un mec qui léchait une femme ! A la télévision ! Vous pouvez imaginer ça ? Et les familles, chez elles ? La télévision entre chez les gens.

— La télévision montre pire que ça, dis-je.

— Pire qu'un mec en train de lécher une chatte ? cria-t-il, furieux. Et tous ces pédés qui racontent des obscénités ? » Il me regarda dans le rétroviseur. « Vous avez une famille ?

— Non.

— C'est pour ça que vous n'en avez rien à foutre. Je voudrais vous voir, si vous aviez des filles, comme moi. »

Le reste du trajet se fit en silence. De temps en temps, le chauffeur me regardait dans le rétroviseur et donnait des coups sur le tableau de bord et sur le volant.

Liliana m'ouvrit la porte en disant : « Tu vas voir quelque chose qu'aucun homme n'a jamais vu jusqu'à aujourd'hui. »

J'examinai la pièce.

« Regarde-moi, dit Liliana en refermant la porte, regarde-moi.

— Je regarde. » Je voyais une fille de vingt ans, jolie, avec un short en lin qui laissait voir des jambes si belles qu'elles m'émouvaient malgré tout ce qui s'était passé, une chemise de coton où se dessinaient les pointes de ses seins — je pensai, subitement, à la phrase du film de Godard, *Détective, « ah ! les poitrines des jeunes filles*[1] » — et un foulard sur la tête. « Je ne vois rien », dis-je.

« Tu vas voir maintenant », dit-elle en ôtant son foulard.

Je continuai à ne rien voir, à part ses cheveux roux tenus par une infinité de bigoudis.

« Les bigoudis ! Les bigoudis ! dit-elle.

— Je viens de quitter un mec pathétique qui m'a fait découvrir que je n'ai pas d'amis.

— Et ton frère ?

— Ce n'est pas mon ami.

— Et ces types qui ont travaillé avec toi ?

1. En français dans le texte. *(N.d.T.)*

— Ils n'étaient rien.

— Ruth ?

— Je ne veux pas parler de Ruth.

— Et moi ? Je suis ton amie ?

— Je ne sais pas. Il y a quelque chose entre nous. Mais nous ne sommes pas amis, je te hais.

— Je sais pourquoi tu crois que tu me hais, dit Liliana.

— Je ne suis pas venu ici pour en parler.

— Je ne veux pas non plus en parler. Pas pour l'instant, du moins, dit Liliana. Nous allons parler de l'amitié... entre hommes. Parle-moi de ton ami pathétique.

— Ce n'est pas mon ami. C'est une personne qui a désespérément besoin d'amis.

— Viens me raconter cette histoire pendant que j'enlève mes bigoudis », dit-elle en se dirigeant vers la chambre, tandis que je la suivais, « aujourd'hui, il n'y a aucun coiffeur d'ouvert et je vais au bal du Scala. »

Liliana s'assit face à la coiffeuse de sa chambre et commença d'ôter lentement ses bigoudis tout en regardant, extasiée, le reflet de son visage dans le miroir. Rien n'existait pour elle, à ce moment-là, que son image.

Ruth avait les cheveux noirs. Liliana, roux. Ruth était timide, pudique, sensible. Liliana était agressive, indécente, dure. Ruth avait les jambes fortes et des seins peut-être un peu gros pour une danseuse. Liliana avait les jambes longues et des seins petits. Ruth disait que Liliana avait l'air d'un « jeune homme ».

« Et les plaisirs du sexe ? demanda Liliana tout en ôtant ses bigoudis.

— Ça ne m'intéresse pas.

— Vraiment ? » dit Liliana en enlevant ses vêtements. Ses seins avaient des pointes rouges. « Qu'est-ce que tu fais donc ? Des exercices d'ascétisme ? De la masturbation ? Ou bien tu as trouvé une de ces petites actrices qui vont avec n'importe quel réalisateur pour tourner dans n'importe quel film ? Allez, viens te coucher. »

Elle éteignit la lumière. Je pouvais la voir dans l'obscurité — Liliana éteignait toujours la lumière pour faire l'amour — là, sur le lit, à côté de moi, brillante comme du fer chauffé à blanc.

« Je veux que tu rallumes la lumière, sinon je m'en vais. Je veux voir ta chatte rouge.

— Tu es fou ! »

Je sortis du lit. « Je suis sérieux. »

Liliana ralluma.

« Tu ne tournes pas rond, jamais tu ne m'as parlé comme ça, dit-elle, je ne sais pas pourquoi je fais ce que tu me demandes. »

J'écartai les jambes de Liliana et je regardai. Sa chatte écarlate était humide et rutilante, comme baignée de sang, ou plutôt de vernis à ongles.

« Maintenant, tourne-toi. »

J'écartai délicatement les deux fermes hémisphères du cul musclé de Liliana — elle avait des fesses bien séparées, comme celles des danseuses — et je contemplai le petit orifice rose, qui sembla se contracter sous mon regard.

« Ça me donne une sensation bizarre, dit-elle, j'ai l'impression que je bande. »

Puis Liliana me demanda si je ne voulais pas l'accompagner au bal du Scala. Non.

« Tu m'attends ici ? Ça n'était pas bon ?

— J'ai des choses à faire, dis-je en commençant à me rhabiller.

— Le soir ? Tu vas travailler à ce scénario ? Je ne sais pas comment je peux avoir tellement envie d'un homme comme toi. »

Je me sentais malheureux, honteux d'avoir couché avec elle.

« A propos de scénario, reprit Liliana, l'autre jour, j'ai revu le type en pardessus. Celui qui surveillait ton immeuble, tu te rappelles ? et qui stimulait ta paranoïa.

— Il te suivait ?

— Je ne sais pas. Je pense que non. Il était arrêté devant la vitrine d'une librairie. Un mec qui regarde la vitrine d'une librairie ne peut pas être tout à fait mauvais, n'est-ce pas ?

— C'était où ?

— Devant cette librairie, près de chez moi.

— Je n'aime pas ça. »

Le déguisement de Liliana était joli et discret. Au bal du Scala, il y aurait plein de femmes nues, Liliana savait que la retenue attirerait plus l'attention que la nudité.

Je l'accompagnai jusqu'à l'entrée du Scala. Il y avait une foule de badauds qui regardaient les fêtards entrer.

« Ces racailles de nègres m'énervent », dit Liliana en

se frayant un chemin entre les gens. Nous atteignîmes enfin l'endroit où se faisait le filtrage des invités. Après avoir montré son invitation, Liliana monta par un escalier sur une passerelle qui donnait accès aux salons du bal.

Elle traversa le pont spécialement construit pour le carnaval, ses cheveux roux flamboyaient sous la forte lumière des projecteurs.

Je me mis en marche vers l'avenue Ataulfo de Paiva. La rue était sombre et vide. Je repensai tout à coup à la boîte de pierres qui était dans ma poche. J'éprouvai l'envie de me trouver en lieu sûr, en train de lire Babel.

Je pris un taxi et me rendis à la clinique où était Gurian. Je passai devant le réceptionniste d'une allure décidée. « Bonsoir », dis-je sans m'arrêter, comme si j'avais le droit d'entrer à cette heure-là. « Bonsoir », répondit-il. Je montai à l'étage où se trouvait la chambre de Gurian. Les couloirs étaient dans la pénombre. Je parvins à la chambre de Gurian et y entrai tout doucement, pour ne pas le réveiller au cas où il serait endormi.

Gurian, installé sur son lit, regardait la télévision.

« Sara m'a apporté une télévision, dit-il. J'étais en train de regarder le défilé des écoles de samba. C'est émouvant — pendant une heure. Après, c'est emmerdant. Ça me fait penser à un gros incendie. J'adore les incendies. Au commencement, un gros incendie me fascine, m'épouvante, mais au bout d'un moment — les incendies et les défilés d'écoles de samba sont très longs à s'arrêter — je n'éprouve que de l'ennui. Les incendies qui m'ont le plus ému, c'étaient celui de l'Andraus et celui du Joelma — tu sais que je suis allé à São Paulo en avion exprès pour voir un peu de ces deux-là ? » Il rit. « Aujourd'hui on ne fait plus d'incendies comme autrefois. Tu veux éteindre la télévision, s'il te plaît ? »

J'éteignis la télévision.

« Tu ne veux pas dormir ? demandai-je.

— J'ai déjà beaucoup dormi, aujourd'hui.

— J'ai dans ma poche une boîte pleine de pierres précieuses appartenant à une femme qui a été assassinée ; mon appartement a été cambriolé et le portier a été tué ; un type sinistre, en pardessus, me poursuit, mais je ne pense à rien de tout ça.

— Tu penses à quoi ?

— Au fait qu'un écrivain se considère comme un maître du silence.

— Tu veux qu'on en parle ?

— Oui. »

Gurian ferma les yeux, pour se souvenir. Ses paupières noircissaient.

« Un type du nom de Constantin Fédine a écrit une lettre à Gorki, en 1924, disant " ici, à Moscou, tout le monde s'extasie sur le dénommé Babel ". Moscou était devenue le centre de la vie littéraire soviétique. Les rivalités et les luttes entre les différents groupes étaient fortes. Les contes de Babel étaient un sujet de controverses et de débats. Le général Boudienny avait affirmé considérer comme injurieux le portrait que Babel avait fait de " ses hommes ". Il existe une lettre de Babel, écrite quand il participait à la campagne de Pologne, dans laquelle il parle du désespoir qu'il ressentait à cause de " la féroce cruauté qui ne s'arrête jamais une seule minute... je ne suis pas fait pour cette tâche de destruction ". Babel dit aussi, dans cette lettre, qu'il lui était difficile d'oublier le passé, qui était peut-être mauvais, mais qui avait un arôme de poésie, comme la ruche a l'arôme du miel. "Quelques-uns feront la Révolution ? Et alors ? Moi, je ferai les choses marginales, ce qui va le plus au fond. " Cette affirmation, comme d'autres — " je suis le maître du silence " — et sa manière de voir la Révolution étaient discutées dans les réunions. Dans une lettre à sa sœur, Babel a dit : " Comme tous ceux de ma profession, je me sens opprimé par les conditions de notre travail à Moscou. " Et il a ajouté une autre phrase impardonnable à cette époque : " Nous sommes cuisinés à petit feu dans une atmosphère sans art et sans liberté de création. " En novembre 1925, Babel a obtenu un visa pour la France. Il voulait se libérer, je ne sais dans quel ordre de priorité, de sa famille, de son pays, des bureaucrates, du froid (il était asthmatique), des éditeurs. Il aurait dû rester à Paris. Un Américain a dit que le véritable artiste hait le pays dans lequel il est né. Imagine, sous le régime de Staline. »

Gurian fit une pause et me regarda de ses petits yeux gris et humides : « Tu dois penser que je suis un vieux réactionnaire qui essaie de dénigrer une des plus grandes révolutions que l'humanité ait connues, non ?

— Je connais ta biographie, dis-je. Tu peux être accusé de tout, sauf d'être réactionnaire.

— C'est une erreur catastrophique que de supposer que, pour consolider une révolution, il est nécessaire de retirer la liberté aux artistes. Les Soviétiques ont commis cette erreur et ils ont payé cher, très cher, pour ça.

— Comment vivait Babel ? Il avait de l'argent ?

— Non, il n'en avait pas. C'est pourquoi il avait décidé d'écrire des scénarios de cinéma. Le premier qu'il ait écrit fut *Benia Krik,* à partir de ses récits d'Odessa. »

Faulkner a écrit les scénarios de *The Road to Glory, To Have and Have not, Big Sleep* et *Land of the Pharaohs* pour gagner de l'argent. Tous ces scénarios étaient mauvais. Fitzgerald, comme scénariste, a échoué. Les bons écrivains étaient-ils toujours de mauvais scénaristes ? Chandler a fait deux bons scénarios, *Double Indemnity* et *Strangers on a Train,* mais il n'est pas sûr qu'il ait été un grand écrivain, comme Faulkner. Les scénarios de Kennedy — *Cotton Club* et *Ironweed* — n'ajoutent pas grand-chose à son œuvre. Il me fallait revoir *Hiroshima mon amour* et *Moderato Cantabile,* pour pouvoir situer Duras. Je devais aussi réévaluer *L'Année dernière à Marienbad* et l'application, au cinéma, de la thèse du chosisme, de Robbe-Grillet. Et Peter Handke ? Tant de choses à reconsidérer.

« Peut-être les grands écrivains de fiction sont-ils incapables de donner de bons scénaristes », dis-je pour conclure mes divagations.

Gurian jugeait impossible que le cinéma créât dans l'esprit du spectateur une interaction complexe, profonde et permanente de signes et de symboles, de concepts et d'émotions, comme celle que la littérature établit avec le lecteur.« Je ne pense pas qu'on ait tourné ce scénario dont le gangster juif Benia Krik est le personnage principal, dit Gurian. Si ça a été fait, ça n'a pas dû donner grand-chose. »

Gurian entreprit alors une longue dissertation, avec des digressions que j'écoutai patiemment, sur l'infériorité du cinéma par rapport à la littérature.

A la première occasion — un accès de toux de Gurian — je dis : « Conrad affirme dans la préface à *The Nigger of the Narcissus* : “ my task is to make you hear, to make you feel and above all to make you see ; that is all, and is everything ”. Tu ne crois pas que l'écrivain avoue dans cette phrase les limitations de la littérature ? Conrad aimerait faire VOIR le lecteur, mais c'est le cinéaste qui y parvient.

— Ne sois pas aussi simpliste dans ton exégèse, dit Gurian. Le problème de Conrad, c'est qu'il voulait expliquer son œuvre dans des préfaces longues et ennuyeuses, comme celle que tu as citée. L'artiste n'a pas à expliquer son œuvre. Conrad aurait dû terminer sa phrase par : ... and above all to make you think. C'est ça qui est TOUT, en réalité. Le mal de notre monde, c'est que les gens pensent de moins en moins. De toute façon, quand Conrad parle de " voir ", il ne se réfère pas à la perception de la lumière et du mouvement captée par l'œil, il ne veut pas transformer le lecteur en pur spectateur. »

Cette phrase de Gurian fut entrecoupée de furieux accès de toux.

Le jour commença de paraître ; une lumière changeante illumina la lividité chlorotique du visage de Gurian.

« Tu te sens bien ?

— Tu me demandes toujours ça. Si je me sentais bien, je ne serais pas ici. Je doute parfois de ton intelligence. » Gurian fit une pause. « Non, non, tu es très intelligent, ce qui m'énerve, chez toi, quelquefois — mais, en fait, nous nous voyons rarement — c'est ton ignorance. »

La deuxième personne à me traiter d'ignorant en moins de vingt-quatre heures.

« Quand j'aurai ton âge, je serai aussi savant que toi.

— J'en doute. Tu perds beaucoup de temps avec des conneries.

— Lesquelles, par exemple ?

— Les femmes, tu as toujours des histoires avec deux, trois femmes. Une seule, c'est déjà un malheur pour l'homme qui recherche le savoir, la connaissance. Avec trois, tu imagines. Parle-moi des pierres.

— Des pierres ?

— Tu m'as dit que tu avais une petite boîte de pierres précieuses dans ta poche. Nous, les Juifs, nous sommes fous de pierres précieuses. Montre-les-moi. »

Je tendis la boîte à Gurian. Il l'ouvrit et en sortit une pierre, qu'il examina dans la lumière du matin.

« Ce rayon ondulant... *Chatoiement...* Les Français ont

inventé ce mot, mais c'est certainement un Juif qui l'a appliqué le premier à une pierre précieuse... On a assassiné une femme à cause de ces pierres... Quelle femme ? Une des tiennes ?

— Non.

— Ta vie est en danger ?

— Je ne sais pas. Peut-être. Je peux fuir, aller en Allemagne. J'ai été invité à faire un film en Allemagne.

— Mais si tu t'enfuis, tu perds toute l'émotion que tu ressens maintenant, non ? Vivre dangereusement, c'est fascinant.

— Il faut que je cache ces pierres. Chez moi, ce n'est pas possible. J'ai pensé à un coffre dans une banque, mais avec le carnaval, tout est fermé. Il n'y a que trois personnes qui puissent me les garder : toi, mon frère et une amie. Je préférerais que ce soit toi. Chez toi. C'est seulement pour quelques jours. »

8

Sur le chemin de chez Gurian, une automobile suivait mon taxi. J'étais d'abord passé devant chez moi, où je voulais prendre un carnet de chèques parce que je n'avais presque plus de liquide dans les poches, mais j'avais vu cette voiture suspecte garée devant la porte de l'immeuble. J'avais donné ordre au chauffeur de ne pas s'arrêter.

Je constatais maintenant que cette voiture me suivait. Il n'y avait qu'une seule personne dedans. Était-ce l'homme au pardessus ?

« Prenez vers la gare routière », dis-je au chauffeur.

J'avais vu trop de films policiers, dans ma vie, pour ne pas savoir comment échapper à un poursuivant. A la gare routière, je me débarrasserais facilement de celui qui était sur mes talons.

Lorsque je fis arrêter le taxi, la deuxième voiture passa devant moi. C'était l'homme au pardessus. Il me regarda ostensiblement, quoique avec flegme. Je sentis que c'était un homme dangereux, acharné, un chasseur implacable. Il se dirigea vers le parking.

Je pris rapidement un autre taxi, pour filer dans la direction opposée.

Malgré cela, je repassai deux fois devant la porte de chez Gurian, pour être sûr qu'on ne me suivait pas. Tout en pénétrant dans son appartement, j'imaginai le scénario pessimiste suivant : l'homme au pardessus pouvait avoir retrouvé le taxi qui m'avait conduit à la gare routière et appris par lui que je venais de la clinique. Question : en se rendant à la clinique, l'homme au pardessus pourrait-il savoir que j'y avais rendu visite à Gurian ? Réponse : impossible, personne ne m'avait vu entrer ni sortir de la chambre du vieux professeur.

Je m'arrêtai au milieu de la pièce aux murs tapissés de livres. Ces étagères en désordre, pleines de poussière, étaient le meilleur endroit pour cacher les pierres. Je cherchai un livre, parmi les milliers qui s'y trouvaient, dont le titre fût facile à retenir. Je choisis le *Mahâbhârata*. Après tout, l'Inde était un pays plein de pierres précieuses.

Après avoir payé le taxi, il ne me restait même plus assez d'argent pour prendre le bus. José pourrait m'en prêter. L'appartement de Gurian était dans le quartier du Flamengo et la maison de José à Ipanema : un long trajet.

Avant de partir, j'appelai José.

Gislaine répondit. « Il est avec les gens de la Congrégation des Églises évangéliques, c'est une réunion très importante, il ne va pas pouvoir te répondre maintenant.

— Un mardi de carnaval ?

— Un jour tout indiqué pour une réflexion profonde, dit Gislaine sur un ton évangélique.

— Dis-lui que je viens le voir, qu'il m'attende. »

En sortant, je m'aperçus que j'avais gardé la petite boîte dans ma poche. Je devais être bien perturbé pour agir de la sorte, vu que j'étais venu chez Gurian précisément pour la cacher.

Il me fallut presque trois heures pour faire les dix kilomètres qui séparaient une maison de l'autre, il y avait plusieurs rues saturées de circulation et un tunnel à traverser. Je pouvais bien sûr demander de l'argent à un passant « parce qu'il m'en manquait un peu pour mon ticket », ce genre de mendicité était commun dans les rues de la ville, mais je n'en eus pas le courage.

La porte me fut ouverte par un employé en uniforme. Gislaine dessinait tous les uniformes — ceux des femmes de ménage, des serviteurs, des jardiniers, des chauffeurs. Elle avait aussi conçu la décoration de la maison, après avoir suivi, pendant six semaines, des cours de décoration intérieure.

Un employé me conduisit à la bibliothèque. Il y avait une grande différence entre la bibliothèque de José et celle de Gurian, que je venais de quitter. Celle de José avait été méticuleusement rangée et cataloguée par une bibliothécaire qui était membre de l'Église de Jésus Sauveur des Ames. Les tiroirs en bois, contenant les fiches du catalogue, étaient installés dans un des rayons. J'ouvris l'un de ces tiroirs mais, avant que je pusse lire la première fiche, Gislaine entra dans la bibliothèque, suivie par une employée qui portait des tasses de café sur un plateau.

« José te demande d'attendre. Tu prends ton café avec du sucre, n'est-ce pas ? Je ne sais pas comment tu ne grossis pas », dit-elle en mettant du sucre dans ma tasse et de l'édulcorant artificiel dans la sienne, cependant que l'employée, raide et révérencieuse, tenait le plateau. Gislaine donnait probablement au personnel de rigoureuses leçons d'étiquette. Je me rappelais vaguement qu'elle m'avait dit avoir suivi des leçons de bonnes manières, certainement dans la même école que ses cours de décoration.

Je ne savais jamais de quoi parler avec Gislaine. Rester seul avec elle était une torture.

« Ton employée a l'air d'une maid anglaise, dis-je.

— Il faudrait que tu voies dans quel état elles arrivent ici, répondit-elle en soupirant, de vraies sauvages, elles ne savent rien, c'est un travail fou pour en arriver là. L'une d'elles m'a même demandé " pourquoi tous ces verres, madame ? " » Autre soupir. « Quel supplice... » Pause. « Tu ne veux pas t'asseoir ? José va peut-être tarder un peu. »

Je m'assis, en espérant qu'elle se retirerait. Mais Gislaine s'assit dans un fauteuil, à côté de moi, les jambes croisées, les mains jointes devant elle. La Gislaine serveuse dans un snack n'existait plus, il n'y en avait ni reste, ni résidu, ni vestige, ni indice. Un prodige.

« Je suis des cours d'histoire de l'art, dit-elle, mais ça ne comprend pas le cinéma, malheureusement. Le cinéma peut être considéré comme un art, non ?

— Les Américains pensent que c'est une industrie.

— Une industrie des rêves », dit-elle, contente d'elle-même. J'examinai bien son visage, ses cheveux soigneusement coiffés, la fine chaînettte d'or autour de son cou. Elle avait l'air d'une caniche bien dressée, de celles dont on taille le pelage d'une certaine façon.

José arriva enfin.

« J'avais une réunion très importante. La situation politique et sociale du Brésil exige une action responsable de la part de tous. Nous, les évangélistes, nous ne pouvons pas manquer d'apporter notre contribution à l'amélioration des institutions démocratiques.

— Vous n'êtes pas encore en mesure de donner un président de la République...

— Nous avons beaucoup à donner, dit-il, évasif.

— Ça tombe bien, parce que je suis venu te demander de l'argent. »

José plongea la main dans sa poche et en sortit un carnet de chèques : « Combien ?

— Je veux du liquide.

— Je ne pense pas qu'il y ait beaucoup d'argent en espèces, ici.

— J'accepte ce que tu me donneras.

— J'en ai, dit Gislaine. Nous, les femmes, nous aimons bien avoir toujours de l'argent sur nous », ajouta-t-elle avec un sourire. Je notai que ses dents avaient changé, elles étaient plus belles.

« J'ai beaucoup aimé le film, dit José. Nous l'avons montré, à la réunion. Tout le monde a accepté la suggestion que tu fasses un film pour la Congrégation. Un film qui parlerait de toutes les Églises évangéliques de notre Congrégation. N'est-ce pas là un défi intéressant ?

— On en parlera plus tard. »

Gislaine m'apporta une liasse de billets que je mis dans ma poche, sans compter.

« Je te rembourserai, la prochaine fois, lui dis-je.

— Pense au nouveau film », dit José.

Je pris un taxi pour aller chez Liliana.

Elle m'ouvrit la porte. Elle avait une tunique en soie, courte. Il n'y avait pas une courbe de trop dans son corps.

« Je viens de me réveiller », dit-elle.

Comment Liliana pouvait-elle se réveiller si fraîche, si désirable ? J'eus envie de sucer ses seins sanguins.

« Je t'aime tellement », dit-elle comme si elle avait lu dans mes pensées. « Ça serait tellement bon, si on ne se disputait plus. »

Je la pris par les cheveux, délicatement, et la conduisis vers sa chambre.

« Si tu veux, tu peux me battre », dit Liliana.

« Je veux te parler de Ruth », dit Liliana, plus tard.

Je sortis du lit. « Non. »

Je pris mes vêtements et allai m'habiller dans le salon.

Liliana me suivit.

« Il faut que nous parlions de Ruth. Tu ne m'as jamais laissé raconter ma version de l'histoire.

— Non, dis-je.

— J'étais amoureuse de Ruth, tu l'as déjà oublié ? » dit Liliana.

Elle se mit soudain à pleurer. Je ne l'avais jamais vue pleurer, même du temps de son adolescence.

« C'est moi qui t'ai présenté à elle, dit Liliana, nous nous aimions, elle et moi, c'est toi qui t'es introduit dans nos vies et qui as provoqué tous ces malheurs. »

J'eus l'impression que j'allais m'évanouir, comme quand j'avais sauté du plongeoir de la piscine pour la première fois — ces vertigineuses secondes de chute libre — la même sensation que j'avais eue en me réveillant un jour avec le pseudo-syndrome de Menière.

« Ruth savait que je couchais avec toi, je le lui ai raconté, dit Liliana. Ça ne l'a jamais gênée. Elle m'a juste demandé de ne pas te dire qu'elle le savait.

— Ne dis plus rien, je t'en prie, demandai-je.

— Je déteste pleurer », dit Liliana en essuyant ses larmes avec son avant-bras.

« Habille-toi », dis-je.

Quand Liliana revint, avec sa tunique courte, je sortis la boîte de pierres de ma poche.

« Tu te souviens de cette femme qui est venue chez moi ? Ladite Angélica, qui a été assassinée ? La petite boîte de pierres précieuses ? »

Liliana ouvrit la boîte.

« Ce sont des vraies ?

— Oui.

— Tu ne vas pas les rendre ?

— Les rendre à qui ? Angélica n'avait pas de famille. Ces pierres devaient partir en contrebande.

— L'homme au pardessus ! C'est ça qu'il cherche !

— C'est probable. Angélica travaillait pour une équipe de contrebandiers. Chaque année elle partait faire des défilés à l'étranger et elle emportait des pierres cachées dans ses costumes.

— Comment tu sais tout ça ? »

Je racontai ma conversation avec Negromonte.

« Si j'étais toi, je remettrais ces pierres à la police, dit Liliana.

— Avec l'argent que je peux gagner en les vendant, je fais un film. Ça fait deux ans que je n'ai pas tourné.

— Tu ne vas pas faire un film en Allemagne ?

— Je ne sais pas. Je songe à vendre les pierres d'Angélica Maldonado. Je t'ai déjà dit qu'elle n'avait pas de famille. Mon comportement est peut-être criminel, du point de vue légal, mais il n'est pas moralement condamnable. Ou bien, tu trouves qu'Alcobaça est le propriétaire légitime de ces pierres ?

— Tu ratiocines.

— Je vais vendre ces pierres à Maurício, cet ami à moi, bijoutier, je vais les vendre toutes, ou ce qui suffira pour financer le film. J'écrirai, je produirai et je serai le réalisateur. Pourquoi aller à Berlin ? Je n'ai pas besoin de Dietrich, de monsieur Plessner. Je peux tourner *Cavalerie rouge* ici, pourquoi pas ? Gurian est russe, il peut être mon consultant, il connaît Babel comme personne. Les chevaux et les cavaliers ne manquent pas au Brésil. Je ferai une version anglaise, pour le marché international, et une autre en portugais. Si on m'emmerde trop, je ne ferai que la version anglaise.

— Je trouve tout ça très malhonnête.

— Choisis la plus jolie pierre, pour toi.

— Tu es en train de m'acheter ?

— Oui. Choisis les trois plus jolies pierres, pour toi. »

Liliana examina de nouveau les pierres. Pendant ce temps, je songeais à ce que serait mon film. Je pensais aux possibilités — je pouvais tourner en Europe, une coproduction, en Pologne, par exemple, ou en Hongrie ; en plus des techniciens, on me fournirait des figurants, des chevaux, un supporting player ou un autre. Ça reviendrait moins cher qu'au Brésil. La Pologne était une bonne idée, pourvu qu'on ne me donne pas comme cavaliers figurants des adolescents comme ceux que Wajda a pris dans *Chronique des événements amoureux*[1] (j'avais vu ce film à Paris, doublé en français). Les cosaques étaient des hommes. Au milieu de ces rêveries — je faisais déjà le casting — Liliana m'interrompit.

« Je veux celles-là. Une de chaque couleur. » Pause. « Ça n'est pas très malhonnête ? » Autre pause, pour attendre ma réaction : « Merde ! Bien sûr, que c'est malhonnête. Je n'en veux pas.

— Tu peux les jeter, si tu veux.

— Si tu me baises encore, je les accepte. »

Je me tus.

En vérité, la seule bonne chose qui m'était arrivée, ces derniers jours, avait été de coucher avec Liliana. La fornication — les poètes ont toujours raison : « That's all the facts when you come to brass tacks. »

« Viens, allons nous amuser... » dit Liliana.

Nous passâmes la journée au lit, jusqu'à en être las. En fait, épuisés.

« Si je te dis que je t'aime, ça t'ennuie beaucoup ? » demanda Liliana. Son corps était en sueur.

« Oui. Notre relation est juste... hum... animale. Elle ne contient aucun sentiment noble. »

Nous prîmes une douche ensemble. Elle riait et parlait beaucoup. Je ne riais pas, ni ne parlais, mais je n'étais pas malheureux.

« Je suis un animal qui a faim », dit-elle.

La nuit était tombée lorsque nous sortîmes pour manger. Nous allâmes dans un restaurant de Leblon.

« Tu as de l'argent ? Il paraît que c'est cher, ici, dit Liliana.

— Mon frère m'en a donné. Je pense qu'il y en a assez.

— Fais-moi voir. »

Je lui passai l'argent par-dessous la table. Liliana compta discrètement les billets, puis les mit dans son sac. « Il n'y a pas assez pour avoir du champagne français », dit-elle.

Nous passâmes notre commande au garçon.

« Tu as déjà remarqué que les choses qui font le plus de bien

1. En français dans le texte. *(N.d.T.)*

à notre esprit sont d'ordre physique ? Manger, aimer, aller ici et là... » Liliana fit une pause. Elle pencha sa tête en avant. « Ne regarde pas, murmura-t-elle d'une voix effrayée, mais l'homme au pardessus est assis au comptoir. »

Bêtement, je regardai vers le bar. Il était là, avec le même pardessus, un verre à la main. Il me fit un geste froid, comme s'il me portait un toast, avec un sourire cruel, sans émotion.

« Pourquoi ce malheureux n'enlève-t-il jamais son pardessus ? murmura Liliana. Il fait une chaleur terrible.

— Comment est-ce qu'il nous a trouvés ?

— Il devait surveiller mon appartement.

— Ce mec est dangereux.

— Tu as peur ?

— Plus ou moins. C'est une sensation horrible, que d'être poursuivi par quelqu'un d'aussi sinistre. Il doit avoir des comparses, au-dehors.

— Tu penses qu'il travaille pour Alcobaça ?

— Probablement. Tu veux que je te dise : j'ai la boîte de pierres dans ma poche.

— Il faut qu'on trouve un moyen de sortir de là. »

Nous discutâmes à voix basse des moyens d'échapper à l'homme au pardessus et à ses probables acolytes. Il nous fallait appeler la police, mais nous ne pourrions pas lui dire la vérité. La vérité, outre qu'elle m'apporterait des ennuis — après tout, j'étais en possession de pierres précieuses provenant d'une contrebandière qui avait été assassinée après être venue chez moi — était difficile à croire. « Monsieur l'agent, cet homme me poursuit. » La seule chose que la police pourrait reprocher à cet homme, ce serait de porter un pardessus, un jour d'été sans pluie.

Depuis *La Sortie des usines Lumière*, quelle situation n'avait pas encore été abordée au cinéma ? Je passai la petite boîte de pierres à Liliana, qui la rangea dans son sac. Puis elle se leva et alla voir le maître d'hôtel.

« L'homme qui est assis à ma table tient une arme cachée et il a dit qu'il allait me tuer », dit Liliana.

Le maître d'hôtel, surpris, ne savait que faire. Il ne voulait aucun scandale dans son restaurant. « C'est votre mari ? demanda-t-il.

— Non. En fait, je le connais à peine. Il m'a invitée à déjeuner et il a dit qu'il me tuerait si je ne le suivais pas dans un motel.

— Pourquoi vous n'y allez pas ?

— Parce que je suis une femme honnête, cria Liliana. Vous croyez peut-être que c'est un truc pour ne pas payer la note ? Tenez », dit-elle en ouvrant son sac et en lui jetant au visage la liasse de billets que mon frère m'avait donnée.

« S'il vous plaît, s'il vous plaît, ne vous énervez pas, dit le maître d'hôtel en se baissant pour ramasser l'argent. Nous allons régler ça. »

Depuis le bar, l'homme au pardessus observait froidement la conversation entre Liliana et le maître d'hôtel. Dans d'autres circonstances, j'aurais engagé cet homme à tourner dans un de mes films. Depuis Widmark poussant une petite vieille paralytique dans un escalier, dans *The Kiss of Death*, en 1947, je n'avais pas vu une physionomie aussi répugnante et terrifiante que celle de l'homme au pardessus.

« S'il vous plaît, retournez à votre table et gagnez du temps pendant que j'appelle la police. Nous allons tâcher de régler ça sans scandale. » Le maître d'hôtel aussi avait vu des films.

Liliana revint.

« Je pense qu'on y est arrivé, dit-elle.

— Qui a réalisé *The Kiss of Death* ? Kubrick ? demandai-je.

— Hathaway. Kubrick a réalisé *Killer's Kiss*, presque dix ans après. Que serais-tu sans moi ?

— Je ne garde pas de banalités dans ma tête.

— Tu ne gardes rien, dans ta tête, dit Liliana.

— Si j'avais vraiment une arme, je pense que je te tuerais tout de suite.

— Vas-y, tue-moi ! » cria Liliana.

Les hôtes de la table d'à côté regardèrent avec curiosité dans notre direction.

« N'exagère pas, dis-je.

— Vas-y, tue-moi ! cria Liliana à nouveau.

— Parle doucement, idiote, murmurai-je. Je suis quelqu'un de connu. »

Tout pâle, le maître d'hôtel s'approcha.

« Monsieur, dit-il, craintif, voulez-vous venir par ici un instant ? »

Je le suivis jusqu'à la porte du restaurant. Nous sortîmes.

Deux agents m'attendaient. L'un d'eux avait des galons de caporal. On me fouilla.

« Ma femme est malade. Elle est paranoïaque. Je suis prêt à vous accompagner au commissariat pour mettre les choses au clair. J'ai ici les ordonnances de ses médicaments. » Je me fouillai les poches.

« Allez chercher la femme », dit le caporal au maître d'hôtel.

Le maître d'hôtel revint, accompagné de Liliana.

« Il veut me tuer », dit Liliana aux agents.

« Allons au commissariat », dit le caporal en nous faisant monter dans la voiture de police.

Sur le chemin, nous restions silencieux. Au bout d'un moment, Liliana se mit la tête entre les mains. Elle commença à sangloter.

« Excuse-moi, mon chéri, je ne sais pas ce qui m'est arrivé, dit-elle. Monsieur l'agent, mon mari est le meilleur homme qui soit, ne lui faites rien.

— Je ne fais rien à votre mari, protesta l'agent. C'est vous qui avez dit qu'il vous menaçait.

— Mon mari est un ange, il ne menace personne, il est incapable de tuer une mouche.

— Vous devriez vous faire soigner, dit le caporal.

— Je veux rentrer à la maison », dit Liliana en sanglots. Une cabotine. Seuls des gens qui n'allaient jamais au cinéma pouvaient croire à cette comédie.

« Vous allez au cinéma, caporal ? demandai-je.

— On va les ramener chez eux, dit le caporal en ignorant ma question. Quelle est votre adresse ? »

Laquelle ? Celle de Liliana ? La mienne ? L'homme au pardessus nous retrouverait.

Je donnai l'adresse de Gurian.

« La prochaine fois, appelez un médecin, dit le caporal. Il y a des choses que la police ne peut pas résoudre. »

Nous entrâmes dans l'immeuble.

« Quelle est donc cette maison ? demanda Liliana.

— C'est celle d'un ami qui est en clinique. J'ai sa clé.

— Allons-y, dit Liliana quand elle vit que la voiture de police s'était éloignée.

— Allons où ?

— Manger.

— Je n'ai pas d'argent.

— Le maître d'hôtel m'a rendu l'argent que je lui avais jeté.

— Je ne veux pas ressortir. »

Je me dirigeai vers l'ascenseur, qui était arrêté au rez-de-chaussée.

Nous montâmes.

« Cet endroit ressemble à un nid de rats », dit Liliana lorsque nous fûmes dans l'appartement de Gurian. Elle se rendit dans la cuisine et moi dans la bibliothèque.

« Cet homme ne mange jamais ? cria Liliana de la cuisine.

— Il boit seulement », répondis-je.

Liliana revint dans le salon.

« Tu sais que le frigidaire est vide ? Exactement, il n'y a qu'une bouteille de vodka ordinaire et un pot de confiture d'orange. Dans le placard, il n'y a ni riz, ni œufs, ni pain, ni pâtes, ni fromage, ni biscuits, ni rien. Pas même une boîte de cœur de palmier ! On va mourir de faim. » Liliana donna un coup de pied dans un livre qui traînait par terre. « Sainte Vierge, tous ces livres !

— Ne fais pas ça », dis-je en ramassant le livre, que je déposai sur une table, « Gurian accorde une grande valeur à ses livres.

— Si j'ai faim, je ne baise pas.

— Ne fais pas semblant d'être vulgaire.

— Je suis vulgaire, cria Liliana, si j'ai faim, je ne baise pas !

— Très bien. De toute façon, je n'attends rien de toi, répondis-je tout en cherchant le *Mahâbhârata* sur les étagères.

— Pauvre crétin. Allez, téléphone à n'importe quel restaurant du Flamengo, ici, et commande-nous deux steaks-frites. »

Je trouvai le livre. Liliana me le prit des mains.

« Qu'est-ce que c'est que ce livre ?

— Le genre de livre que les filles comme toi ne lisent jamais. Je vais cacher la boîte de pierres derrière lui.

— Il y a des moments où le livre le plus intéressant qui soit, c'est l'annuaire du téléphone », dit Liliana en me tournant le dos. Elle prit l'annuaire. « Alors, voyons... restaurant... restaurant... celui-là, je crois qu'il est bien... »

Après avoir téléphoné, Liliana alla prendre une douche, en attendant que nous fussions livrés.

Peu après, Liliana apparut au milieu du salon, nue, une serviette de bain à la main. L'eau gouttait de son corps mouillé.

« Est-ce que ton ami a une maladie de peau ? Ou le sida ?

— C'est un vieil érudit. Sa seule maladie, c'est la vieillesse. »

Nos plats arrivèrent, conditionnés dans des barquettes en aluminium, avec une bouteille de vin.

Liliana mangeait en se léchant les lèvres, comme un chat. Quand nous eûmes fini, elle dit : « Maintenant, je vais te séduire. »

J'attendais.

« Le *Mahâbhârata*, dit Liliana, dont le titre signifie “ grand roi Bhârata ”, est l'un des deux grands poèmes épiques de l'Inde. L'autre, c'est le *Râmâyana*. Ils ont été composés en sanskrit, mille deux cents ans avant Jésus-Christ. C'est une histoire qui traite de la futilité de la guerre. Tu veux que je continue ou tu es déjà en train de bander ? »

En caressant le corps nu de Liliana, sa peau douce et lisse, en sentant ses os, sa chair, sa chaleur, sa vie, je fus envahi par une grande joie, un étrange bonheur, mêlé d'une sorte de vertige dont je soupçonnai par moments, à tort, que ce fût le prodrome d'un pseudo-syndrome de Menière. Je ne haïssais plus Liliana, je ne l'avais peut-être jamais haïe. Je pouvais m'abandonner à cette jouissance simple et primaire, accepter la satisfaction pure qu'elle m'apportait.

9

Rêve :

J'ai mal aux os. Je suis un homme seul, chez lui. Je suis dans une grande ville, j'attends une lettre, un coup de téléphone. Je ne connais personne dans la ville. Je sors dans un fog glacé et j'achète deux boîtes d'une substance sombre, une botte de légumes, un peu de fromage et du pain. Maintenant, il fait nuit. Avec les légumes, un magazine érotique. Aux toilettes, je choisis la femme la plus belle (il y a quelque chose de l'hémisphère Sud dans son visage, ou d'oriental, un visage qui défie la classification — elle a de grands yeux, elle est décente), elle est de dos, agenouillée et, malgré sa position, les poils de son pubis se projettent en une touffe sombre et dense. Ses cheveux descendent dans son dos nu et elle est maintenant de profil. Je me masturbe en regardant son cul, ses longs cheveux, son profil de fillette, mais surtout en ne voyant rien, car mon esprit, mes désirs, ma faim sont très distants, balaient l'air, d'un jour à l'autre. Je me couche et j'attends quelque chose, la lumière est éteinte. Je suis fatigué, plus d'attendre que d'autre chose. De temps en temps mon cœur saute un battement. Le médecin, à côté de moi, dit que c'est commun — mais malgré tout cela me gêne. Rien ne se passe. Nous sommes dans un crématoire. Ils ne voulaient pas me laisser entrer, par peur que je ne mélange les cendres des morts. Mais ces cendres m'appartiennent, dis-je. Alors, ça va. Des flammes m'encerclent.

Je me réveillai. Je regardai ma montre : il était sept heures. La chambre était éclairée par la lumière qui traversait les immondes rideaux blancs de la fenêtre. Pour la première fois, je prêtai attention au lit où nous étions couchés, je sentis la dureté du matelas. Liliana, endormie à côté de moi, dépourvue de son agressivité défensive, avait l'air d'une gamine fragile et vulnérable. Je l'embrassai doucement sur le front. Elle ne se réveilla pas.

Je m'assis dans l'un des fauteuils abîmés du salon. Je devais revoir mes plans. Je dressai un bilan de la situation :

a) j'étais en possession de pierres précieuses qui valaient une fortune et qui avaient abouti entre mes mains par les voies indéchiffrables du hasard ;

b) ces pierres appartenaient à une équipe de contrebandiers ;

c) j'avais découvert la méthode efficace employée par les malfrats pour passer les pierres en contrebande ;

d) la contrebande de pierres précieuses était une grosse affaire qui mettait en jeu des millions de dollars et dont on parlait très peu ;

e) les contrebandiers, en plus de récupérer leurs pierres, voulaient certainement me tuer. L'homme au pardessus en était chargé et c'était probablement lui qui avait assassiné Angélica et le portier ;

f) donc, même si je rendais ces pierres, je n'apaiserais pas les malfaiteurs, car j'en savais trop et je devais être réduit au silence.

Quelle sensation ambiguë de peur et d'euphorie que de se sentir poursuivi par un tueur ! Comme il est bon d'avoir une base réelle pour sa propre paranoïa !

A ce point de mon raisonnement, je me mis à élaborer un script. Un type obtient par hasard des bijoux qui sont le produit d'un crime et il est poursuivi par une bande de dangereux malfaiteurs. L'homme poursuivi ne veut pas garder les bijoux, il n'a rien à en faire (ce n'était pas exactement mon cas), mais tant qu'il les garde en sa possession, les scélérats le pourchassent. Et comme *il ne veut pas que la poursuite s'arrête,* il a besoin de provoquer ses poursuivants, etc., etc.

Je pensai alors à Liliana. Elle aussi courait le risque d'être abattue par les contrebandiers.

Je la réveillai.

« Quelle heure est-il ? Mon Dieu, cette lumière ! Il doit faire jour !

— Il est huit heures du matin.

— Le jour est levé ! »

Je lui fis part de mes préoccupations.

« C'est là la meilleure preuve que tu vieillis, dit-elle. Tu as peur des fantômes.

— D'accord, je vieillis, tout ce que tu veux. Mais l'homme au pardessus, c'est un fantôme ? Alcobaça, c'est un fantôme ?

— D'après ce que tu m'en as dit, oui.

— Liliana. J'ai une suggestion : partons en voyage. Nous courons des risques, nos vies sont en danger, ici. J'ai cette proposition, d'Allemagne. Nous pourrions rester à l'étranger quelques mois...

— Je n'irai pas en Allemagne, m'interrompit-elle. Ni de l'Ouest, ni de l'Est. Dans aucune.

— Si tu ne veux pas aller en Allemagne avec moi, va ailleurs en Europe : Angleterre, France, Espagne, Portugal, Pologne, Autriche, Hongrie. On se retrouve quelque part.

— Pourquoi la Hongrie ?

— C'est la patrie d'István Szabo.

— Tu es redevenu l'amour de ma vie ?

— Je ne sais pas », répondis-je.

Liliana m'observa. Puis : « Et on a l'argent pour ça ?

— On a les pierres précieuses, non ? De plus, les Allemands vont me payer.

— Et ils doivent te payer bien. Il n'y a pas d'aussi bon cinéaste que toi dans toute l'Allemagne. Attends : hier encore, tu m'as dit que tu ferais un film ici même, au Brésil, avec l'argent que tu tirerais de la vente des pierres, et que tu ne voulais pas entendre parler de l'Allemagne. Tu as bien vite changé d'avis.

— Parce que je suis convaincu que si on reste ici, les propriétaires des pierres...

— Les propriétaires ! Si elles ont un propriétaire, rends-les et l'affaire est close.

— Nous en avons déjà parlé. Ils savent que j'ai découvert leur plan. Je ne peux pas aller trouver l'homme au pardessus et lui dire : “ Tenez, voilà vos pierres précieuses et soyez tranquille, je ne dirai rien à la police de la façon dont vous les passez en contrebande. ” Ils ne me croiraient pas. Si je rends ces pierres, je suis un homme mort.

— Si tu ne les rends pas, c'est pareil.

— Exactement. Dans pas longtemps, ils vont en arriver à la conclusion qu'il vaut mieux en finir avec moi — en finir avec nous deux — une bonne fois pour toutes, même sans retrouver les pierres.

— Comment tu vas les vendre ?

— Je ne t'ai pas dit que mon ami Maurício les achèterait ? Il m'a dit qu'elles valaient une petite fortune. »

Liliana resta un moment silencieuse, pensive.

« Je pense que je vais aller à Paris. Je sais même où j'habiterai, au Bréa, un tout petit hôtel, modeste, très sympathique... J'aime bien Montparnasse ; dans la rue Bréa, il y a une statue de Balzac, faite par Rodin, à l'entrée. Le Jardin du Luxembourg est assez près, La Coupole aussi, et... »

Liliana se tut. Je savais ce qu'elle n'avait pas dit. C'était dans cet hôtel qu'elle et Ruth avaient habité lorsqu'elles étaient allées à Paris, et elles avaient alors découvert qu'elles s'aimaient. Qu'attendait Liliana de ce nostalgique et mélancolique pèlerinage ? Je n'eus pas le courage de le lui demander. Je préférais ne pas repenser à Ruth.

Liliana alluma une cigarette, appuya sa tête contre le vieux fauteuil et se tint tranquille, les yeux fermés.

Je pris l'annuaire du téléphone et appelai Maurício.

« Où étais-tu passé ? demanda-t-il. J'ai appelé chez toi mais ça ne répondait pas. Je m'inquiétais.

— Je t'expliquerai plus tard.

— Il s'est passé quelque chose ?

— Je t'expliquerai plus tard. Écoute, je voudrais vendre ces pierres.

— Tu veux les vendre toutes ? demanda-t-il.

— Non. Juste ce qu'il faut pour avoir trente mille dollars... attends », je masquai le combiné, « Liliana, Liliana ! »

Elle ouvrit les yeux. « Quoi ?

— Tu penses que trente mille dollars nous suffiront pour le voyage ? »

Elle haussa les épaules, comme pour dire : ça ne me concerne pas, et elle referma les yeux après avoir aspiré une longue bouffée de sa cigarette.

Je me remis à parler à Maurício. « Trente mille dollars suffiront.

— Passe à mon bureau demain après-midi. Apporte toutes les pierres. »

Il me fallait prendre quelques vêtements et mon passeport. Mais mon appartement devait être surveillé par les truands. Il devait en être de même avec celui de Liliana.

« J'ai une amie qui peut faire ça pour nous », dit Liliana.

L'amie de Liliana arriva avec du pain grillé, du beurre et du thé anglais. C'était une jeune Nissei [1] qui s'appelait Mitiko.

« Tu es de São Paulo ? demandai-je tandis que nous prenions le thé.

— Je suis de Rio. Tous les Nissei ne sont pas de São Paulo.

— Tu parles japonais ?

— Pas du tout. Chez moi, on ne parle que portugais. Papa et Maman parlent quelquefois japonais entre eux. Mais très rarement. Tu tournes un film ? J'ai adoré *La Guerre sainte.*

— Allons à l'essentiel », dit Liliana.

Mitiko nota nos adresses. Nous lui donnâmes nos clés.

« Il faut que tu entres par l'arrière », lui dis-je.

J'expliquai à Mitiko où se trouvaient les affaires qu'elle devait me rapporter — mon passeport, le livre de Babel et mes notes, et un costume gris foncé. J'achèterais avant de partir des chemises, des chaussettes et des caleçons, une brosse à dents, du matériel de rasage. « La maison est en désordre, ne t'étonne pas », l'avertis-je.

Liliana expliqua où se trouvaient les affaires que Mitiko irait chercher dans son appartement.

« Cet homme au pardessus est dangereux ?

— Oui. Mais ne t'en fais pas. Il ne te connaît pas. Il est après nous pour une raison que je préfère ne pas t'expliquer, dit Liliana.

— Si quelqu'un entre en même temps que toi dans mon immeuble ou dans celui de Liliana, tu fais semblant d'aller à un autre étage.

— Quand tu auras fini, téléphone et prends un taxi. » Liliana donna une partie de l'argent de mon frère à Mitiko, qui partit, sérieuse comme un agent secret chargé d'une mission très importante. Elle n'avait que dix-huit ans.

J'appelai la Lufthansa et fis une réservation sur le vol pour

1. *Nissei :* Américain(e) d'origine japonaise, né(e) en Amérique. *(N.d.T.)*

Francfort du lendemain mercredi soir. A cause de la crise économique, il y avait pas mal de places vides dans les avions. Je cherchai le numéro de téléphone de Dietrich dans mon carnet d'adresses. Je composai le numéro, tout en pensant que je devrais ne pas oublier de rembourser Gurian pour cette dépense.

« Si tout marche bien, je dois embarquer demain soir sur le vol de la Lufthansa Rio-Francfort. »

Dietrich sembla excité par la nouvelle. Il parla en allemand, rapidement. Puis il ajouta en anglais la traduction de ce qu'il venait de dire : « Plessner va être content. Il vous attend impatiemment.

— Si vous ne recevez pas d'avis contraire de ma part d'ici demain soir, c'est parce que j'aurai décollé.

— Vous avez pensé à ce dont nous avons parlé ? »

Je ne me souvenais plus de ce que je lui avais dit.

« On en parlera là-bas. Après-demain. »

Liliana avait pris un livre dans la bibliothèque. Quand je vois quelqu'un lire, où que ce soit, je suis très curieux de savoir quel est le livre. Cela m'a même mis dans des situations gênantes. Liliana connaissait ma manie. Quand elle me vit essayer d'apercevoir le titre imprimé sur la couverture du livre — une reliure ancienne — elle le cacha rapidement derrière sa main.

« O Satan, prends pitié de ma longue misère[1] ! » dit-elle.

J'aimais lire Baudelaire, mais j'avais soudain envie de partir tout de suite, de ne plus me trouver dans une pièce pleine de livres, fuyant un gangster qui portait un pardessus. Je regardai le genou de Liliana, qui lisait *Les Fleurs du Mal,* et pensai à Eric Rohmer et au *Genou de Claire,* mais sapristi, je n'arrivais pas à me rappeler quoi que ce fût de ce film, à part son titre — comment est-ce qu'un genou de femme peut contenir autant de promesses, d'interrogations ? — cette chatte pourpre comme un volcan — le tampon hygiénique de Ruth — j'avais peut-être besoin d'écouter de la musique — où est-ce que Gurian cachait Babel ?

Je vociférai mes souvenirs en arpentant la pièce : « Lioutov-Babel doit prouver qu'il est un vrai cosaque, bien qu'il porte des lunettes, bien qu'il sache lire et écrire. Écoute, écoute : Lioutov

1. En français dans le texte. *(N.d.T.)*

vient d'arriver au quartier de la Sixième Division, établi par les cosaques dans la maison d'une vieille femme. Un cosaque insulte Lioutov et jette sa valise au milieu de la cour. Lioutov ramasse les vêtements et les manuscrits qui sont tombés de la valise et s'en va dans un coin de la cour où il lit, dans la *Pravda,* un discours de Lénine au Deuxième Congrès du Komintern. Puis il a faim. Il va chercher la vieille maîtresse de maison et lui dit qu'il a besoin de manger. Celle-ci, après l'avoir dévisagé un instant, lui répond qu'elle a envie de se pendre. Lioutov appuie son poing sur la poitrine de la femme, la pousse brutalement et lui dit qu'il n'a pas besoin d'explications. Il regarde autour de lui et aperçoit un sabre. Il voit aussi une oie, il l'attrape et lui écrase la tête sous le talon de sa botte, faisant gicler l'encéphale de l'animal, qui reste étiré dans le fumier, les ailes frémissantes. Lioutov enfonce alors le sabre dans la poitrine de l'oiseau et le soulève. " Préparez-moi cette oie, madame ", ordonne-t-il.

— Pourquoi est-ce que tu me hurles ça, avec tes yeux exorbités ? Qu'est-ce qu'il y a ? Tu es devenu fou ? dit Liliana.

— C'est un passage de mon film.

— Le petit gars s'attire le respect de ses pairs parce qu'il a tué une oie ? C'est ça, la signification de la scène ? demanda Liliana. Ah ! vous, les mecs !

— C'est Lioutov qui se respecte lui-même, maintenant, grâce à cela. Mais aussitôt après, comme il essuie le sabre dans du sable, il se sent déprimé. Cependant, le fait d'avoir tué l'oie lui donne le courage d'aller prendre de la soupe au chou et de manger de la viande de porc avec les cosaques, en attendant que l'oie soit prête. Il lit alors aux soldats le discours de Lénine, en exultant " car il découvre la courbe secrète de la ligne droite de Lénine ".

— La courbe secrète de la ligne droite ?

— Je pense quelquefois que ce doit être une des phrases écrites par Babel qui ont fini par lui créer des problèmes. Ensuite, tous les cosaques vont se coucher dans la grange pour y dormir, sous un toit de bois percé qui laisse voir les étoiles, et ils sentent mutuellement la chaleur de leurs jambes mêlées. Alors, Lioutov rêve, et dans son rêve, il voit des femmes. Mais son cœur, maculé par le sang versé, " grinçait et débordait ".

— Débordait de quoi ? demanda Liliana.

— Eh bien, il éprouvait une sorte d'euphorie...

— L'euphorie que les hommes ressentent quand ils s'adonnent à quelque violence ?... Et ces jambes mêlées ? Hum... Ça existait aussi, chez les cosaques ? »

Le téléphone sonna et nous sursautâmes. Il sonna de nouveau.

« Il vaut mieux que tu répondes, dit Liliana.

— Allô ?

— Qui est-ce ? demanda une voix de femme.

— A qui voulez-vous parler ?

— C'est Mitiko. Je suis dans ton appartement... » Elle baissa la voix et je n'entendis pas le reste.

« Tu peux parler un peu plus fort ?

— Il est comment, l'homme au pardessus ? continua Mitiko en murmurant.

— Il porte un pardessus.

— Ça, je le sais. Il est grand, fort, avec une sale tête ?

— Oui.

— Il est dehors, en train de discuter avec le chauffeur du radio-taxi que j'ai appelé.

— Tu peux parler plus fort, vu qu'il n'entend pas ce que tu dis, depuis en bas. Tu as peur ?

— Non. Mais je crains qu'il ne suive le taxi.

— Fais comme ça : prends le taxi et demande à aller à l'aéroport Santos-Dumont. En arrivant là-bas, va au comptoir du Pont aérien Rio-São Paulo et fais comme si tu allais embarquer. Je ne pense pas qu'il te suive. S'il te suit, je t'assure qu'il n'attendra pas que tu montes dans l'avion. Quelqu'un t'a vue entrer dans l'appartement ?

— Non.

— Si un jour, je fais un film policier, je te donnerai le rôle principal.

— Vraiment ? »

Liliana me prit le téléphone des mains.

« Tu as déjà pris mes affaires ? Non ? Alors, on verra ça plus tard. A l'aéroport, tu prendras un autre taxi, un autre, d'accord ? et viens ici directement. »

Liliana raccrocha et m'observa avec un sourire ironique.

« Tu me prendras aussi, pour ton film policier ? »

Elle prit son sac et en tira un petit paquet en papier, dans lequel se trouvaient les trois pierres qu'elle avait choisies.

« Je ne veux pas de ça pour moi.

— Je suis un voleur, c'est ça ?

— Exactement », dit-elle.

Liliana avait raison. « Maintenant, il est trop tard, dis-je.

— Il n'est jamais trop tard.

— Quand tu es sérieuse, tu deviens encore plus insupportable... Je préfère la Liliana sarcastique.

— Tu as déjà fait ça, avant ?

— Jamais.

— Ta carrière criminelle commence maintenant ?

— Tu sais ce qui va arriver, si je rends ces pierres à la police ? L'argent ira à ce gouvernement corrompu.

— C'est l'argument de tous les receleurs, contrebandiers, voleurs et faussaires qu'il y a dans ce pays. Puisque l'argent va aux corrompus, pourquoi ne pas être corrompu soi-même ? Ce n'est pas comme ça que vous raisonnez ?

— Tu sais très bien que je n'ai jamais...

— Si tu ne veux pas les rendre, jette-les à la mer. Ce qu'il ne faut pas, c'est que tu les gardes. Tu peux les jeter dans la lagune Rodrigo de Freitas, le fond boueux cachera les pierres juqu'à ce qu'une génération plus...

— Plus quoi ? Plus simiesque ? Chaque génération qui arrive est pire que la précédente. »

Cette discussion idiote ne nous mènerait à rien. Je n'étais pas décidé à me séparer de ces pierres. Par chance, Mitiko arriva et nous pûmes changer de conversation.

Mitiko avait apporté la valise de Ruth. Dedans, à plat sur mon costume, se trouvaient mon passeport, le livre de Babel et mes notes.

« Et ce qu'il y avait dans la valise ?

— Il n'y avait rien. Juste un livre, un flacon de parfum, un paquet de Modess, des vêtements.

— Tu n'as pas jeté le paquet de Modess, si ?

— Non. J'ai tout laissé à côté.

— Qu'est-ce que tu fais avec un tampon hygiénique ? » demanda Liliana.

(Non, tout sauf parler de Ruth !)

« Ton appartement est vraiment en désordre, qu'est-ce qui s'est passé ? demanda Mitiko.

— J'ai déménagé il y a quelques jours et je n'ai pas encore eu la patience de ranger.

— Tu veux que je m'en occupe, pendant que tu seras absent ?

— Ça serait dangereux, dit Liliana.

— J'irai ranger tes affaires.

— Je ne veux pas t'importuner.

— C'est dangereux, je dis que c'est dangereux.

— Ça ne me dérange pas. Ça t'ennuierait que j'habite là-bas quelque temps ? Je vais bientôt être mise à la porte de chez moi.

— Tu peux aller chez moi, je vais partir en voyage moi aussi, dit Liliana, énervée. Laisse son appartement en désordre. Il est temps qu'il apprenne à faire le ménage chez lui. Il faut qu'il arrête de compter sur les femmes pour s'occuper de lui.

— Je pensais... dit Mitiko.

— Tu ne pensais rien, dit Liliana. Allez, rends-lui sa clé. »

Contrariée, Mitiko me rendit ma clé.

« Après, on s'arrangera », dit Liliana doucement, en caressant le visage de Mitiko.

Puis elle lui fit une bise.

« Je ne comprends pas ce que les femmes te trouvent », me dit Liliana.

J'attendis mon rêve :

Je suis dans une rue où l'air est sombre (ce mélange de gaz que nous respirons — azote, oxygène, hydrogène, hélium, néon — cet air est invisible mais je sais qu'il est sombre) bien qu'on soit en plein jour, cet air voile toute chose comme une vitre fumée translucide et, dans la rue, il y a des murs couverts de livres. Je ne vois ni la rue, ni les livres, ni cet air qui plonge la rue dans un bain d'ombre transparente mais je sais, je sais que les passants me regardent d'un œil suspicieux, je sais que je suis miné par la fatigue et je sais que j'entends des aboiements. Mais ce ne sont pas des chiens qui aboient, ce sont des animaux bipèdes, aux yeux couverts de boue, ou de chocolat, ou d'excréments. Je reconnais les odeurs de la ville et celle d'une femme. Une lumière limpide me traverse, comme un rayon mortel, et me fait disparaître. J'entends quelqu'un dire, d'une voix métallique qui sort d'un haut-parleur : « Moi, je pisse de la poésie, tu sais depuis combien d'années j'écris de la poésie ? Ça te surprendrait, pendant que les gens travaillaient pour s'acheter une maison, moi je travaillais la poésie. Je n'ai pas acheté de maison. Tu vois cette tache en haut du mur ? Eh bien, on va voir qui arrive à pisser dessus, disons, pendant cinq secondes. »

Nous quittâmes l'appartement ensemble, Liliana et moi. Mitiko s'était endormie sur le canapé. Je lui laissai un mot pour lui demander de bien claquer la porte en repartant.

« Fais attention », dis-je, une fois dans la rue, avant que nous ne nous séparions.

« Je ne suis pas aussi bête que toi, ne t'en fais pas. »

Nous nous donnâmes rendez-vous dans un restaurant à deux heures de l'après-midi.

Auparavant, dans l'appartement de Gurian, j'avais sorti du lot les trois pierres que j'avais déjà montrées à Maurício. En tout cas, celles qui leur ressemblaient le plus, au moins par la couleur.

J'affrontai à nouveau toutes les mesures de sécurité pour parvenir au bureau de Maurício.

Il finit par arriver.

« Pourquoi tu ne me racontes pas ce qui t'arrive ? Nous sommes de vieux amis.

— Je te le raconterai plus tard. » Je lui tendis les trois pierres que j'avais choisies.

« Ce sont les pierres que j'ai déjà examinées ?

— Oui.

— Les autres valaient plus. » Il me fixa de son nouveau regard inquisiteur.

« Celles-ci ne valent pas les trente mille dollars ? » demandai-je.

Il rit. « Celle-ci vaut à elle seule plus de trente mille dollars. » Il fit une pause. « Tu en as combien, en fin de compte ?

— Une demi-douzaine. Celles-ci et les trois autres.

— Où sont-elles ? Les... trois autres ? » J'eus un instant l'impression qu'il regardait la bosse que la boîte de pierres faisait dans ma poche.

« Dans le coffre d'une banque.

— Il vaut mieux les garder en lieu sûr. Elles valent très cher. »

Je ne voulus pas savoir combien. Ce n'était pas encore le moment.

« Tu veux n'en vendre qu'une ?

— Je n'ai besoin que de trente mille dollars. En liquide américain. Je pars en voyage.

— Tu me l'as déjà dit. »

Maurício mit de côté l'une des pierres et enveloppa soigneusement les autres dans une feuille de papier de soie.

« Tu peux les ranger. »

Il quitta la pièce en emportant la pierre avec lui. A son retour, il me remit quarante mille dollars, dans une grosse enveloppe brune.

« C'est tout en billets de cent dollars. Fais attention aux voleurs. Ne prends pas le bus avec cet argent et ces pierres. »

Je sortis de l'immeuble où travaillait Maurício avec l'enveloppe de billets serrée derrière ma ceinture, sous ma chemise, et la boîte de pierres dans ma poche. J'eus alors une surprise épouvantable. L'homme au pardessus se trouvait de l'autre côté de la rue, en compagnie de Diderot. Ils essayèrent de traverser mais la circulation était très intense et ils durent s'arrêter pour attendre une occasion. Je me mis à courir dans la rue comme un fou, tournai au premier coin et me ruai dans un magasin d'articles féminins, où je passai un moment à faire semblant de chercher quelque chose à acheter. Quand je ressortis, l'homme au pardessus et Diderot avaient disparu.

J'entrai dans toutes les agences bancaires que je trouvai sur mon chemin, pour essayer de louer un coffre. Je n'en trouvai aucun de disponible.

« Ils sont tous loués. Plus personne n'ose garder de choses précieuses chez soi, avec tous ces cambriolages », m'expliqua un employé. Il me raconta les cas de vols à main armée qu'il connaissait ou qu'il avait lus dans les journaux. « C'est pour ça que dans notre banque, nous avons des dizaines de clients sur notre liste d'attente. »

L'heure de retrouver Liliana était presque arrivée. Je passai dans une agence de change où j'échangeai mille dollars contre des cruzados au « cours parallèle », un euphémisme pour le marché noir du change. Les mille dollars en cruzados prenaient plus de place que les trente-neuf mille dollars restant dans l'enveloppe brune. J'en remplis les poches de ma veste et de mon pantalon.

Liliana m'attendait au restaurant.

Je lui donnai l'enveloppe.

« Va aux toilettes et prends dix-neuf mille cinq cents dollars pour toi.

— Je ne veux pas », dit-elle.

Le garçon arriva. Nous passâmes une commande.

« Qu'est-ce que tu ne veux pas ?

— Tu le sais très bien. »

Je me levai, me rendis aux toilettes et m'y enfermai. Je sortis dix-neuf mille cinq cents dollars de l'enveloppe et les mis dans mes poches. Je revins à la table.

Liliana était en train de lire un petit livre qu'elle avait pris dans son sac.

« Tu aimes Kavafis ? » me demanda-t-elle.

Je poussai l'enveloppe vers elle.

« Je ne veux pas de cet argent », dit-elle.

Je sortis de la liasse un billet de cent dollars et le déchirai en petits morceaux que je mis dans la poche de ma chemise, la seule qui n'était pas bourrée d'argent.

« Toutes les trente secondes, je vais déchirer un billet de cent, dis-je.

— Toutes les trente secondes ? » Liliana fit une pause, pensive. « Ça va te prendre quatre-vingt-dix-sept minutes et trente secondes pour tout déchirer. »

Je déchirai un autre billet.

Le garçon vint mettre le couvert.

Puis je déchirai deux billets. « C'est qu'une minute s'est écoulée », dis-je.

Liliana éplucha un œuf de caille, le saupoudra de sel et, par-dessus la table, essaya de me l'enfoncer dans la bouche.

« Je n'en veux pas, dis-je en tournant la tête et en déchirant un autre billet de cent.

— Tu as toujours aimé les œufs de caille, dit Liliana.

— Je n'aime plus ça.

— Tu as peur du cholestérol ? De la salmonelle ?

— Ce que je n'aime vraiment pas, c'est qu'on m'enfonce de la nourriture dans la bouche. Je détestais que ma mère fasse ça.

— C'est l'heure de déchirer un autre billet », m'avertit Liliana.

Je le déchirai. Il n'est pas facile de déchirer un billet de cent dollars. Ils sont faits d'un papier spécial, très résistant. Peu de gens le savent.

Le garçon nous apporta nos plats. Pour Liliana, du poisson grillé et des carottes bouillies. Elle faisait attention à elle. Si elle arrêtait de fumer, elle pourrait vivre cent — hop ! je déchirai un autre billet — ans. J'avais demandé de la queue de veau avec du cresson et de la bière.

Je déchirai un autre billet. La poche de ma chemise était pleine de papier vert déchiqueté.

« Je reviens », dis-je.

J'allai aux toilettes, jetai les dollars déchirés dans la cuvette et tirai la chasse. Seuls quelques morceaux de papier partirent dans le tuyau. Je tirai la chasse maintes fois. Les papiers tourbillonnaient et continuaient de flotter.

Je ne pouvais pas laisser cette cuvette pleine de dollars déchirés. J'y plongeai la main et récupérai les bouts de papier, que je remis dans la poche de ma chemise.

Quand je revins à table, Liliana était tranquillement en train de manger son poisson.

« Tu es parti pendant trois minutes, dit-elle.

— Les toilettes d'aujourd'hui, c'est de la merde, dis-je.

— Ça fait six billets », dit Liliana.

Je déchirai les six billets.

« Ta chemise est mouillée.

— Je sais.

— Allez, mange cette saloperie. Tu n'as pas faim ?

— Je vais déchirer dix billets d'un coup, pour pouvoir manger en paix », dis-je.

Liliana m'arracha l'enveloppe des mains.

« Fils de pute, tu as déjà déchiré mille quatre cents dollars ! »

Elle rangea l'enveloppe dans son sac. Je me mis à manger.

« Ne va pas penser qu'il y ait eu entre nous un conflit de volontés dont tu serais sorti victorieux. Tu es cinglé, et les cinglés aiment bien déchirer de l'argent, dit Liliana. Il y a simplement eu un affrontement entre la santé et la morbidité, et comme toujours le mal a triomphé.

— Tu crois vraiment ? »

Elle me regarda longuement.

« Tu voulais me soumettre ou me séduire ?

— Les deux », répondis-je en arrachant avec mes dents la chair graisseuse qui restait encore sur le dernier os de la queue de veau. « En plus de ça, il y a le côté pratique : tu as besoin de cet argent pour voyager.

— S'il te plaît, je t'aime. Ne me commande pas, comme tu faisais avec Ruth. Promets-moi.

— Ne parle pas de Ruth, dis-je.

— Promets-moi que tu ne recommenceras jamais à m'opprimer, à m'humilier de cette façon.

— D'accord.

— Va te laver les mains. Et la figure. Tu es immonde. Tu es tout barbouillé. »

En revenant des toilettes, j'expliquai à Liliana que je n'avais pas pu louer un coffre de banque et que je comptais me rendre chez mon frère, en partant du restaurant, pour lui demander de garder les pierres.

A la porte du restaurant, Liliana me serra fort dans ses bras. Nous convînmes de nous retrouver à Paris, à l'hôtel Le Bréa, quinze jours plus tard. Je la regardai s'éloigner.

Je rendis visite à mon frère, à l'église de Copacabana.

« Je pars en voyage aujourd'hui, lui dis-je.

— Tu pars pour longtemps ? Je pense toujours à ce film, tu t'en souviens ?

— Je dois rester à l'étranger un certain temps, je ne sais pas combien. Je vais tourner en Allemagne, mais je n'ai pas réglé les détails. Il vaudrait peut-être mieux que tu trouves quelqu'un d'autre pour faire ton film. » Je fis une pause. Il attendit, dominant son impatience, il savait que j'avais quelque chose à lui demander. « J'aimerais que tu me gardes des pierres précieuses.

— Des pierres précieuses ? »

Je sortis ma petite boîte de ma poche et la lui tendis.

« Je peux regarder dedans ? Je ne vais pas garder quelque chose sans savoir ce que c'est.

— Bien sûr. »

José ouvrit la boîte, prit quelques pierres, les plaça à contre-jour. Peut-être avait-il aussi vendu des bijoux dans le passé.

« Où tu as trouvé ça ?

— Je préfère ne pas le dire.

— Je ne garderai tes pierres précieuses que si tu me dis d'où elles viennent.

— Je ne te le dirai pas.

— Alors, c'est non.

— Il vaut mieux que tu ne le saches pas, dis-je.

— Tu me dis où tu les as prises, et je verrai si je les garde ou pas. »

Si je le lui disais, il ne les garderait pas, et par-dessus le marché, il me donnerait une leçon de morale.

Je repris la boîte et la remis dans ma poche.

Je sortis sans le saluer.

Je pris un taxi et retournai chez Gurian. En entrant, je sentis le parfum de Liliana qui flottait par-dessus l'odeur de moisi des livres, par-dessus les ombres. Je me dirigeai vers la bibliothèque, cherchai le *Mahâbhârata* et plaçai derrière lui la boîte de pierres précieuses. Personne ne s'intéresserait à ces livres. Le danger était que Gurian meure. Son carnet d'adresses était toujours à l'endroit où je l'avais laissé. J'appelai Sara.

« Je suis l'ami de Gurian. On s'est vu à la clinique.

— Oui. Que voulez-vous ?

— C'est à propos des livres de Gurian. Si... hum... si par hasard ils étaient mis en vente...

— Boris ne vendrait pas ses livres pour tout l'or du monde. Vous êtes son ami et vous devriez le savoir. »

J'insistai : « Mais tout peut arriver... vous comprenez... et dans ce cas...

— Qu'est-ce qui peut arriver ?

— Gurian n'est pas en bonne santé et... je ne souhaite pas cela, j'ai beaucoup d'estime pour lui... mais il peut lui arriver malheur... vous comprenez ?...

— Vous voulez dire, si Boris mourait ?

— Oui... C'est ça...

— Combien donnez-vous pour ces livres ?

— Je ne sais pas. Mais je donnerai plus que qui que ce soit

d'autre. Ne vendez à personne, s'il arrive... ce malheur... laissez les livres où ils sont. Je les achète tous.

— Il y en a plus de dix mille.

— Je les achète tous. Je vais voir Boris aujourd'hui, mais je ne lui parlerai pas de notre conversation. Ce ne serait pas élégant.

— La chose la plus inélégante au monde, c'est de mourir, dit Sara. Vous pouvez lui en parler. »

Je me rendis dans une agence de la Lufthansa, où je pris mon billet. Ma réservation était confirmée pour le soir même. Je devais être à l'aéroport du Galeão à neuf heures.

J'arrivai à la clinique à six heures du soir. Je n'avais pas encore eu le temps d'acheter des vêtements à emporter en voyage.

Gurian m'attendait.

« Sara m'a téléphoné. Ne t'en fais pas. Si je meurs, les livres seront à toi.

— Merci beaucoup. J'espère que ça n'arrivera pas de sitôt.

— Tu ne veux pas me donner un acompte ?

— Un acompte ?

— Un acompte sur le paiement ?

— Combien ? Je peux te payer en dollars ?

— En dollars, non. En scotch. » Il eut un faible éclat de rire, suivi d'une crise de toux.

La nuit tombait lorsque je sortis acheter le whisky de Gurian. Il y avait plusieurs marques de whisky écossais. Je choisis du White Horse. Je revins en courant, la bouteille cachée sous ma veste.

Une infirmière se trouvait dans la chambre avec Gurian. Nous attendîmes anxieusement, lui et moi, qu'elle partît.

Je montrai la bouteille à Gurian. « White Horse. Cheval Blanc. Tu sais pourquoi j'ai choisi cette marque ? dis-je en lui servant un verre. En hommage à l'étalon blanc que Savitski, le commandant de la division, a pris à Khlebnikov.

— La belle histoire d'un homme qui aimait les chevaux blancs, dit Gurian. As-tu déjà vu scène plus désespérée que celle où Khlebnikov, possédé, enlève son dolman et se griffe la poitrine nue en demandant à grands cris qu'on le tue, simplement parce qu'il n'a pas pu récupérer son cheval ?

— Lioutov-Babel dit que Khlebnikov était un homme dont le caractère ressemblait au sien : “ Tous deux, nous considérions le monde comme une prairie au mois de mai — une prairie traversée par des femmes et des chevaux. ”

— Babel avait une grande passion pour les chevaux, dit Gurian. Il fut un temps où il se cachait dans un élevage de chevaux pour écrire, et pour pouvoir approcher ces beaux animaux. Je ne sais plus si c'était avant de terminer *Cavalerie,* ce qui est certain, c'est qu'après avoir fini ce livre, en 1926, il a voulu partir à l'étranger. Moscou, comme il l'a dit lui-même, avait été une période horrible et douloureuse de sa vie. L'année suivante, il a enfin pu partir. Il est allé retrouver sa femme, à Paris. Mais il a bientôt dû rentrer pour régler le problème de l'héritage d'Eugenia, dont le père était mort. Eugenia est restée à Paris. Babel est revenu la voir, mais cette fois, il lui a été encore plus difficile d'obtenir un visa.

— Qu'est-ce qu'il faisait, à Paris ?

— Il a écrit une pièce, *Maria,* qui n'a jamais été montée. A Paris, il pensait à la Russie. Il ne pouvait pas vivre en Russie, mais il n'arrivait pas non plus à vivre loin de son pays, c'est le cas pour beaucoup d'exilés. C'est pour ça qu'il allait et venait, indécis, malheureux, tout en sachant qu'à Moscou, des rumeurs sinistres circulaient à son sujet. En 1934, il était de retour et il participait au Premier Congrès des Écrivains soviétiques. Attends, je crois que je t'en ai déjà parlé. Non ? Nous, les vieux, nous avons la manie de toujours répéter les mêmes choses.

— C'est à ce Congrès qu'il a dit être un “ maître du silence ” et qu'il a revendiqué ironiquement le droit de l'écrivain à écrire mal, ou plutôt le droit de l'écrivain à ne pas écrire ?

— C'est ça. Préviens-moi quand je me répète ; je déteste avoir l'air d'un vieux gaga.

— Tu as une tête fantastique.

— J'oublie ce qui s'est passé hier. Pour en revenir à Babel, je t'ai déjà parlé du Congrès pour la Défense de la Culture et de la Paix, qui s'est tenu à Paris, en 1935 ?

— Non.

— Vraiment pas ?

— Vraiment pas.

— Les écrivains français ont protesté contre le fait que Babel et Pasternak ne faisaient pas partie de la délégation soviétique.

Devant cette pression, le gouvernement a envoyé les deux écrivains d'urgence à Paris, alors que le Congrès touchait à sa fin. Une fois de plus, il pouvait rester à Paris, le paradis des exilés, mais il est retourné chez lui, il est retourné près de Staline. Eugenia ne l'a pas accompagné. »

La bouteille de White Horse était déjà presque à moitié vide.

« C'est l'heure que je parte. Je dois être à l'aéroport à neuf heures et il est déjà presque huit heures, dis-je.

— En cette année 1935, Babel a fait la connaissance d'Antonina Nikolaevna Pirozhkova, avec qui il a eu une fille, Lydia.

— C'est l'heure, dis-je.

— Gorki, le seul ami prestigieux de Babel, est mort en 1936. Ses ennemis, dès lors, avaient le champ libre.

— Il faut vraiment que j'y aille, je suis déjà en retard.

— Une dernière chose, très importante — le dernier jour, le 15 mai 1939. Il finissait de réviser son nouveau livre, qu'il comptait remettre à son éditeur l'automne suivant. Babel le considérait comme sa meilleure œuvre. Ce jour-là, la police politique a fait irruption chez lui et l'a arrêté. Maintenant, tu veux savoir la pire horreur qui pouvait se produire, et qui s'est produite ? »

Je me levai, nerveux. J'allais rater mon avion.

« Ce livre, qui aurait été le chef-d'œuvre de Babel, a été confisqué et détruit, avec tous les autres papiers qui se trouvaient chez lui. Tout a été détruit. Détruit ! »

Une larme coula sur le visage ridé de Gurian. Sa voix tremblait, d'effort et d'indignation. « Selon le témoignage de ses geôliers, il est mort dans un camp de travail forcé le 17 mars 1941. Probablement fusillé. »

Je serrai la main de Gurian avec force.

« Je t'écrirai d'Allemagne. Il faut que je parte.

— Laisse-moi la bouteille », dit-il.

Bien sûr, que je lui laissai la bouteille.

II

Le manuscrit

1

Dans l'avion, les hôtesses allemandes étaient jolies, et le plus agréable, pendant ce voyage, fut de les voir se déplacer de-ci, de-là. Les hippocampes, par exemple, sont des animaux captivants, mais je m'en lasse très vite. En revanche, je suis capable de rester extasié un temps interminable, sous le charme d'une femme en mouvement. La vue de ces hôtesses de l'air m'aida à oublier un peu les tracas que je venais de connaître à Rio de Janeiro, les péripéties récentes et les souffrances plus anciennes ; elle me donna la tranquillité nécessaire pour pouvoir me consacrer à l'univers de Babel. Je me sentais euphorique, libre, peut-être du fait de n'avoir emporté avec moi que *Cavalerie rouge* et mes notes sur l'écrivain, ainsi que mon passeport et de l'argent.

Dès que j'ouvris le livre, un couple, installé de l'autre côté de l'allée, se mit à me dire des choses que je ne comprenais pas. Je tentai de leur parler dans toutes les langues que je connaissais, en vain. Ils venaient probablement de quelque partie du monde arabe. Je leur montrai mon passeport, en pensant qu'ils feraient de même. En réponse, la femme m'offrit une demi-douzaine de petits fruits verts et durs. Transporter des aliments dans son sac n'était pas un comportement normal de passager de première classe. Je voulus les jeter, mais la femme me sourit, penchée sur son siège, un sourire triste, un peu idiot, un peu appréhensif, quoique joli. Les fruits avaient mauvais goût. Mais mes voisins semblèrent tranquillisés du fait que je les avais mangés, et ils me laissèrent en paix pendant le reste du voyage. Je pus alors consacrer toute mon énergie à Isaac Babel.

Babel était devenu une idée fixe. Je savais que seul un admirateur obsédé, ce que je n'étais certainement pas, aurait pu être aussi attaché à un écrivain que je l'étais à Babel. Ou alors un fou. Lorsque j'avais réalisé *La Guerre sainte,* je m'étais intéressé en profondeur à Euclides da Cunha, quoique avec une lucidité qui me permettait de voir les défauts de l'écrivain, du penseur. Mais Babel me semblait parfait. L'idée de la perfection, comme sa recherche, est une utopie de rêveur. Oui, j'étais un rêveur qui rêvait d'une façon extraordinaire, mais je n'étais assurément pas fou, au sens psychiatrique conventionnel. J'étais singulier (mais tous les gens sont singuliers), peut-être bizarre, mais pas fou.

En arrivant à Francfort, je pris la correspondance de la Panam pour Berlin.

A Berlin, il neigeait. Dietrich m'attendait à l'aéroport.

« Tu as fait un bon voyage ? Tu es très fatigué ?

— Pourquoi le Festival a-t-il été ajourné ? demandai-je.

— Est-ce que je sais ? Est-ce que quelqu'un sait ? Il y a des raisons officielles qui ne sont sûrement pas les vraies. »

Dietrich sortit un Polaroïd de son sac et fit plusieurs photos de moi.

« C'est pour monsieur Plessner. Il est très heureux que tu sois venu. Où est ta valise ?

— Je n'ai pas de valise. »

Je remarquai sa discrète réaction de perplexité.

« Je n'ai pas eu le temps de faire ma valise », expliquai-je.

Par la fenêtre de la voiture chauffée, les rues enneigées donnaient l'impression d'un film en noir et blanc. Il n'y avait pas beaucoup de piétons.

L'hôtel où Dietrich m'avait réservé une chambre était sympathique. Dans ma salle de bains, il y avait du dentifrice et une brosse à dents. Sur la table de la chambre, une bouteille de vin et un grand panier de fruits. Sur la table de chevet, des sucreries.

Je bus la bouteille de vin et me couchai. Quelle sensation agréable que celle qui nous vient quand on avale la dernière gorgée d'une bouteille de vin qu'on a bue seul. Je me déshabillai et me glissai sous les couvertures. Jamais de ma vie je n'avais dormi nu. Ou en fait, une seule fois, et je m'étais réveillé enrhumé. J'aurais pu garder la chemise dans laquelle j'avais voyagé, mais je ne voulais pas la froisser plus, il faudrait que je la porte le lendemain.

Rêve :

Je me roule par terre avec un chien enragé. Ou un rat empoisonné. Je donne des coups dans le mur et ma tête saigne. Je songe à prendre un morceau de bambou et à m'ouvrir le ventre, comme l'a fait Nakadai, sous la direction de Kurosawa. Je regarde le mur, tandis qu'un Noir américain chante et je vois enfin apparaître son visage à elle, pâle. « Alors, chérie, dis-je, qu'est-ce que tu tiens dans tes bras, un chien de manchon, ou un petit lapin ? » Elle a les cheveux longs, comme le jour où nous sommes allés au jardin zoologique et, les yeux fermés, elle passe ses mains sur les muscles de mon dos. « Tu n'es plus le même» , dit-elle. Les corbeaux (ou bien ce sont des corneilles, qui ressemblent à des corbeaux ?) volent sous mes yeux. Elle me dit que l'amour n'existe pas, que seul existe l'orgasme, dont la vitalité en fait une chose semblable à l'acte de chier, par exemple, quelque chose qui te soulage et après quoi tu t'essuies, avec une serviette ou avec de l'eau, et ensuite tu retournes à ta vie — t'acheter des vêtements ou une maison, ou un bijou, ou faire de la gymnastique. Elle dit que nous sommes un tas de singes jetables, comme de vieilles lames de rasoir, ou du papier hygiénique, ou un tampon Modess, ou des boîtes de soupe vides ou des restes de ragoût dans une marmite ou de la nourriture avariée en été. Elle a peut-être raison. Mon cœur, mon sang ne peuvent pas capter la subtilité de cet être. Je suis un condamné à l'enfer et j'ai mal aux os et ma chair est si douloureuse que quand j'entre quelque part, je n'arrive pas à parler. Et de mon nez coule une eau sans odeur, comme de la glace fondue, et je n'arrive pas à attraper un papier avec ma main dégantée. Dans la rue, la dernière feuille de l'automne, couleur d'or foncé, se transforme en ses yeux. Je donne des coups dans le mur et je sors pour me battre avec quelqu'un. A tous les hommes que je croise, je dis : « Pousse-toi de là, fils de pute » et ils se poussent, ils ne comprennent pas mais ils se poussent quand même. Puis je rentre chez moi et mon menton reste glacé pendant des heures, si longtemps que je finis par faire chauffer de l'eau dans une bouilloire et que je me fais une compresse.

Je sortis du lit dès que je fus réveillé — j'étais toujours immédiatement en forme au réveil, je pense même que c'était le moment de la journée où j'étais le plus lucide, le plus perspicace — et j'allai à la fenêtre. Je contemplai l'horizon séparé en deux parties. En bas, un gris métallique rigide et, au-dessus, des nuages noirs qui se déplaçaient lentement vers la gauche en une masse compacte, comme s'ils faisaient tout le tour de la planète. Je vis, dans le ciel, les corbeaux dont j'avais rêvé. Ou étaient-ce des corneilles ?

Je pris le Babel. Je pense que je restai des heures à lire et à écrire. Je ne m'arrêtai que quand Dietrich arriva.

Il semblait être plus volumineux. Il se heurtait aux meubles comme un orang-outang maladroit.

« Monsieur Plessner est à Munich, il t'attend. Veronika Hempel va te conduire à lui. Elle va passer à l'hôtel d'ici peu avec les billets. Vous allez embarquer à onze heures.

— Qui est Veronika Hempel ?

— C'est une jeune scénariste, très compétente. Nous pensons te l'associer, comme assistante.

— Je n'ai besoin de personne.

— C'était une suggestion de monsieur Plessner. Veronika peut t'être très utile. »

Dietrich ajouta que Veronika avait obtenu son doctorat à l'université avec une thèse sur Babel. Elle savait le russe. Dès qu'il m'eut convaincu avec ce dernier argument, Dietrich se retira.

Veronika Hempel m'appela depuis la réception de l'hôtel.

« Je suis ici, en bas », dit-elle.

Avant de descendre, je répartis la majeure partie de mes dollars dans deux enveloppes. Les enveloppes en poche, je descendis à la rencontre de Veronika Hempel.

Elle m'attendait debout dans le vestibule de l'hôtel, une petite mallette à ses pieds. Elle s'avança vers moi sans hésiter. Je lui demandai un instant, le temps de placer mes dollars dans le coffre de l'hôtel. Je lui demandai si elle parlait anglais et, après sa réponse positive, je lui proposai que nous nous parlions dans cette langue. « Mon allemand n'est pas très bon. »

« Il faut que je fasse quelques courses, dis-je ensuite, dans la rue.

— Nous n'avons pas le temps, il n'était pas prévu de faire

des courses avant notre embarquement. Nous avons juste le temps d'aller au Flughafen Tegel. Où est votre valise ?

— Je n'en ai pas », dis-je avec un sourire calculé de sympathie, m'attendant à sa démonstration de surprise.

Il n'y eut pas de surprise. « Vous ferez vos courses à Munich », dit-elle sèchement.

Dans l'avion, nous ne parlâmes presque pas.

« Les gens, à Munich, aiment beaucoup les fêtes. Ils ont même un fasching animé... mais ce n'est pas un carnaval aussi... enthousiaste que le vôtre, au Brésil. »

Je sentis dans sa voix une pointe de dédain qui m'énerva. Je ne répondis pas.

A Munich, il faisait moins froid qu'à Berlin.

« J'espère que vous aimerez votre hôtel », dit Veronika.

Nos chambres étaient proches. Avant d'entrer dans la sienne, elle dit : « Je vais téléphoner à monsieur Plessner. Attendez que je vous appelle. »

J'étais dans mon bain lorsque j'entendis la sonnerie du téléphone. Ce devait être Veronika. Qu'elle attende, pensai-je en m'immergeant plus profondément dans l'eau tiède.

Mais je n'avais pas la patience d'entendre trop longtemps le bruit d'une sonnerie de téléphone. Je sortis de la baignoire, ruisselant d'eau, pour décrocher cet appareil énervant.

« Il est encore trop tôt pour rencontrer monsieur Plessner, vous avez le temps de faire vos courses, maintenant, dit Veronika.

— Je n'ai pas envie de faire des courses.

— Vous voulez voir Lola Montez ? Elle est à Munich.

— Dans un musée ?

— Dans un château. Je vous y emmène. »

Je venais d'enfiler ma chemise froissée, quand Veronika m'avertit, depuis la réception, qu'elle m'attendait.

« Monsieur Plessner nous a procuré une voiture. »

C'était une Mercedes, qu'elle conduisait elle-même.

« Le centre de la ville a été détruit pendant la guerre et reconstruit ensuite en respectant ses caractéristiques historiques.

Ludwig — et nous serons bientôt dans sa Galerie des Beautés — a dit que qui n'a vu Munich, n'a vu l'Allemagne. »

Nous gardâmes le silence le reste du trajet, cependant que je regardais l'Allemagne par la fenêtre.

Veronika gara la voiture sur une grande place dominée par une énorme construction horizontale.

« Elle est ici, au Nymphenburg. »

Les beautés de Ludwig Ier étaient sur les murs, dans des tableaux du même format. Nous cherchâmes Lola Montez parmi les innombrables belles femmes de la collection.

« La plus jolie femme qui soit ici, pour moi, c'est la fille de l'écuyer du roi, cette blonde, là, dit Veronika ; chaque fois que je viens ici, je vais la voir.

— Ce doit être parce qu'elle vous ressemble. Et Lola Montez ?

— Attendez, je vais me renseigner. »

Veronika revint avec l'un des gardiens, qui nous montra le portrait de Lola Montez.

« Sa liaison avec Ludwig a provoqué l'effondrement du régime, dit Veronika.

— Je ne sais pas pourquoi Max Ophuls a choisi Martine Carol pour jouer son rôle, dis-je.

— Peut-être parce qu'elles étaient toutes deux des actrices médiocres », répondit Veronika.

Puis nous allâmes faire les courses. J'achetai une valise, quelques chemises, des caleçons.

Nous rentrâmes à l'hôtel. A la réception, nous trouvâmes un message de Plessner, qui nous donnait rendez-vous le lendemain.

« Vous voulez prendre un café, un thé ? » demandai-je.

Nous restâmes assis, dans un silence gênant, en attendant le thé.

« La fille de l'écuyer me ressemble ?

— Beaucoup.

— C'est une femme très belle. »

Nouveau silence. Je ne plaisais pas à Veronika, et elle ne me plaisait pas non plus. Aucun de nous ne toucha aux biscuits que le garçon avait portés avec le thé.

« Monsieur Plessner nous a trouvé des places pour le ballet de ce soir, dit Veronika. Vous voulez y aller ? »

Je n'aurais pas dû accepter l'invitation.

Le ballet se produisait au Nationaltheater München, siège de la Bayerische Staatsoper. Le programme comprenait *Der Verlorene Sohn, Les Sylphides* et *Elite Syncopations.* Mais je ne l'appris qu'une fois assis, comme j'attendais le début du spectacle.

« Je ne veux pas voir *Der Verlorene Sohn,* dis-je.

— Pourquoi ? demanda Veronika. C'est la première pièce. On s'en ira après. »

Le ballet commença juste à cet instant.

En voyant les décors de Rouault, je repensai au cheval de chez Ruth, avec ces mêmes gros traits sombres qui délimitaient les silhouettes, cette même solidité.

La musique de Prokofiev remplit le théâtre. J'avais vu Ruth danser ce ballet. Balanchine en avait fait la chorégraphie pour Ruth, il avait créé spécialement pour le corps somptueux de Ruth, quarante ans avant qu'elle naisse, les mouvements de cette danse à la sensualité irrésistible. Je ressentis une tristesse intolérable. Je ne tins que quelques minutes. Je ne voulais pas penser à Ruth. Je ne veux pas en parler.

« Je vais vous attendre dehors. »

Veronika me suivit jusque dans le hall du théâtre.

« Qu'est-ce qui vous arrive ?

— Une bêtise. C'est le pseudo-syndrome de Menière. Une affection chronique. » Ce n'était pas la première fois que je prenais cette maladie comme prétexte.

« Pseudo-syndrome ?

— Menière, un médecin français, a décrit cette affection pour la première fois en 1861. Le syndrome authentique est caractérisé par des crises de vertiges intermittentes, de la nausée, l'impression de bruits à l'intérieur de l'oreille et une surdité partielle. Moi, je ne souffre ni des bruits, ni de la surdité.

— Cela vous arrive souvent ?

— Parfois. Les intervalles entre les crises peuvent durer quelques jours, ou des mois. J'ai passé plus d'un an sans rien avoir. L'oreille interne est pleine de cloisons, de couloirs, de galeries, elle a une forme si compliquée qu'on l'appelle labyrinthe. Ces canaux sont pleins d'un liquide qu'on appelle la lymphe. Chaque canal porte à son extrémité une crête, dotée de filaments ou de cils sensoriels, et il y a de petites pierres, appelées otolithes, qui flottent sur la lymphe et qui, quand on bouge la tête, appuient sur les filaments ; ceux-ci, à travers les nerfs, informent le cerveau de ce qui se produit — de quel côté vous vous êtes tourné, etc. Alors, le cerveau commande aux muscles du corps pour maintenir votre équilibre. Dans mon cas, le cerveau ne sait que faire, parce que les informations qu'il reçoit du labyrinthe sont confuses. Quand le cerveau ne sait que faire, le corps non plus. C'est la Grande Confusion, le Désordre, le Chaos.

— Vous parlez sérieusement ?

— Oui. Mais ce n'est pas le Chaos cosmogonique qui a précédé la création du monde.

— Comment on attrape ça ?

— Je ne sais pas. Certains chercheurs pensent que c'est associé à un problème d'allergie ; d'autres, que c'est le résultat d'un déséquilibre électrolytique. »

Veronika me prit par le bras. « Vous tombez par terre quand ça vous arrive ?

— Je n'ai qu'à tourner la tête et rien ne se passe.

— Qui a pu engendrer des êtres aussi complexes que nous et les autres animaux ? » demanda Veronika. Je fus surpris de l'ingénuité de sa question.

« Ça ne peut être que le diable, répondis-je.

— Vous avez rendez-vous demain avec monsieur Plessner. Vous ne pensez pas que vous devriez annuler ?

— Demain, j'irai bien.

— Je vais vous raccompagner à l'hôtel.

— Pas la peine, dis-je. Retournez voir le ballet. A demain.

— Je voulais juste voir *Der Verlorene Sohn,* mais c'est trop tard, ils ne laissent personne entrer dans la salle après le début du spectacle. Je vous accompagne. »

Nous rentrâmes ensemble à l'hôtel, en taxi.

Veronika attendit que j'entre dans ma chambre. « A demain, neuf heures », dit-elle, comme la porte se refermait.

J'appelai l'hôtel Le Bréa. On me répondit qu'il n'y avait aucune cliente du nom de Liliana, ni aucune réservation faite à son nom. J'expliquai que la personne que je cherchais était une

Brésilienne. Il n'y avait aucune Brésilienne à l'hôtel. Je laissai mon numéro de téléphone, en demandant que la Brésilienne m'appelle, si elle arrivait. Mon interlocuteur au téléphone parlait un français horrible, avec un accent asiatique.

Rêve :

Un bateau descend le fleuve qui traverse la ville grise. Un type joue du trombone à la tombée du jour, devant la cathédrale. Le froid me fait pleurer ou, plutôt que le froid, la musique, mais ce n'est pas non plus la musique, c'est elle. Qui ? Encerclé dans la ville, j'aperçois, au-delà des feuilles jaunes sur le sol, les Narrenschiff qui montent et descendent le Rhin avec leur chargement de fous indésirables. Je ne les vois pas mais je sais qu'ils passent. Elle dit : « Je ne veux pas que tu pleures, s'il te plaît, tu n'avais plus pleuré depuis que... » Elle se tait. J'ai la queue qui pèle de froid, je ne veux penser qu'à elle, je n'arrive à penser qu'à elle, qui ? et je n'avais pas fait mon lit, et j'avais dormi tout habillé mais sans mes chaussures. Une cuisine horriblement sale, des côtes de porc grillées, une salade de laitue et des brocolis. J'entends ma voix : « Je ne veux pas qu'on m'emmerde. » Elle : « Pourquoi es-tu si brutal ? » Enfermé dans des toilettes aux murs noirs, dans une ville où la nuit tombe à quatre heures de l'après-midi, je vois des criminels et des innocents au regard transparent.

Je me réveillai.

Veronika descendit à neuf heures pile. Je venais de prendre du café.

« Monsieur Plessner a une maison ici, à Munich. Elle n'est pas aussi imposante que celle de Berlin. Nous allons l'y retrouver. »

« J'ai froid, dis-je, une fois dans la voiture.

— J'ai mis le chauffage.

— Il faut que j'achète un manteau.

— Monsieur Plessner n'aime pas attendre.

— Vraiment désolé. On va en acheter un maintenant. »

Veronika s'arrêta devant un magasin. Je sentis qu'elle était contrariée. J'achetai un manteau doublé de fourrure.

Plessner habitait une vieille maison à deux étages, dans une rue calme. La porte de sa maison — grande, en bois, ornementée — donnait directement sur le trottoir. Je remarquai qu'il y avait une autre grande porte, à côté, qui devait être celle du garage.

Un homme grand, maigre, avec une courte barbe blonde et soignée, et de longs cheveux châtain clair, nous ouvrit. C'était Plessner. Veronika nous présenta l'un à l'autre.

« Nous avons enfin fait connaissance. » Son accent britannique était affecté. « J'ai beaucoup aimé votre film, *La Guerre sainte.* Je suis un grand admirateur du cinéma brésilien... Rocha, Dos Santos, Andrade, Hirszman, Diegues, Jabor, Toledo, Amaral... Je ne connais pas tous les cinéastes brésiliens, bien sûr, seulement ceux dont les films ont été projetés dans des festivals en Allemagne... »

Qu'est-ce qui sonnait faux, en lui ? Le fait d'avoir dit Rocha pour Glauber, Dos Santos pour Nelson ? Amaral pour Suzana ?

« Il est dommage que le Festival ait été ajourné. Mais cela ne change rien à nos plans. »

Tandis que nous parlions, assis dans le salon, Veronika gardait le silence.

« Babel est plus important que Soljenitsyne, Pasternak, Brodski et tous ceux qui sont à la mode en Europe, dit Plessner.

— Je le crois aussi.

— Dietrich m'a dit que vous aviez un synopsis à me montrer.

— Il n'est pas encore prêt. Je compte le terminer ici. J'ai besoin d'équipement pour écrire.

— Dites-moi ce qu'il vous faut, ce sera livré aujourd'hui même à votre hôtel.

— Un IBM et des périphériques. Un programme Word. Du papier.

— Veronika, demande au bureau de Berlin de s'en occuper. »

Veronika se leva et quitta la pièce. Elle semblait bien connaître la maison.

« Vous voulez qu'on parle maintenant de notre plan financier ?

— Ça peut attendre plus tard.

— Je veux faire un film antistalinien qui puisse être montré en Union soviétique, qui puisse être tourné en Union soviétique, dit Plessner. Ce ne devrait pas être difficile à obtenir. Si un film comme le *Pokainie,* de Tenguiz Abouladze, peut être montré, pourquoi pas le nôtre ?

— Je ne pense pas à un film antistalinien.

— Non ?

— Mon idée est de faire un film qui capte à la perfection tout le drame de *Cavalerie rouge.* Je ne m'intéresse ni à Staline, ni à la politique intérieure de l'Union soviétique.

— J'apprécie votre franchise. Mais Staline et l'Union soviétique font partie du drame. Que savez-vous sur Babel ? »

Je répondis comme Gurian : « Tout.

— Tout ? » dit Plessner en partant d'un long éclat de rire féminin. « Veronika ne sait pas tout — et elle sait beaucoup ; je ne sais pas tout — et je sais beaucoup. Personne ne sait tout sur Babel. Nous ne savons même pas comment il est mort.

— Il a été fusillé.

— Il y a l'hypothèse du typhus. Mais il peut aussi avoir été étranglé, poignardé, tué à coups de trique, ou être mort de faim dans une cellule refermée pour toujours. Personne ne sait ce qui s'est vraiment passé, quant à sa mort. Et personne ne connaît la chose la plus importante, à propos de Babel. Vous savez quelle est la chose très importante que personne ne connaît ? »

Veronika rentra dans la pièce.

« J'ai fait le nécessaire, monsieur Plessner.

— Je le sais, dis-je.

— Il dit qu'il connaît le mystère le plus important, concernant Babel. »

Veronika me regarda, surprise.

« Dites-le, s'il vous plaît, dit Plessner.

— Qu'y avait-il dans le manuscrit détruit par la police et que Babel considérait comme son chef-d'œuvre ? Était-ce un recueil de contes ? Était-ce, enfin, le roman qu'il n'avait jamais écrit, comme Borges ? C'est cela, le mystère le plus important, concernant Babel : ce qui était écrit dans ce livre qui a été détruit. Aucun épisode de la vie de Babel, pas même sa mort, n'a cette importance.

— C'est vrai », dit Plessner d'un air songeur, en passant doucement ses doigts sur sa barbiche. « L'œuvre est plus importante que l'homme. »

Après quoi, il se leva et me tendit la main.

« Nous allons faire un beau film. Nous nous reverrons à Berlin, dans une semaine. Vous pensez que vous aurez quelque chose pour moi, d'ici là ?

— Certainement », dis-je.

Tandis que nous nous rendions à l'aéroport pour prendre l'avion de retour vers Berlin, il me semblait que Veronika et moi avions surmonté notre antipathie mutuelle.

Dans l'avion, je pris le synopsis, que j'avais écrit en anglais, et dans lequel la scène de la mort de Dolgouchov, avec ses dialogues, était déjà composée, et je le donnai à lire à Veronika.

« Je n'ai pas voulu le donner à Plessner, parce que c'est juste une ébauche. »

Veronika le lut rapidement. « Lioutov ne dit pas “ aujourd'hui, j'ai perdu mon meilleur ami ” avec les larmes aux yeux.

— C'est vrai, répondis-je. Les larmes apparaissent avant, quand Afonka lui dit que Korotchaev sera châtié. Korotchaev, qui commande la Quatrième Division, est discrédité, il s'est battu en cherchant la mort. Comme je n'ai pas bien compris pourquoi Lioutov a les larmes aux yeux en entendant Afonka dire cela, j'ai décidé de changer les pleurs de place.

— Je n'aime pas les films de guerre », dit Veronika en me rendant le synopsis.

Elle ajouta qu'en particulier elle ne supportait pas de voir des films sur la Deuxième Guerre mondiale ou sur la guerre du Vietnam. Elle ne souffrait plus les nazis, partigiani, marines, commandos, kamikazes, vietcongs, Vietnamiens, Indochinois et Américains et Français et autres protagonistes.

« *Cavalerie* n'est pas un film sur la guerre, dis-je.

— Si ce n'est pas sur la guerre, c'est sur quoi ? Des soldats, des détonations d'artillerie, des combats, des morts — et ce n'est pas sur la guerre ? Ne me dites pas que c'est sur la frustration, la fatigue, la peur, l'attente. »

Mon destin était de rencontrer des femmes ironiques.

« Je ne supporte plus ces alibis cyniques pour faire voir de la violence, dit Veronika. Et si c'était sur la guerre-sans-héroïsme, ça serait pareil que tous les *Full Metal Jacket* qui passent sur les écrans du monde, ces dernières années. Autre chose : je n'aime pas la phrase que vous avez mise dans la bouche de Vytiagaït-chenko — “ en selle, les filles ! ”. C’est un lieu commun des films de guerre, le commandant qui vexe ses subordonnés en les traitant de filles. Je trouve votre phrase idiote et machiste, et en plus, c’est un cliché intolérable.

— Cette phrase n’est pas de moi, elle est dans Babel. Je pense que les soldats de la Cavalerie sont les mêmes dans le monde entier. »

La mégère soupira : « La Cavalerie n’existe plus, il me semble. » Autre soupir. Veronika contrôlait sa respiration comme ces personnages féminins de Bergman, qui discutent avec leur mari de leurs relations conjugales. C’est-à-dire, comme une actrice habile qui a appris que la respiration peut donner une emphase et une signification profonde à n’importe quelle phrase. « Je déteste les films de guerre ! » dit-elle, après son soupir.

« La guerre a inspiré beaucoup de chefs-d’œuvre, dans tous les arts », dis-je pour me défendre, et je m’énervais à mesure que je parlais. Moi non plus, je n’aimais pas les films de guerre, mais les provocations de cette femme me rendaient belliciste, contre ma volonté. « Euclides da Cunha, Goya, Stendhal, Beethoven, Tolstoï, Picasso, Shakespeare et Homère sont quelques artistes, parmi bien d’autres, qui ont traité de la guerre. A propos de Goya... »

Elle m’interrompit. « Je ne suis pas convaincue. Si vous voulez faire quelque chose sur Babel, pourquoi pas avec les contes d’Odessa ?

— C’est Plessner qui veut faire *Cavalerie.* Autre chose : ce que vous avez lu, la mort de Dolgouchov, ce n’est qu’un petit passage du film, à peine plus d’une séquence, et encore, dans sa première mouture, et je n’ai pas les coupures, ni les positions de caméra. A la limite, ce n’est pas, ce ne sera pas un film de guerre. La guerre sera juste une toile de fond.

— Ah, d’accord. Ça n’est pas un film de guerre, à part des tripes à l’air et un coup de grâce tiré dans la bouche. Vous avez autre chose à me dire ? demanda Veronika.

— Oui. Je vais dire à Dietrich que je ne veux pas travailler avec vous.

— Vous allez écrire le scénario tout seul ? » Elle rit.

« Pourquoi pas ? Il y a plein de réalisateurs qui savent écrire.

Pasolini était poète, et des meilleurs. Bertolucci est poète. Kluge est un bon écrivain, dis-je. Au Brésil, beaucoup de réalisateurs savent écrire.

— Ceux que vous avez cités n'ont jamais écrit leurs scénarios seuls. Les meilleurs scénarios sont ceux auxquels collaborent plusieurs personnes, y compris les acteurs.

— Je travaille à ma manière. Au contraire de beaucoup de réalisateurs, je ne donne pas mon scénario aux acteurs et je ne leur demande pas de définir avec moi le caractère du personnage — tu es méchant, tu es bon — ou la dynamique du film. Je ne suis pas le seul à faire de même. Forman, pour ne citer qu'un exemple, fait la même chose que moi : l'acteur prend chaque jour connaissance de ce qu'il doit faire, scène par scène. Il n'y a pas pire qu'un acteur plein d'idées, à part un producteur plein d'idées.

— Vous n'acceptez pas les suggestions des acteurs?

— J'accepte les suggestions qu'ils font sur le moment et je les incorpore souvent au script. Les meilleurs acteurs sont les instinctifs. Quand Fellini a tourné *La Dolce Vita,* le producteur voulait que le protagoniste soit Paul Newman, mais Fellini voulait un acteur sans personnalité, qui soit sensible et qui ait peu d'idées, comme Mastroianni. Les plus grands acteurs du monde, comme Mastroianni, sont des gens influençables, fragiles et pas très intelligents. Il y a des exceptions, bien sûr.

— Aucun réalisateur n'a écrit de bon scénario tout seul, et vous le savez bien. » La voix de Veronika traduisait son énervement. « Votre *Guerre sainte* aurait pu être meilleure, si vous aviez collaboré avec un bon scénariste. Quant à Milos Forman, il n'a jamais écrit un scénario tout seul. *Au feu, les pompiers* et *Les Amours d'une blonde,* réalisés en Tchécoslovaquie, ont reçu la collaboration d'Ivan Passer et de Jaroslav Papousek. Ensuite, aux États-Unis, *Taking off* a été écrit avec John Guare et Jean-Claude Carrière. Du reste, depuis qu'il est aux États-Unis, Forman a même arrêté de collaborer à ses scénarios. *One Flew Over the Cuckoo's Nest* a été écrit par Laurence Hauben et Bo Goldman. *Hair,* par Michael Weller seul. Certains réalisateurs, comme vous et Forman, ne veulent pas que les acteurs sachent ce qu'ils font, parce que cela leur permet de les dominer totalement. Ça n'est qu'un manque d'assurance. Vous aurez des problèmes avec les acteurs allemands. Hitchcock n'aurait jamais pu tourner ici. »

Qu'est-ce qui m'énervait, chez Veronika ? Qu'elle fût belle comme la fille de l'écuyer du roi Ludwig Ier ? Son assurance ? Sa mémoire prodigieuse ?

« Avant que nous ne cessions de nous adresser la parole — c'est bien ce vers quoi nous allons, non ? — j'aimerais vous dire ce qu'est le cinéma, pour moi, dit Veronika.

— Allez-y. »

Elle hésita, calculant ses propos.

« Artaud disait que si le théâtre voulait trouver sa raison d'être, il lui fallait nous donner tout ce que nous découvrons dans le crime, l'amour, la folie.

— Sophocle, Shakespeare ne nous ont rien donné d'autre que des héros fous, criminels, amoureux, dis-je.

— Je peux terminer ? » dit Veronika.

Fille de pute, comme aurait dit Vytiagaïtchenko. Mais je me retins.

« Le cinéma, poursuivit Veronika, a montré des guerres, des crimes, des folies, des catastrophes, des enfants prodiges, des animaux et des monstres eux aussi prodigieux, du sexe platonique et du sexe explicite, du mysticisme — tout ce qu'on peut imaginer — mais de façon superficielle et distordue, simplement pour être apprécié par les masses passives qui consomment de la télévision avec une voracité distraite, tout en bavardant, en mangeant et en buvant, en allant aux toilettes ou en s'abandonnant à des somnolences plus ou moins profondes. Les spectateurs qui pensent réellement sont rares. Le cinéma, malheureusement, doit être fait pour eux. »

Veronika sortit une cigarette de son sac et l'alluma habilement avec un vieux briquet Zippo, qu'elle fit claquer en le refermant. Je me souvins d'un téléfilm tiré d'une histoire de Roald Dahl, dans lequel un type pariait son doigt contre une voiture de sport que son Zippo se rallumerait sans faillir dix fois de suite. Je compris, au claquement étudié du briquet, qu'elle se contrôlait à peine. Elle tira une longue bouffée.

« Vous voulez parier que votre Zippo ne se rallume pas dix fois de suite ? »

L'hôtesse de l'air s'approcha et dit quelque chose. Veronika éteignit nerveusement sa cigarette.

« Et penser, c'est quoi ? demandai-je en essayant d'être ironique.

— Penser, c'est traiter des informations...

— Ça, un ordinateur le fait mieux qu'un homme.

— Traiter des informations, poursuivit-elle, de façon plus complexe qu'un ordinateur, faire des opérations logiques, résoudre des problèmes, mais pas comme un ordinateur, prendre des décisions, produire des créations artistiques, mais pas d'une façon rigidement programmée. C'est ça, penser. Penser, c'est aussi et surtout imaginer, mettre en scène des désirs et des projets. Penser, enfin, c'est rêver. »

Effectivement, les ordinateurs ne rêvaient pas. Mais les chiens et les chats, si.

« Vous savez que je rêve sans image ? »

Je regrettai aussitôt d'avoir dit cela. Mes rêves étaient des choses bien trop intimes pour que j'en discute avec une idiote.

Énervé, je me hâtai de dire : « Je ne fais pas de films pour faire penser qui que ce soit, je ne veux pas faire de films qui soient des hypotenseurs prophylactiques, comme vous. Je veux inquiéter, apporter le dérangement, l'anxiété, la perplexité, l'insomnie, le vomissement.

— M. Plessner est au courant ? »

Je regardai ma montre. J'aurais aimé envoyer cette femme au diable.

Nous passâmes le reste du voyage sans nous parler.

En arrivant au Tegel, nous nous séparâmes sans un mot.

2

En fait, je n'aimais travailler avec personne quand je composais mes scénarios. M'être débarrassé de Veronika fut un grand soulagement.

L'équipement que j'avais demandé à Plessner avait déjà été livré à l'hôtel, lorsque je revins de Munich. Je branchai le micro-ordinateur, l'imprimante, le terminal de vidéo. J'ouvris la boîte de disquettes neuve.

Je passai le reste de la journée à travailler. Je m'arrêtai juste pour sortir manger un sandwich à la bratwurst à un stand, dans la rue. En fait, j'étais surtout sorti pour voir des gens, car je n'avais pas faim. A Berlin — comme dans toutes les villes que j'avais visitées — je n'avais pas regardé, et je n'irais certainement pas regarder, une seule vitrine, pas même celle d'un magasin de vidéocassettes, ou de livres, ou d'appareils photo. La seule chose que je regardais, c'étaient les hommes et les femmes, les femmes plus que les hommes. Je tournais la tête quand elles passaient près de moi, sans me soucier de savoir si c'était impoli ou grossier. Le mouvement du corps des gens est toujours très significatif, expressif, je ne pouvais mépriser cette démonstration, cette révélation de l'être. J'étais maintenant là, en train de consommer mon sandwich à la saucisse, avec une boîte de bière, tout en observant deux femmes qui mangeaient. L'une d'elles ressemblait à Hanna Schygulla. Hanna essayait de rendre civilisé ce geste de faiblesse, par là même émouvant : elle ouvrait sa bouche moins grand qu'elle ne l'aurait dû pour pouvoir manger commodément, penchait la tête sur sa nourriture en un geste délicat, étouffait les bruits qu'elle pouvait produire en mastiquant ou en avalant. Il y avait quelque chose d'animal dans sa posture. Pour cette raison, pour faire comme si nous étions différents des autres animaux, nous avons inventé les assiettes, les verres, les couverts, les bonnes manières. Et ces deux femmes avaient leur liturgie propre, qui n'avait ni la sobriété mystique de l'Eucharistie, ni la vulgarité exhibitionniste de l'orgie de Trimalcion. On eût plutôt dit des chats qui mangeaient.

Je rencontrai Dietrich le soir même, à mon hôtel.

« Que s'est-il passé entre toi et Veronika ? Tu ne veux pas travailler avec elle ?

— Je préfère travailler tout seul.

— Si nous descendions boire un verre au bar ? » demanda Dietrich. Il semblait nerveux et malheureux.

Dietrich commanda de l'eau-de-vie et de la bière. Il but l'eau-de-vie d'un seul trait.

« Tu n'as pas aimé Veronika ?

— Elle est ennuyeuse. Mais ce n'est pas uniquement pour cela que je ne veux pas travailler avec elle. Je t'ai dit, lors de notre première rencontre, que je faisais moi-même mes scénarios, tu t'en souviens ?

— Oui, oui.

— Elle sait trop de choses. Même pour un Allemand, ça n'est pas bon, dis-je. Mais ce n'est pas pour ça que je ne veux pas travailler avec elle. »

Nous nous tûmes un moment.

« Je suis satisfait de mes estimations pour le coût du film. Pour une épopée, je pense que nous allons dépenser peu d'argent.

— Ce film n'est pas *Guerre et Paix,* dis-je. Il peut être fait avec peu d'argent.

— Peu d'argent, au cinéma, c'est toujours beaucoup d'argent. » Il me donna une tape dans le dos. « Tu n'es pas jaloux des écrivains ? Pour faire un livre, ils ne dépensent que du temps et du papier, tous les personnages travaillent gratis, ils font des choses que les acteurs de cinéma ne sauraient pas faire, ou refuseraient de faire. Les écrivains produisent les scènes les plus coûteuses avec seulement des mots. Ils tuent, mutilent, rendent des gens fous d'amour, les ruinent ou leur font gagner le paradis. Une épidémie qui tue des millions de personnes ne leur coûte pas plus qu'une poignée de main. Il fut un temps où je pensais devenir écrivain, mais je me suis aperçu que je n'étais pas assez fou pour ça. Je pense que, par principe, le type qui est écrivain est un peu dérangé. Le plus mégalomane des réalisateurs, Griffith, Pabst, Gance, Coppola, n'aurait pas le culot de se croire doté de l'omnipotence d'un écrivain de province. »

Je ne répondis pas.

« Tu es d'accord avec moi ? » Dietrich était un homme gentil qui s'efforçait d'empêcher que la conversation ne tourne court.

« Plus ou moins.

— J'aimerais que tu travailles avec Veronika.

— Elle non plus, ne m'aime pas.

— Veronika n'aime personne. Mais elle est extrêmement compétente et informée. Qu'est-ce que ça peut faire, qu'elle en sache trop ? » Il avait dit cette dernière phrase en riant. Maintenant, grave : « Elle serait très utile, nous y gagnerions tous.

— Je regrette beaucoup.

— Veux-tu dîner chez moi, demain ? » Il sortit un petit carnet de sa poche, y écrivit quelque chose et me tendit la feuille. « Si tu viens par l'U-Bahn, descends à la station Kleistpark. Kleistpark, n'oublie pas.

— Comment pourrais-je oublier un tel nom ? »

Dîner chez Dietrich. Une actrice, Marthe, un metteur en scène de théâtre, un poète et Veronika. Elle me salua avec civilité. Les gens buvaient du vin et racontaient des banalités sur un ton amène.

Nous nous assîmes enfin autour de la table. Dietrich, aidé par Veronika, servit le repas.

Quelqu'un demanda si je connaissais déjà Berlin.

« Il faut que l'un de nous lui montre la ville, dit Marthe.

— Moi, je le ferai, dit Veronika, à ma grande surprise.

— Je ne veux pas vous donner ce travail.

— Mais ce sera un plaisir pour moi, dit-elle.

— Quand je serai disposé, je vous le dirai.

— Moi aussi, je veux vous montrer la ville. Après tout, je suis née ici », dit Marthe avec un sourire.

Je lui rendis son sourire, sans rien dire. Etait-elle candidate à quelque rôle dans *Cavalerie* ? Les rôles féminins ne représenteraient pas grand-chose.

Peu à peu, la conversation dériva sur le film que nous allions faire.

« Monsieur Plessner t'a dit qu'il pense tourner le film en Union soviétique ? demanda Dietrich.

— Oui. Mais j'ai l'impression qu'il y a encore une certaine résistance au nom de Babel, en Union soviétique.

— La réhabilitation de Babel a commencé à la fin des années cinquante, quand on a publié ses œuvres complètes, avec une introduction d'Ehrenbourg. Il n'y a pas de problème. Surtout maintenant, avec la glasnost gorbatchévienne, dit Veronika.

— Le journal de Babel n'est toujours pas publié, dis-je sèchement. Ni certains contes. Ce qui a été publié avec une préface d'Ehrenbourg, ce n'étaient pas des œuvres complètes.

— De toute façon, Babel a été réhabilité, dit Veronika, énervée.

— Quand vous tournez un film, vous partez d'une conception esthétique déterminée ? demanda Marthe.

— Dans le cas de *Cavalerie rouge,* le style du film sera plus important que tout. Babel, dans une conversation avec son biographe, Paoustovski, a dit qu'une histoire pouvait n'être faite que de style — sans contenu, ni trame, ni suspense. Bien sûr, il exagérait, ses histoires ont une trame et du suspense, elles ne perdraient rien de leur fascination si elles étaient lues en public par un conteur. Mais surtout, les contes de Babel ont du style. C'est un défi que je dois affronter.

— Mais qu'est-ce que le style ? demanda Veronika avec hostilité.

— Une forme caractéristique d'expression, répondis-je.

— Mais cela n'englobe pas la trame, le suspense, le contenu, enfin ? dit Veronika, maintenant agressive. Un film doit être vu de façon globale, car le “ tout ” intégré d'une œuvre d'art est une réalité supérieure à la somme de ses éléments — en l'occurrence scénario, lumière, montage, interprétation. »

L'hostilité de Veronika avait créé une certaine gêne autour de la table. Le visage de Dietrich montrait toute sa désolation.

Le metteur en scène de théâtre parla des réalisateurs qui avaient du style — Fellini, Bergman, Ford, Visconti. Quelqu'un mentionna Fassbinder, ce qui provoqua une petite discussion, à laquelle ni Veronika ni moi ne participâmes.

Nous passâmes le reste de la soirée fâchés et nous nous parlâmes peu.

Je restai trois jours enfermé dans ma chambre d'hôtel, à rédiger l'argument du film. Dietrich m'appela plusieurs fois. Il me parla de Veronika. « C'est quelqu'un de bien. » Je changeai de sujet. Il me demanda quand mon travail serait prêt. « Demain. » Il me dit qu'il enverrait quelqu'un le chercher.

La personne qui vint chercher mon texte, c'était Veronika.

Elle sourit, quand j'ouvris la porte.

« On fait la paix ? » demanda-t-elle.

Surpris, je ne répondis pas. Je me contentai d'ouvrir la porte un peu plus pour la laisser entrer.

« Je pense que je suis jalouse de Babel, dit-elle. J'ai été très mal polie avec vous. Excusez-moi. »

On aurait dit une autre femme. Qu'était-il arrivé ? Le repentir n'est jamais spontané, il y a toujours quelque pression derrière.

« Je me suis mal conduit aussi », dis-je. Quand on me présente des excuses, je les accepte toujours.

Veronika me tendit sa main. Douce et ferme.

« Votre adaptation de la scène de la mort de Dolgouchov était très bonne. »

Peut-être Dietrich avait-il raison et Veronika n'était-elle pas une mauvaise femme. Il est certain que j'avais toujours eu des relations compliquées avec les femmes de mon entourage, que j'eusse avec elles un lien sentimental — comme avec Liliana, et avant elle avec Ruth —, un lien professionnel, ou un lien familial. Je pensai à ma mère. C'était une femme dominatrice, dévouée à sa famille — pour elle, il n'y avait que mon père, mon frère et moi. Mais nous avions payé très cher ce dévouement, et moi plus que les autres.

« Voulez-vous prendre un thé ? demandai-je. Il y a un très bon thé, dans cet hôtel. »

Pendant le thé — qui était accompagné d'une grande variété de biscuits — nous parlâmes de la réhabilitation de Babel.

« Jusqu'en 1957, Babel était considéré comme un écrivain subversif et ses œuvres étaient interdites, dit Veronika. On a publié, cette année-là, une " édition de réhabilitation " de ses contes, avec une introduction d'Ehrenbourg. Mais les choses vont très lentement, en Union soviétique. Babel restait presque un proscrit et, un an après, dans la première édition de l'*Histoire de la littérature soviétique,* on ne lui a consacré que quelques lignes. En fait, il n'a été vraiment réhabilité qu'à la commémoration du soixante-dixième anniversaire de sa naissance, le 11 novembre 1964, au siège du Syndicat des Ecrivains. Constantin Fédine, secrétaire général du Syndicat, a présidé à cet événement, qui avait demandé un grand effort de préparation pour quelques intellectuels, dont Ehrenbourg, Livshits, Munblit, Nikouline. Ehrenbourg a fait un beau discours. Il est mort trois ans plus tard. »

Veronika avait des cheveux lisses et très fins ; ils vibraient au moindre mouvement de sa tête.

« Mais tout cela n'a été possible que grâce à Khrouchtchev, poursuivit-elle. En 1956, comme premier secrétaire du Parti communiste, au Vingtième Congrès du Parti, Khrouchtchev avait entamé le processus de déstalinisation. Dans le domaine littéraire, la principale victime de Staline était Babel. Malgré cela, le processus de réhabilitation s'est heurté à des obstacles. Il a fallu que l'histoire sinistre des crimes de Staline soit exhaustivement dénoncée par Khrouchtchev pour que les écrivains et leur organisation officielle, qui avaient toujours vécu dans la crainte du système, puissent agir et préparer la revanche de novembre 1964. »

Veronika était une femme grande, bien proportionnée. Elle portait sa tasse à ses lèvres et buvait son thé avec beaucoup de délicatesse et d'élégance. Comme les femmes du stand.

« Auparavant, le 15 octobre de cette année-là, poursuivit-elle, Khrouchtchev, forcé, avait dû abandonner ses charges de premier ministre et de premier secrétaire du Parti communiste vingt-sept jours avant la cérémonie de réhabilitation de Babel au Syndicat des Ecrivains. Mais c'est vraiment grâce à lui que cet hommage posthume a pu être rendu. Khrouchtchev n'a jamais cessé d'être cet ouvrier fruste des mines de charbon, mais s'il n'avait pas existé, le doux Gorbatchev, la glasnost et la perestroïka n'auraient pas non plus existé, plus de vingt ans après. Un détail intéressant : en 1964, quand on a commémoré le soixante-dixième anniversaire de la naissance de Babel, on aurait aussi pu fêter les soixante-dix ans de Khrouchtchev. Vous ne trouvez pas ça intrigant ? Ces coïncidences ? »

Veronika avait des yeux bleus.

La couleur de ses yeux me fit penser à Goya. Le bleu de Goya n'avait pas l'éclat limpide des yeux de Veronika, je ne sais ce qui provoqua cette association d'idées. Je m'aperçus que Veronika était perturbée par la façon dont je la regardais. J'expliquai : « J'étais en train de penser au bleu de Goya.

— Au bleu de Goya ?

— Pas exactement au bleu. Aux couleurs de Goya. J'aimerais que *Cavalerie* ait les couleurs de Goya. Les ombres.

— D'où vous vient cette idée ?

— De plusieurs constatations. Babel et Goya se ressemblaient sur bien des points. Y compris physiquement. Comme dans leur myopie. C'est-à-dire : leurs portraits se ressemblent. Il n'existe pas de bonne description physique de Goya. D'ailleurs, il n'existe pas non plus de bonne description physique de Babel.

— Vous connaissez celle que Canetti a faite de lui dans *Die Fackel im Ohr* ?

— Non.

— Ils se sont rencontrés ici même, à Berlin, dans les années vingt. Canetti décrit Babel comme un homme trapu avec une grosse tête, et des lunettes aux verres épais qui faisaient paraître ses yeux encore plus grands et plus ronds. »

Nous discutâmes encore un peu, avant que Veronika ne repartît avec ce que j'avais écrit. Elle avait décidé de faire un effort pour établir de bons rapports avec moi et elle y était arrivée.

Je sortis peu après elle. J'étais fatigué de rester dans cette chambre d'hôtel. Je parcourus le Kudamm, abrité dans mon manteau doublé de fourrure, à la recherche d'un cinéma. Tous les films étrangers passaient en version allemande. (Plus tard, je découvris que même les films muets de Charlot étaient doublés en allemand. Il y avait un cinéma qui passait régulièrement des films étrangers en version originale. Les autres, fort rares, avaient pour cela des séances spéciales, presque toujours le dimanche matin.) Agacé, je renonçai à entrer dans un cinéma qui passait un vieux Kurosawa. L'un des intérêts du cinéma japonais, c'est la langue japonaise. Et ce devait être un spectacle grotesque, pour ne pas dire plus, que de voir tous ces samouraïs parler la langue de Goethe. Le doublage systématique des films avait commencé dans l'Italie de Mussolini. Une pratique fasciste.

Je me promenai dans la ville. Je dînai dans un restaurant italien et revins à l'hôtel. Je regardai la télévision. Les programmes des télévisions allemandes de l'Est et de l'Ouest, tout comme les émissions françaises et américaines, étaient très ennuyeux. J'allai me coucher.

Rêve :

Un vent frais décoiffe les cheveux rares et grisonnants de l'homme. La femme se protège du vent, mais pas de la lumière matinale, qui fait étinceler les brillants éparpillés sur son corps. « Qu'est-ce qui s'est passé ? » demande le vieux en secouant sa torpeur. « C'était un chien, monsieur », dit le chauffeur. « Nous avons tué un chien ? » « Je n'ai pas pu l'éviter, monsieur. » La femme dit : « Ferme la fenêtre, mets la climatisation. » « Voilà le mauvais côté de la vieillesse », pense le vieillard en regardant derrière la voiture, les yeux baignés de larmes, « avoir plein d'argent et pleurnicher pour un chien mort. »

Le lendemain matin, Veronika vint à l'hôtel.

« Monsieur Plessner veut déjeuner avec vous aujourd'hui. Dans son bureau de Berlin. Je vais vous y emmener. »

La peau du visage de Veronika rayonnait d'une douce lumière uniforme. Je me surpris à dire :

« J'ai changé d'avis. J'aimerais que vous travailliez avec moi au scénario. »

Son visage s'empourpra. Je le voyais de profil, elle était au volant.

« Pourquoi avez-vous changé d'avis ? » dit-elle timidement, en continuant de regarder la rue en face d'elle.

J'hésitai. « Je ne sais pas.

— Vous ne savez pas ?

— Je suis quelqu'un d'impulsif.

— L'idée de travailler avec vous m'inquiète.

— Pourquoi ?

— Vous êtes imprévisible.

— Pas dans mon travail. »

Elle resta un moment silencieuse. Les gens marchaient avec précipitation dans la rue, emmitouflés dans des lainages, ne laissant apparaître que leurs yeux et leur nez.

Veronika me laissa devant la porte du bâtiment.

« Je n'ai pas été invitée.

— Vous pourriez me faire un peu visiter la ville, demain ? » dis-je.

Une réceptionniste me conduisit au bureau de Plessner, au vingtième étage.

« Je pense que vous avez bien saisi ce qui est important dans *Cavalerie* », dit-il après que nous nous fûmes installés à une longue table de bois. « C'est incroyable. Un Latin des tropiques qui comprend si bien l'âme russe. »

Je me sentis à nouveau mal à l'aise, comme la fois où Plessner avait parlé des cinéastes brésiliens qu'il admirait.

« Vous avez vu des choses intéressantes, à Berlin ?

— Pas encore. Veronika Hempel va me faire visiter la ville, bientôt. A ce propos, j'aimerais travailler avec elle au scénario. »

Plessner prit mes mains dans les siennes et les serra fortement. « C'est très bien, que vous soyez d'accord pour travailler avec elle. Veronika est extrêmement compétente. J'étais très ennuyé quand Dietrich m'a dit que vous ne l'aimiez pas.

— Maintenant, ça va bien. »

Plessner me regarda, curieux, un peu gêné. Ce devait être un homme qui avait besoin de comprendre les motivations des autres.

« Venez par ici, dit-il en me conduisant à la fenêtre du bureau. Vous voyez ? »

Depuis là, on voyait un panorama de la ville. « Vous voyez ? » répéta-t-il.

Plessner devait vouloir parler du mur. Depuis son gratte-ciel, on apercevait une grande portion du mur, semblable à un haut sentier sinueux de béton.

« Il n'y a pas de monument plus significatif de notre époque, dit-il. Le vieil esprit de l'empereur Ch'ing réduit à une dimension mesquine. Au départ, c'était juste du fil de fer barbelé. L'homme moderne est encore dans l'obscurité. » Il fit une pause. « Vous voyez ces bâtiments gris ? »

Je répondis que oui, mais à vrai dire, je ne voyais rien. En fait, je ne voulais pas lui demander de m'expliquer plus précisément ce dont il parlait.

« C'est là que se trouve Checkpoint Charlie, l'un des points de passage vers l'autre côté. Mais la plupart des gens passent par la station de S-Bahn de la Friedrichstrasse.

— Je connais Checkpoint Charlie par le cinéma », dis-je.

Nous mangeâmes dans une pièce intime, à vrai dire un salon, où Plessner avait l'habitude de déjeuner avec ses invités. Deux femmes grandes et belles, irréprochablement maquillées et coiffées, habillées avec élégance, faisaient le service. Elles semblaient être sorties directement d'un défilé de mode pour venir faire le service. Cependant, par l'assurance qu'elles montraient, on voyait qu'elles étaient habituées à ce travail.

« A Munich, si vous posez la question, on vous dira peut-être que je suis un producteur qui ne s'intéresse qu'à l'argent. En fait, mon seul objectif est de créer un bon produit. L'argent est accessoire. Je choisis le thème, je lis le scénario, je donne une ou deux suggestions pour le casting, pour des techniciens, c'est tout. Je laisse le film entre les mains du producteur exécutif, en l'occurrence Dietrich, et du réalisateur. Et ceux-ci, je les choisis toujours très bien » ; un sourire séducteur souligna cette dernière phrase : « D'habitude, mes films ont du succès. Le succès, c'est de l'argent. »

Lorsque les femmes apportèrent le dessert, j'eus une surprise. Un énorme bol rempli de caramboles fut placé au milieu de la table. Je n'avais plus mangé de caramboles depuis des années ; c'était un de mes fruits préférés, avec son excitant goût âcre, mais on en trouvait rarement dans les supermarchés de Rio ou de São Paulo, bien qu'elles pussent pousser facilement dans n'importe quel coin de jardin.

« Servez-vous, ce sont des vraies, dit Plessner. Je sais que c'est un fruit courant, dans votre pays.

— Si courant qu'on n'en trouve plus, répondis-je.

— Ici, on en trouve, dit Plessner avec un sourire. Au KDW. Il n'y a rien, absolument rien, que vous ne puissiez trouver au KDW.

— KDW ?

— C'est un supermarché. Il y a deux choses que vous ne devez pas manquer de visiter à Berlin : le KDW et le Philharmonique. Demandez à Veronika de vous y emmener. »

Plessner prit une carambole et la posa dans son assiette à dessert.

« Un fruit étrange, bien tropical.

— Mais je pense que ç'a été rapporté de Chine au Brésil, il y a longtemps, probablement par les Portugais, dis-je.

— Ça n'en est pas moins étrange.

— C'est vrai. »

Plessner observa la carambole dans son assiette, comme s'il s'était agi d'un animal à deux têtes.

« On dirait que c'est artificiel, que c'est fait en pâte.

— Ça a toujours cet aspect.

— Comment ça se mange ? »

Je saisis ma carambole entre mes doigts et y mordis.

« Comme ça. »

Plessner prit la sienne et y mordit du bout des dents. Il mâcha. « C'est fibreux. Ça doit être bon pour les intestins. C'est un peu acide, pour moi », dit-il en reposant le reste du fruit dans son assiette.

J'en mangeai trois.

Tandis que l'une des femmes servait les liqueurs, l'autre apporta une grande boîte de bois lustré, avec des compartiments qui contenaient différentes sortes de cigares.

« Vous ne fumez pas ? demanda Plessner en constatant que je n'en prenais pas.

— Non.

— Je n'en fume que deux par jour. Un après le déjeuner, un autre après le dîner », dit Plessner en prenant un cigare dans la boîte. Il se tut un moment, son cigare dans une main et le coupe-cigare dans l'autre. Puis il dit à l'une des femmes, en allemand, qu'il ne voulait plus être dérangé.

Les deux femmes quittèrent la pièce.

« J'aimerais vous faire une révélation extrêmement confidentielle », dit Plessner en allumant son cigare.

Il en tira deux bouffées. Il semblait réfléchir à ce qu'il allait dire.

« Vous vous rappelez la conversation que nous avons eue à propos de Babel, à Munich ? dit-il.

— Oui. »

Autre bouffée.

« Le mystère le plus important concernant Babel ? poursuivit-il.

— Le livre qu'il était en train d'écrire et qui a été détruit ? demandai-je.

— Jusqu'à présent, on ne savait pas ce que pouvait être ce livre — une autobiographie, un recueil de contes, une pièce de théâtre, un roman, dit Plessner.

— Et maintenant, on le sait ?

— C'était un roman, dit Plessner. C'était un roman. Le seul roman que Babel ait jamais écrit. »

Mon cœur se mit à battre. Un roman ! A quoi pouvait ressembler ce roman ? Babel aurait-il réussi le prodige extraordinaire d'écrire un texte long avec la même concision tranchante que ses contes ? S'il y avait eu au monde un écrivain capable de cela, de recréer dans le roman l'exactitude, la précision du conte, cet homme ne pouvait être que Babel. Maupassant, Dostoïevski, Conrad, Lawrence n'y étaient pas parvenus. Joyce, Proust s'y étaient peut-être essayés inutilement et, pour cette raison, y avaient renoncé et avaient tendu vers l'extrême inverse, la prolixité. Je ne pensais qu'à des écrivains qui avaient tâté des deux genres. Flaubert, à la limite, n'avait jamais été un auteur de contes.

« Et ce roman n'a pas été détruit, dit Plessner.

— Quoi ?! » Cette révélation me laissait sans voix.

« Le roman de Babel n'a pas été détruit. Je n'en ai parlé à personne. Cette information est extrêmement confidentielle.

— Où est ce livre ? Vous l'avez vu ? Vous l'avez ?

— Je ne peux pas vous en dire plus. Pas pour l'instant. Rappelez-vous : cette information est confidentielle. »

3

J'étais en train de boire de la bière avec Veronika, au Pressecafé am Zoo, en face de la station de chemin de fer.

« C'est ici que se trouvait l'Aschinger, le restaurant préféré de Babel, quand il était à Berlin. Il y mangeait lentement sa soupe de petits pois, avec des morceaux de saucisse, pour pouvoir observer tranquillement les gens autour de lui. L'Aschinger a été démoli, il n'y a plus de soupe aux petits pois. Canetti, qui l'accompagnait, raconte tout ça dans son autobiographie. Babel ne parlait pas beaucoup. Il préférait observer les gens. Ou alors discuter avec Canetti de la Neue Sachlichkeit, la nouvelle objectivité, la nouvelle réalité. Berlin a toujours été l'endroit où discuter de nouvelles doctrines. Maintenant, c'est la Neue Empfindsamkeit. »

Veronika avala une autre gorgée de bière.

« Ici, dit Veronika, Babel a appris à Canetti à regarder les gens infatigablement, à les comprendre, sans juger ni condamner.

— C'est quoi, ce mouvement que tu as mentionné ?

— Neue Empfindsamkeit ? La nouvelle sensibilité. »

La responsabilité sociale et politique, dit Veronika, ne devait pas exclure la sensibilité, la réflexion de l'individu sur lui-même. La subjectivité ne signifiait pas nécessairement une évasion individualiste. Ce que l'on recherchait, c'était un type nouveau d'engagement social, plus ample, qui n'ignore pas l'individu, qui ne le soumette pas à des conditionnements sociaux et politiques, à la déshumanisation de la société et de l'État modernes.

Ce fut une nuit très agréable. Sans rêve mémorable.

Veronika passa me prendre en voiture. Elle allait me faire visiter la ville.

« Tu ne veux pas voir des musées ?

— Non.

— Tu ne veux même pas voir Néfertiti ?

— Non. Tout ce qui m'intéresse, où que je sois, ce sont les gens. Je suis comme Babel.

— Néfertiti est une personne. Il y a même un livre qui dit qu'elle veut rentrer chez elle. *Nefretete will nach Haus.* » Pause. « Et Lola Montez ? Tu fais une discrimination ?

— Lola n'était pas dans un musée.

— Ce château est un musée.

— Je n'aime pas les musées. Je vais te dire une chose : les seuls musées où j'entre et où je regarde toutes les saloperies qui sont dedans, c'est l'American Museum of the Moving Image à New York et le Museum of the Moving Image à Londres.

— Déformation professionnelle ? demanda-t-elle.

— Peut-être. Ce qui est sûr, c'est que je n'entre dans les autres musées que pour y voir quelque chose de précis, et j'en ressors aussitôt.

— J'ai acheté des places pour le konzert d'un groupe de rock. Mais ça ne commence qu'à dix heures. Tu aimes le rock ? Le rock, c'est des gens, et vivants.

— A dix heures ? Qu'est-ce qu'on va faire, jusqu'à dix heures ?

— Je pensais à visiter des musées, dit-elle.

— Je voudrais un radiocassette. Il n'y a que la télévision à l'hôtel, et je veux écouter de la musique.

— Alors, allons aux achats », dit-elle.

Veronika m'aida à choisir un radiocassette stéréophonique, facile à transporter.

« Tu peux l'acheter. C'est un très bon prix », dit-elle.

Puis nous allâmes chez un disquaire. J'achetai des symphonies de Tchaïkovski, les opéras *Boris Godounov, Sadko* et *Le Prince Igor,* sur des cassettes produites en Union soviétique, qui étaient moins chères que les occidentales.

« Je ne peux écrire qu'en écoutant de la musique.

— Tu ne vas pas puiser ton inspiration chez un musicien polonais ? Après tout, *Cavalerie rouge* se passe aussi en Pologne, non ?

— Lequel, par exemple ?

— Chopin.

— Chopin n'a aucune force. Il est très mièvre.

— Et Tchaïkovski ? Qu'y a-t-il de plus mièvre ?

— C'est la cavalerie de Boudienny, qui gagne la guerre, dis-je.

— Ah, alors, c'est la vision du vainqueur.

— Mais non, pas du tout. C'est la vision de Babel. Celle d'un cosaque juif.

— Et myope, dit Veronika. N'oublie pas la phrase d'Afonka, qui a dit, tout pâle : " Sors-toi de là, ou je te tue. Vous, les types à lunettes, vous vous souciez autant des gens comme nous qu'un chat d'une souris. " » Veronika rit. « Babel était le seul myope du régiment de Boudienny, peut-être le seul cavalier myope de toute l'histoire des cosaques, ou au moins le seul qui s'assumait, qui portait des lunettes. Les militaires n'aiment pas montrer leur myopie. Regarde Jaruzelski. Il porte des lunettes noires, comme un play-boy. Dans ton pays aussi, c'est comme ça. Les généraux portent des lunettes noires. Et probablement que les capitaines aussi, bien que je n'en sache rien, parce que les capitaines n'ont jamais leur portrait publié dans les journaux.

— Tu penses que la myopie de Babel est plus importante que sa judaïté ? demandai-je.

— Disons que les deux choses sont importantes. Le Cosaque Juif Myope. Tu ne trouves pas que c'est un bon titre, pour le film ?

— Demande à Dietrich.

— Il me tuerait, si je lui suggérais ça », dit Veronika.

Nous regagnâmes la voiture. Le froid s'était accentué.

Veronika proposa que nous allions voir le dernier film d'Alexander Kluge.

« Plessner m'a suggéré d'aller visiter le KDW.

— Tu veux qu'on y aille ?

— Non. On va voir le Kluge. »

« Tu comprends tout ? » murmura Veronika dans la salle obscure. Je sentis son souffle parfumé, comme celui d'un enfant, comme si elle n'avait que des dents de lait dans la bouche : « Je peux t'expliquer, si tu as des doutes.

— Pas la peine », dis-je.

Il y avait foule devant la porte du cabaret. Veronika dut faire appeler quelqu'un pour faciliter son entrée.

C'était une gigantesque salle, avec beaucoup de tables, toutes occupées, une piste de danse bondée et beaucoup de fumée. Sur une estrade pas très haute, un orchestre se produisait pour préparer le public à l'arrivée du groupe principal. Veronika me prit par la main et nous fendîmes la foule jusqu'à l'estrade. Le bruit était très fort. Veronika me fit signe d'ôter mon manteau, tandis qu'elle-même enlevait sa veste. Puis elle les déposa sur une pile de vêtements, à côté de l'estrade.

Ce groupe était très bon. Veronika se plaça devant moi et balança doucement son corps au son du rock, amplifié avec une terrible brutalité par les haut-parleurs, qui se trouvaient près de nous.

J'évitai que le corps de Veronika touche le mien. Je ne pus empêcher, par moments, que ses fins cheveux blonds ne m'effleurent la bouche et le nez.

Lorsque le konzert fut terminé, nous reprîmes nos vêtements et nous partîmes.

« Il y avait beaucoup de fumée, là-dedans, dit Veronika. Ça t'a plu ?

— Beaucoup.

— Qu'est-ce que tu veux faire, maintenant ?

— J'ai envie de boire du vin rouge.

— Tu n'as pas faim ?

— Si.

— Tu aimes le carpaccio ? »

Elle connaissait un endroit où on faisait un excellent carpaccio.

Il était deux heures du matin. En voiture, nous suivîmes quelques rues, maintenant désertes, avant d'arriver au restaurant.

Il n'y avait que quelques tables, dont certaines occupées, et un long comptoir avec des sièges. Assise sur l'un d'eux, une femme buvait du vin rouge. Derrière le comptoir, un homme brun, d'allure latine, fumait une cigarette. Je supposai que c'était le patron. Nous nous assîmes à une table, près d'une énorme fenêtre qui donnait sur la rue. La table était faiblement éclairée par la lueur d'une bougie.

« So, dit Veronika.

— Un endroit sympathique », dis-je.

L'homme brun sortit de derrière le comptoir et demanda ce que nous désirions.

« Du carpaccio et du vin rouge, dis-je.

— Je meurs de faim », dit Veronika.

La femme assise au comptoir quitta sa place et vint se planter debout, près de nous.

« Are you speaking english ?

— Oui, dit Veronika.

— Je m'appelle Ellen », poursuivit-elle, en anglais. La lumière de la bougie embellissait son pâle visage.

Veronika l'invita à s'asseoir avec nous.

« Vous pensez qu'un cosaque pourrait porter des lunettes ?

— C'est une blague ? demanda Ellen.

— Plus ou moins. Ce n'est pas très drôle, dis-je.

— Pas du tout, dit Ellen.

— Vous n'êtes pas allemande, dit Veronika.

— Je suis américaine. »

Elle étudiait à l'université de Berlin. Elle était seule chez elle et, au milieu de la nuit, elle avait éprouvé une envie irrésistible de voir des gens. Elle était entrée dans le premier endroit qu'elle avait trouvé ouvert. A sa voix, on comprenait qu'elle avait dû commencer à boire bien avant que Veronika et moi n'arrivions.

Nous bûmes et nous parlâmes de cinéma et de littérature. Nous vidâmes trois bouteilles de chianti.

Le patron du restaurant, qui m'avait parlé à plusieurs reprises en italien, s'approcha pour dire, gêné, qu'il était l'heure de fermer.

« Qu'est-ce qu'il a dit ? demanda Veronika.

— Que c'est l'heure de fermer.

— Comme c'est dommage, dit Veronika. Et si on allait tous chez moi ?

— Non. Allons chez moi », dit Ellen.

Je voulus payer l'addition, mais Veronika et Ellen insistèrent pour que nous partagions.

Il nous fallut gravir plusieurs étages pour arriver à l'appartement d'Ellen. Lorsqu'elle ouvrit la porte, nous nous trouvâmes face à une gigantesque pièce qui servait à la fois de salon, de bibliothèque et de chambre. Mais la première chose que l'on voyait, c'étaient les étagères remplies de livres. Il devait y en avoir des milliers. Au fond, derrière un immense paravent, un grand lit. On aurait dit le décor d'un film allemand des années 1920.

« C'est l'appartement d'un ami à moi », dit Ellen.

Ellen et Veronika présentaient un contraste intéressant. En regardant Veronika, la luminosité rosée de sa peau après d'innombrables verres de vin, je pensais, évidemment, aux Vénus de Botticelli. Ellen triturait un appareil de son. Avec ses cheveux et ses yeux de plus en plus noirs, et sa peau couleur de glace, elle ressemblait à une femme de Delvaux, Paul, pas le cinéaste. Ratiocinations éthyliques.

Je pris la main de Veronika.

« On va danser ?

— Je ne danse pas très bien.

— Ça n'a pas d'importance. Je veux juste te tenir dans mes bras. »

Nous nous enlaçâmes étroitement, nos corps bougeaient lentement.

Je mis ma bouche à l'oreille de Veronika : « Tu viens à mon hôtel avec moi, après ? »

Veronika ne répondit pas, mais elle serra son corps contre le mien.

Nous dansâmes encore un peu. C'est-à-dire, nous fîmes bouger nos corps enlacés.

A cet instant, Ellen me prit par le bras et dit : « Moi aussi, je veux danser. » Elle semblait soudain ivre. Elle m'embrassa sur la bouche. Veronika s'écarta. Je vis qu'elle prenait un livre dans la bibliothèque et s'asseyait pour lire, paisible.

« Reste ici, avec moi, me dit Ellen tandis que nous dansions. Je veux que tu dormes avec moi. »

Je réfléchis un peu, ne sachant que faire. Je laissai Ellen et m'approchai de Veronika, qui lisait dans le coin opposé de la pièce.

« Quel est ce livre ?

— *Frauen vor Flusslandschaft.*

— Ça t'ennuierait que je reste ici, avec elle ?

— Non », dit calmement Veronika.

Ellen s'approcha avec une bouteille de vin et un verre dans les mains. « One for the road », dit joyeusement Ellen en versant du vin dans le verre, qu'elle tendit à Veronika.

Veronika but une gorgée de vin. « Merci », dit-elle en rendant le verre. Puis elle prit sa veste et la passa tranquillement.

Nous accompagnâmes Veronika jusqu'à la porte. Nous la saluâmes en lui embrassant le visage avec effusion. Veronika ouvrit son sac, prit un morceau de papier et écrivit. « Mon téléphone. » Puis elle partit en fermant la porte.

Ellen me prit par la main et me fit traverser la pièce jusqu'au coin où se trouvait le grand lit.

« Aide-moi à me déshabiller. »

Je lui ôtai ses chaussures, ses grosses chaussettes de laine, son pantalon. Puis son pull et son chemisier. Ellen ne portait pas de soutien-gorge. Elle se laissa tomber de dos, sur le lit. Son slip en coton, détendu, laissait apparaître les poils sombres de son pubis.

« Je t'aime », dit-elle avec effort, en prononçant mal les mots.

« Comment je m'appelle ? demandai-je tout en me déshabillant.

— Fuck you ! dit Ellen sans agressivité.

— Tu as oublié mon nom ?

— Fuck me ! » dit Ellen.

Je lui ôtai son slip. Alors, je m'aperçus qu'elle dormait.

« Ellen ! »

Je ne parvins pas à la réveiller. Je restai debout, à côté du lit. « Ellen », répétai-je à voix basse, désolé. Je la couvris avec le drap. Je me rhabillai.

Je pris dans la bibliothèque un livre sur Otto Dix et je regardai les illustrations. J'allumai la radio. « Berlin, the city that never sleeps », dit l'animateur de la station de l'Armée américaine. J'éteignis et revins vers le lit. Préoccupé, j'appliquai mon oreille contre la poitrine d'Ellen et j'entendis son cœur battre, légèrement rapide. Son corps était chaud et parfumé. Quel âge pouvait-elle avoir ? Dix-huit ans ? Je regrettai de ne pas être un nécrophile ou quelque chose de ce genre.

Que faisais-je là, avec une femme jeune, nue, saoule et endormie ? Pour partir, en attendant, il me fallait résoudre un problème. Je venais d'une cité violente, où l'on devait toujours bien fermer les portes. Comment fermer la porte de l'extérieur et laisser Ellen dormir en sécurité ? Je ne pouvais pas emporter la clé avec moi. J'aperçus alors une petite fente dans la porte, par où on pouvait passer des lettres. Le trousseau de clés n'y passait pas. Il me faudrait d'abord trouver quelle était la clé qui fermait la porte, puis la retirer du trousseau. Il ne fut pas difficile de trouver la clé. Le problème, c'était que la fermeture du porte-clés était faussée. « Dans une maison où se trouvent tous les livres d'Auden, il doit y avoir des tenailles », pensai-je, sans grande logique. Après avoir beaucoup cherché, je trouvai enfin une caisse à outils. Je fis sauter l'anneau avec les tenailles et retirai la clé qui fermait la porte. Je posai les autres clés sur la table, avec un mot pour expliquer ce que j'avais fait. Je sortis, verrouillai la porte et passai la clé par la fente à lettres. Bien, maintenant, la fille dormait en sécurité.

Je ne vis aucun taxi et je ne savais pas vers où me diriger pour prendre un bus. Je me mis à marcher rapidement, ouvrant et refermant mes bras tendus. Je longeai ainsi deux pâtés de maisons et finis par tomber sur un mur, pas très haut, sombre, et dont je n'apercevais pas le bout, que je regarde vers la gauche ou vers la droite. C'était le *mur*. Le mur moderne de l'empereur Ch'ing, que j'avais vu depuis la fenêtre du bureau de Plessner. Je lui tournai le dos et marchai dans la direction opposée. Je sentais mes oreilles durcies par le froid. Un liquide se mit à couler de mon nez et de mes yeux, que j'essuyais avec la manche de mon manteau. Je regardai l'heure. Il était six heures, mais les rues restaient plongées dans une profonde obscurité, aucun soupçon de lumière n'annonçait le jour. Les voitures étaient rares à circuler. Je me rappelai alors que j'avais laissé mon radiocassette dans la voiture de Veronika. J'éprouvais une douleur dans ma poitrine, quand je respirais l'air glacé. Je plaçai mes mains en conque devant ma bouche et me mis à respirer l'air chaud que j'exhalais moi-même.

Je marchai longtemps sans trouver de taxi. Il valait mieux que je m'arrête dans la rue car, en marchant, je devais rater les taxis au lieu de les trouver. Cette thèse se vérifia en quelques minutes. Un taxi me prit bientôt et me laissa devant la porte de l'hôtel.

Je ne me couchai pas, car je savais que je n'arriverais pas à dormir. Je me fis couler un bain chaud, m'y glissai et me consacrai à penser. Je pensai à plein de choses, à la petite boîte de pierres cachée derrière le *Mahâbhârata,* à Gurian, à Liliana, à Babel, à Veronika. Et aussi à Ruth.

Vers onze heures du matin, je sortis de mon bain, m'essuyai et pris le téléphone.

« Que veut dire *Frauen vor Flusslandschaft*? demandai-je quand elle décrocha.

— Tu veux vraiment le savoir ?

— Non. Je voudrais que tu viennes à l'hôtel. »

Pause. « Femmes devant un paysage fluvial. Maintenant ?

— Si ça ne te dérange pas.

— J'en ai pour un moment. Je vais prendre un bain, m'habiller.

— Viens prendre un bain ici.

— Dans une heure, d'accord ? »

Elle arriva plus tôt que cela. Veronika portait un pantalon de cuir marron, une chemise de soie, un pull en laine et un long manteau bleu, en laine aussi.

Nous restâmes silencieux, debout au milieu de la chambre. Elle me sourit à sa façon discrète. C'était curieux, un visage aussi lumineux avec un sourire aussi secret.

Je l'aidai à ôter son manteau.

« Quel bel édredon, dit-elle. J'adore les édredons. » Elle ne parla pas d'Ellen, notre rencontre de la nuit précédente.

Avec naturel, elle commença à se déshabiller. J'aimai sa manière ferme et équilibrée d'enlever son slip, en se tenant d'abord sur un pied, puis sur l'autre, avec l'élégance d'une miniature art nouveau. J'admirai aussi la couleur uniforme de sa peau, cette fluorescence dorée qui m'avait déjà tellement impressionné. Son regard semblait plus dense.

« Tu as mis longtemps à m'appeler », dit-elle.

Je pris son corps nu dans mes bras. Une sensation de pureté m'envahit. Une sensation de béatitude. Elle tendit la main et me prit la queue.

Je l'allongeai sur le lit. Son corps avait la lumière d'un lever de soleil. Il faut que je la rassasie, pensai-je, que je la fasse jouir plusieurs fois, que j'use de ma capacité à garder la queue dure un temps infini sans jouir, mon plaisir est secondaire. Le vieux doute m'assaillit — générosité ou exhibitionnisme ? — juste un instant.

Veronika posa sa tête sur ma poitrine.

« Merci, dit-elle.

— Parle-moi de Babel.

— Je te parle de Babel et tu me parles de toi, dit-elle en m'embrassant maintenant avec une affection fraternelle.

— Je voudrais en savoir plus sur sa manière obsessionnelle de revoir son texte.

— Paoustovski raconte que Babel a revu au moins vingt fois "Lioubka, le Cosaque", qui ne fait que huit pages.

— Cette histoire ne fait pas partie de *Cavalerie.*

— C'est un des contes d'Odessa. Il y a un conte, dans *Cavalerie,* lui aussi très court, comme tous ses contes, qu'il a revu plus de trente fois avant de le publier, et qu'il a encore repris, après sa publication, pour les nouvelles éditions. C'est l'histoire du peintre sacrilège Apolek, qui prend comme modèles, pour ses peintures religieuses, les marginaux de la ville où il vit. Tu te souviens de cette histoire ? »

Veronika m'embrassa. La tension avait baissé, une plus grande confiance réciproque s'était établie. Non, en y réfléchissant bien, ce n'était pas une plus grande confiance. Simplement, nous nous habituions l'un à l'autre, au lit et hors du lit.

« Refais-moi l'amour », dit-elle.

La même scène se répéta : Veronika cherchant à jouir au maximum du rapport sexuel, et moi jouant le rôle de séducteur exhibitionniste ou de rassasieur généreux. Bien sûr, dans ces occasions, il arrivait un moment (je décidais quand et comment) où j'avais un orgasme, presque toujours après que ma partenaire fut épuisée. Mais cet orgasme servait moins à me donner du plaisir qu'à laisser une marque visqueuse pour montrer à ma partenaire que moi aussi je m'impliquais profondément dans la relation. Les gens croyaient aux signes extérieurs de jouissance.

« Je t'ai parlé du Babel. Maintenant, parle-moi de toi, dit Veronika.

— Je n'aime pas parler de moi.

— Tu en as déjà parlé. De ta maladie, de ta façon de rêver.

— Ce n'est pas exactement une maladie, ce que j'ai.

— Tu dois avoir une vie intéressante, dit Veronika. Ça se voit à ton visage.

— Non, non.

— Mais ta façon de rêver est intéressante. Tu ne veux même

pas parler de ça ? Si tu me parles de tes rêves, je te parlerai des miens. J'ai moi aussi quelque chose de très bizarre à raconter.

— En résumé : quand je rêve, c'est comme si je lisais un livre mal écrit.

— Comment ça ?

— La plupart des gens rêvent comme s'ils regardaient un film mal monté.

— Les cauchemars sont toujours bien montés. Pleins de suspense.

— Tu fais des cauchemars ?

— Parlons d'abord de tes rêves. On parlera des miens après.

— Il fut un temps où mes relations avec... les gens étaient si compliquées que j'ai décidé de voir un psychanalyste. »

Veronika attendit un moment. « Et alors ?

— Une femme, une freudienne. Elle voulait que je lui parle de ma vie et je ne lui parlais que de mes rêves.

— Pourquoi donc as-tu pris une psychanalyste femme ? plaisanta Veronika.

— Il paraît que Freud croyait, et elle aussi, que les rêves sont liés, dans leur contenu manifeste, à des expériences récentes et, dans leur contenu latent, à des expériences plus anciennes. Cette psychanalyste avait besoin d'autres données à mon sujet, en plus des rêves. La traduction de mes rêves par ma psychanalyste dépendait en partie de ce rapport entre mes rêves et mon expérience, ma réalité, qu'elle n'arrivait pas à obtenir, et en partie des circonstances dans lesquelles je lui rapportais mes rêves, c'est-à-dire de mes réactions. Mais je lui décrivais mes rêves de façon froide et laconique, sans faire de commentaires, sans lui apporter les autres révélations qu'elle attendait, empêchant ainsi que les éléments cachés puissent se révéler, affleurer. Une personne qui rêve beaucoup est un patient théoriquement facile à traiter. Mais je ne répondais pas à cette attente. Elle posait des questions et je ne répondais pas.

— C'est bien compliqué.

— Ça n'a pas duré longtemps, évidemment. Il lui fallait du temps. J'ai laissé tomber l'analyse, je pensais que l'analyste avait plus besoin de moi que moi d'elle. Mais je me trompais. Et tes rêves ?

— Je ne rêve jamais. C'est ça, la chose marrante, avec moi. C'est-à-dire, je ne me souviens jamais de mes rêves. Mon analyste (c'était aussi une femme) a dit que ça venait de mon manque d'imagination, associé à une attitude inconsciente de refus ou de défi. J'ai arrêté aussi. » Elle fit une pause. Elle alluma une cigarette. « Les statistiques disent que les hommes arrêtent de fumer et que les femmes fument de plus en plus. Je sais, je sais, il y a une explication sociologique à cela, il y a une explication sociologique pour tout, mais je ne veux pas l'entendre. » Elle fit une autre pause. « Je pense quelquefois que je n'ai aucune capacité de créer des images, que je n'ai aucun pouvoir créatif, que mon analyste avait raison, et que j'ai anormalement développé ma mémoire pour compenser mon manque d'inventivité. Je connais un type qui sait par cœur, en entier, l'encyclopédie *Der neue Herder von A bis Z*. Je l'ai vu, un jour, faire une démonstration effarante. Mais il est presque idiot. Non, quand j'y pense, c'est un parfait idiot. Parfois, ça me fait peur. »

Mais Veronika n'avait pas peur. Les gens qui m'entouraient étaient tous, sans exception, des acteurs jouant un rôle mystérieux. Ils avaient tous un secret, ils cachaient quelque chose au monde — à moi.

4

Le téléphone sonna. C'était Liliana.

« Où donc étais-tu passée ?

— Je suis à Paris.

— J'ai appelé au Bréa mais on m'a dit que tu n'y étais pas. Tu n'as pas reçu mon message?

— C'est une histoire compliquée. Je ne peux pas te raconter au téléphone.

— Tu es où, finalement ?

— A Paris.

— Je sais que tu es à Paris, merde ! Mais où ?

— Je ne peux pas t'expliquer maintenant.

— Comment je vais faire, pour te retrouver ?

— Au Bréa. Mais pas par téléphone. si tu en as besoin, télégraphie-moi. Ou plutôt, télégraphie à M. Castelo Branco.

— Arrête de plaisanter.

— Je ne plaisante pas. Télégraphie à M. Castelo Branco, ici, au Bréa. Il sait comment me joindre. Tu télégraphies, d'accord ? Tu ne téléphones pas. Tu me manques terriblement. » Elle coupa.

J'avais hâte de parler avec Plessner, d'en apprendre plus sur le roman disparu de Babel. J'allais téléphoner à Plessner mais il me devança.

« J'ai d'autres choses à vous dire sur Babel », dit-il.

Il me reçut dans son vaste bureau. Il dit à sa secrétaire qu'il ne voulait pas être dérangé. Puis il alla à la fenêtre, probablement pour observer le mur. Je m'assis.

« Les sbires de Staline qui ont arrêté Babel, dit Plessner depuis la fenêtre, avaient certainement reçu l'ordre de détruire tous les papiers qu'ils trouveraient.

— Pourquoi accusez-vous Staline ? demandai-je. Nous savons que Boudienny haïssait Babel, qu'il accusait d'avoir calomnié les cosaques dans *Cavalerie rouge,* il l'accusait de corruption culturelle, d'ignorance politique. En fait, ce n'était qu'une affaire d'honneur militaire offensé, Boudienny voulait la glorification du cosaque, Babel demandait pardon. Par ailleurs, on dit que Staline considérait Babel comme un bon écrivain.

— Staline donnait son opinion sur absolument tout, et il était considéré comme le plus important critique d'art et de littérature de l'Union soviétique. Boudienny n'aurait pas eu le pouvoir de faire arrêter Babel. Mais je suis d'accord pour dire qu'il a pu influencer Staline, il a pu le faire changer d'avis, s'il est vrai que, comme Veronika prétend l'avoir lu quelque part, Staline aimait Babel. C'est Veronika qui vous a dit cela, non?

— Non. »

Il me regarda. Il savait que je mentais.

« En réalité, poursuivit-il, Staline, le révolutionnaire au pouvoir, considérait les écrivains et les artistes en général avec beaucoup de suspicion, comme des gens déloyaux, indécis, idiots et inutiles. Les révolutions, pour se consolider et se perpétuer — tout pouvoir veut se perpétuer, c'est une vérité-cliché — ont besoin de cohérence, chose que les artistes n'apportent pas. Je pense donc qu'il ne fallait pas beaucoup pousser Staline pour lui faire arrêter et tuer un vulgaire écrivain et détruire son œuvre pernicieuse. »

Plessner me sonda du regard. Il cachait quelque chose, et je ne pouvais deviner quoi.

« Mais, par miracle, le séide chargé de ce crime n'a pas eu le courage de détruire le manuscrit, peut-être parce qu'il l'a d'abord lu. Personne ne lit Babel sans l'aimer. Ce qui est certain, c'est que ce manuscrit a abouti à la Bibliothèque Lénine, à Moscou, au département des documents confidentiels. Une partie importante de la Bibliothèque Lénine est interdite au public. Il y a des milliers, peut-être des millions, de documents qui, pour une raison ou pour une autre, n'ont pas été détruits, malgré les ordres. Un peu comme ce qui s'est passé ici, en Allemagne, où les archives relatives au massacre des juifs ont été préservées.

Nous avons tué les juifs mais en même temps, nous les avons maintenus en vie, en préservant la documentation relative à cette action infâme. L'homme a besoin de se purger des horreurs qu'il commet et une des manières de le faire, c'est de ne pas les oublier. Même si les Russes sont traditionnellement plus secrets que les Allemands, la mémoire des horreurs slaves a aussi été préservée.

« Il semble que beaucoup de gens, continua Plessner, soupçonnaient l'existence du manuscrit. On dit qu'Ehrenbourg, qui connaissait le secret, œuvrait discrètement pour récupérer le livre. Mais Ehrenbourg aurait commis une erreur en discourant de façon trop véhémente lors de l'hommage à Babel au Syndicat des Écrivains soviétiques, le 11 novembre 1964. Notez bien la date, c'était vingt et quelques années avant la glasnost. »

J'avais du mal à contenir mon impatience. Je voulais savoir tout de suite ce qu'il était advenu du roman, les détails donnés par Plessner ne m'intéressaient pas ; de plus, l'épisode du Syndicat des Écrivains m'avait déjà été en partie raconté par Veronika ou par Gurian.

« Le discours d'Ehrenbourg a des passages pathétiques. Il était ému, et notamment par la présence de la fille de Babel, Lydia. " Je suis disposé à supplier comme un chien les organisations responsables de rééditer Babel ", a dit Ehrenbourg. L'argument officiel était qu'il n'y avait pas de papier disponible pour cela. " Il n'y a pas de papier pour publier un petit livre ? Le papier, il faut le trouver ! " a crié Ehrenbourg. Le petit livre, c'était *Cavalerie rouge,* plus quelques contes, dont les récits d'Odessa. A un moment donné, Ehrenbourg a dit : " Celui qui n'aime pas Babel est notre ennemi. " Ceci a dû être considéré par les " organisations responsables " comme une provocation intolérable. Ceci a porté préjudice au délicat travail de réhabilitation de Babel et de récupération du manuscrit inédit, encore perdu au milieu de l'immense quantité de documents interdits à la Bibliothèque Lénine. Ehrenbourg comptait faire une édition complète de l'œuvre de Babel, en y incluant le manuscrit appréhendé. Mais l'édition publiée en 1966 avec une préface d'Ehrenbourg n'était pas complète et ne contenait pas le roman qui, pourtant, avait peut-être été retrouvé. Il est possible que le livre ait alors été encore mieux caché. La bureaucratie conservatrice sévissait aussi au Syndicat des Écrivains. La censure est un produit culturel résistant. Les efforts d'Ehrenbourg n'ont servi à rien. Il est mort peu après, en 1967, en pensant peut-être que le roman de Babel n'était qu'un mythe, ou en soupçonnant, avec logique, que si ce texte avait réellement existé, les bruits et les rumeurs qui ont circulé au début des années soixante avaient pu conduire quelque fonctionnaire diligent, de n'importe laquelle des organisations culturelles, à le détruire définitivement.

— Est-ce que vous pourriez abréger un peu l'intrigue bureaucratique ?

— L'intrigue bureaucratique fait partie de notre vie, dans n'importe quelle partie du monde où nous nous trouvions.

— Je sens que vous avez une révélation importante à me faire. Faites-la tout de suite.

— Soyez patient. Nous, les Allemands, nous avons l'esprit méthodique. Et ce que vous appelez avec beaucoup de curiosité une révélation importante, c'est à vrai dire quelque chose de si excitant que cela mérite d'être gardé pour la fin. »

Je me calmai et attendis.

« En 1985, le manuscrit a été dérobé au département des documents confidentiels de la Bibliothèque Lénine. Une femme, qui travaillait dans cette bibliothèque, a pris le roman et l'a remis à son amant, un diplomate soviétique, actuellement en poste à l'ambassade de Berlin-Est. Appelons-le Ivan. Dans le passé, Ivan a été le protégé de Youri Tchourbanov, le gendre corrompu de Brejnev, et je pense qu'ils ont fait quelques affaires ensemble, probablement de la contrebande de devises. A la disgrâce de Brejnev, la situation d'Ivan s'est compliquée. Vous me permettez de vous parler un peu des intrigues bureaucratiques ? Elles aident à comprendre l'âme russe, à comprendre Babel. Hein ?

— Excusez mon impatience.

— La disgrâce de Brejnev a été si complète qu'on a enlevé son nom à des places et à des rues qui le portaient à Moscou, à Leningrad et dans d'autres villes, ainsi qu'à des bateaux, des usines, des écoles. La façon russe d'oblitérer le passé. On a accusé Brejnev d'avoir été responsable de la stagnation économique et sociale et de la corruption effrénée, pendant les dix-huit ans où il a été le dirigeant soviétique suprême. Dès que Brejnev fut tombé en disgrâce, notre Ivan, qui est un homme très intelligent, a obtenu la protection d'Andropov, qui avait quitté le KGB pour prendre la tête du pays. A la mort d'Andropov, Ivan a voulu s'abriter derrière Ligatchev qui, avec l'appui d'Andropov, était monté dans la hiérarchie pour devenir le nouveau Souslov, l'idéologue du parti. Gorbatchev et Ligatchev n'ont pas tardé à entrer en conflit. En mars de l'année dernière, j'ai rencontré Ivan à Moscou, il me semblait perdu. Ligatchev, un stalinien honnête, faisait des difficultés à Ivan, bien que celui-ci fût aussi conservateur ou antilibéral que le vieil idéologue. Moscou, à cette époque — je parle des endroits fréquentés par les journalistes étrangers et les diplomates — bourdonnait de rumeurs. Gorbatchev avait convoqué une réunion extraordinaire du Politburo pour demander un vote de confiance sur sa politique intérieure. On parlait partout de l'appui que les onze membres du Politburo avaient donné au secrétaire général, ce qui était un avertissement pour Ligatchev. On disait que celui-ci, à la réunion, avait défendu les positions de Staline et avait durement critiqué la politique libérale de Gorbatchev, la traitant de " fatras idéologique ", alléguant qu'elle encourageait la permissivité et qu'elle dénigrait l'histoire soviétique. Gorbatchev a écarté informellement Ligatchev de ses fonctions d'idéologue, pour mettre à sa place Iakovlev, et il a amorcé un processus de réhabilitation des victimes politiques notoires de Staline. Le tout-puissant chef du KGB, Victor Tchebrikov, qui a fini par être remplacé par Krioutchkov, est entré dans le débat en critiquant, de façon ambiguë, l'attention excessive portée aux aspects négatifs. Une guerre de lettres ouvertes a alors commencé dans les journaux, ce qui est une tradition soviétique, pour défendre ou attaquer la glasnost. Vous vous en souvenez, non ?

— Je ne suis pas un spécialiste de la politique soviétique, comme vous.

— Je ne vous ennuie pas trop, avec cette histoire ?

— Non, continuez, je vous en prie.

— A la XIXe Conférence extraordinaire du Parti communiste, convoquée par Gorbatchev pour consolider sa politique de restructuration, celui qui n'était encore que secrétaire général a parlé de liberté religieuse, de liberté politique, il a parlé de la stagnation économique et de la nécessité d'initiatives draconiennes pour que la société soviétique réponde de façon satisfaisante aux réformes de la perestroïka. Mais, en fait, il a été très habile et prudent. D'autres participants à la Conférence se sont chargés de provoquer la vieille garde stalinienne représentée par Gromyko et Afanassiev. En même temps qu'il parlait de libertés politiques, Gorbatchev permettait, comme concession aux vieux communistes, que le KGB arrête les membres d'une certaine union démocratique, qui se proclamait parti d'opposition. Il savait qu'il lui fallait agir prudemment, selon ce truc léniniste de deux pas en avant et un en arrière.

« En octobre, le secrétaire général du PC soviétique fut élu président du Présidium du Soviet suprême, cumulant ainsi les deux postes les plus importants et les plus puissants dans la structure de l'État soviétique. Renforcé, Gorbatchev a obligé Gromyko à renoncer au poste de président de la République, a retiré tout pouvoir à Ligatchev et à Tchebrikov, et a gagné sa première bataille.

« Dans cette lutte interne, Ivan, notre diplomate, sympathisait avec les conservateurs, qui jusqu'à présent sont en train de perdre la guerre. Mais il est miraculeusement parvenu à ne pas être impliqué dans le procès de Tchourbanov. Il a quitté un poste mineur en Afrique et a été nommé à Berlin. Bien que sa complicité avec Tchourbanov n'ait pas été établie, le dossier peut être rouvert à tout moment. Par ailleurs, c'est un alcoolique irrécupérable. Il sait qu'il a perdu toutes ses chances. »

Comme Plessner se taisait, je dis : « Et alors ? »

Plessner resta silencieux.

J'attendis qu'il dise ce qu'il voulait dire.

Je ne sais combien de temps nous restâmes cois.

« Le roman inédit de Babel est entre les mains d'Ivan, à Berlin-Est. Il veut le vendre. Il suffit que quelqu'un y aille avec l'argent », dit enfin Plessner.

Mon cœur bondit.

« C'est réellement une nouvelle excitante, dis-je.

— Attendez encore un peu, ce n'est pas là ce que je garde pour la fin. »

Quelle révélation Plessner pourrait-il faire, qui m'exciterait encore plus que de savoir que le livre inédit de Babel se trouvait tout près de là, derrière le mur, presque hors de danger, prêt à se matérialiser, à resurgir ?

« J'ai demandé à Ivan, poursuivit Plessner, pourquoi il ne venait pas ici, il aurait pris l'argent et demandé l'asile, comme tout bon déserteur. Le gouvernement de la Bundesrepublik lui aurait accordé l'asile et une pension. Les larmes aux yeux — il est vrai qu'il était saoul — Ivan m'a expliqué pourquoi il ne peut pas devenir dissident. Il s'est séparé de sa femme, avec qui il avait eu des enfants, pour vivre avec sa maîtresse, la bibliothécaire qui a volé le manuscrit de la Bibliothèque Lénine. Malgré plusieurs tentatives, il n'a pas réussi à obtenir un visa pour qu'elle vienne le retrouver à Berlin. Ivan veut rester près de la femme qu'il aime, où que ce soit. N'est-ce pas émouvant ? Ivan pense que le refus réitéré du visa ne peut s'expliquer, en cette époque de libéralisation, que parce qu'il est surveillé par le KGB et par le SSD. C'est peut-être de la paranoïa, mais les diplomates sont réellement habitués à la surveillance routinière des polices politiques. Mais je ne crois pas qu'Ivan coure vraiment des risques à cause du vol du manuscrit. Il y a des dizaines d'années qu'on ne spécule plus là-dessus, l'affaire est oubliée. Et il y a tellement de documents secrets à la Bibliothèque Lénine qu'Ivan a sûrement raison quand il affirme que le vol n'a toujours pas été découvert. Ivan veut cent mille dollars pour le manuscrit, une somme ridicule. Je donnerais un million de dollars.

— Pourquoi Ivan demande-t-il si peu ?

— Aujourd'hui, Babel est pratiquement inconnu. Si vous demandez à deux cents personnes, ici, à Berlin, si elles connaissent Babel, la grande majorité répondra que non et ceux qui diront oui penseront qu'il s'agit de la tour construite après le Déluge. Un éditeur occidental ordinaire ne donnerait même pas dix mille dollars d'avance pour avoir ce livre. Mais je ne suis pas un éditeur ordinaire. »

Jusqu'alors, j'ignorais que Plessner fût éditeur. Je savais qu'il dirigeait un conglomérat d'entreprises, mais pas qu'une maison d'édition — une des plus grosses d'Allemagne — en faisait partie.

« On dit que j'ai bâti un empire, dit Plessner, mais le problème, ce n'est pas de bâtir un empire, c'est de le conserver. Et pour cela, vous devez faire très attention. Vous devez vous associer à d'autres groupes, mais vous ne pouvez pas être vulnérable. Burda, les Springer, Leo Kirch, Bauer, ils m'ont tous déjà lancé des regards gourmands, en vain. Je suis imprenable. Ils ont fini par s'entre-dévorer, ils ont dû se contenter de se battre entre eux-mêmes.

— Et le livre de Babel ?

— Dès que le manuscrit de Babel sera en ma possession, nous lancerons une grande campagne publicitaire qui fera connaître le nom de Babel et qui en fera parler dans le monde entier. En association avec nous, d'autres maisons d'édition, en France, en Italie, au Japon, en Espagne, en Angleterre, aux États-Unis, en Chine, annonceront conjointement la publication du manuscrit qui a échappé à la destruction, et celle des autres livres de Babel. »

Il se leva et marcha jusqu'à la fenêtre. Je le suivis.

« A cette époque de l'année, il fait nuit si tôt, à Berlin... » murmura-t-il. Puis, toujours à voix basse, il ajouta, et j'eus la certitude qu'il disait la vérité : « Je ne fais pas cela en ayant en vue le moindre profit. Je le fais par amour. Babel est ma passion. Je veux que le monde le connaisse. »

Nous restâmes silencieux, tout en regardant l'obscurité s'étendre sur la ville. On n'entendait pas un bruit. Plessner semblait en avoir fini avec ses révélations.

« Et le film ? Il faut que nous parlions, dis-je.

— Le film peut attendre une autre fois. Il y a encore une chose très importante que je dois vous dire. »

J'attendis.

Plessner continua de regarder par la fenêtre. Quand j'étais enfant, ma mère me lisait des histoires de princes. Les princes de mon enfance avaient la tête de Plessner.

Il n'était pas encore quatre heures de l'après-midi, et la ville sombrait déjà dans l'obscurité.

« Dites-moi ce que vous avez à me dire. »

J'attendis.

« C'est une demande, dit enfin Plessner. Je vous demande de porter l'argent à Ivan, à Berlin-Est, et de nous rapporter le manuscrit. »

Je restai coi une minute, le cœur battant.

« Comment Ivan vous a-t-il proposé ce manuscrit ?

— C'est une bonne question. Je suis l'éditeur de Babel, ici, en Allemagne. Et aussi celui de beaucoup d'écrivains de langue russe, d'anciens, de nouveaux, pour ou contre le système... Ivan le savait... J'ai eu la chance de me trouver avec lui à un cocktail du corps diplomatique, pendant le voyage que j'ai fait à Moscou en mars, l'an dernier. En discutant avec lui, j'ai soulevé par hasard la question du mystère du manuscrit de Babel et j'ai dit que je donnerais une belle somme d'argent pour l'avoir, s'il existait vraiment. Je ne savais pas que sa maîtresse travaillait à la section des documents confidentiels de la Bibliothèque Lénine. »

Encore une minute de réflexion. Plessner tambourinait sur la table, nerveux.

« C'est d'accord. Je vais aller chercher ce manuscrit. Comment rencontrerai-je Ivan ? Comment l'identifierai-je ?

— Il vous identifiera, lui. Ivan a déjà votre photo, une que Dietrich a faite à l'aéroport, à votre arrivée. En arrivant à Berlin-Est, vous allez directement au Pergamon Museum. Vous devez entrer dans le musée à treize heures précises. Au Pergamon, vous devez vous incorporer au groupe de visiteurs qui fera la visite guidée. Ivan décidera du moment de prendre contact avec vous. Si rien ne se produit pendant la visite guidée, vous devez aller à l'Alexanderplatz et rester un moment devant l'entrée qui donne sur l'ascenseur de la tour de télévision. Si au bout d'un quart d'heure aucun contact n'a encore été pris, vous allez vous rendre à un bureau d'informations touristiques sur l'Allemagne de l'Est qui est sur la même place, y entrer et vous tenir devant un plan de Berlin qui s'y trouve, comme si vous cherchiez à vous orienter.

— On dirait un scénario de téléfilm qui cherche à créer un suspense péripatéticien.

— C'est Ivan qui a conçu ce scénario. Il est à moitié paranoïaque, je vous l'ai déjà dit.

— Comment saurai-je qu'Ivan me donne la bonne marchandise et pas un faux, comme ça s'est passé avec les papiers d'Hitler ? Je ne connais pas le russe.

— Ivan ne peut pas me trahir. Il a besoin de mon silence complice ; s'il essaie de m'avoir, il est perdu, je peux faire savoir à ses ennemis le grave crime qu'il a commis. Ivan n'a pas d'autre issue que de faire ce à quoi il s'est engagé. Une chose importante : personne ne devra savoir que vous remplissez cette mission, ni Dietrich, ni Veronika, ni personne. »

Plessner avait été surpris par la rapidité de ma réponse. Tout en sachant ce que le roman inédit de Babel représentait pour moi, Plessner s'était attendu à une certaine hésitation de ma part et il s'était préparé à me convaincre, à m'offrir quelque récompense. La Reconnaissance Universelle du Haut Mérite pour le Grand Rachat Artistique et Humanitaire d'un Texte Littéraire Immortel ? De l'Argent ? Une Carrière de Réalisateur de Films à Gros Budget en Europe ? Des épices fines du KDW ? Je soupçonnais Plessner de ne pas vouloir faire le moindre film avec moi, de ne l'avoir jamais voulu. Depuis le début, il avait simplement cherché quelqu'un pour passer des dollars en contrebande de l'autre côté et rapporter le manuscrit.

Plessner devait être bien bête pour supposer que j'allais risquer de me faire arrêter sans avoir une motivation très forte. Il aurait eu un choc s'il avait su ce qui s'était passé dans ma tête pendant qu'il me racontait l'insidieuse et interminable intrigue slave pleine de machinations politiques, avant de me faire sa proposition. Moi qui étais déjà un voleur de pierres précieuses, je me disposais à commettre encore un vol à mon profit. Plessner ne mettrait jamais la main sur ce manuscrit.

5

Je revins à l'hôtel. J'avais l'impression d'être dans un de mes rêves.

En arrivant dans ma chambre, je me couchai immédiatement. Je me mis à transpirer. Peu à peu, mes vêtements furent trempés. La chambre me sembla très chaude. Je me levai pour chercher sur le mur un bouton qui puisse arrêter le chauffage. Comme je n'en trouvais pas, j'ouvris la fenêtre et avalai de l'air glacé. J'eus subitement conscience des terribles événements de ces derniers jours : en moins de deux semaines, en plus de cette chose horrible qui était arrivée et dont je ne voulais pas parler, j'étais devenu voleur, un gang de contrebandiers de pierres précieuses voulait m'assassiner et Babel était devenu une obsession compulsive. Babel ! Babel ! Qu'était-il arrivé dans ma vie ? Mes tourments n'étaient pas terminés. Je me mis à trembler de froid, d'angoisse, et je revins vers le lit. Ma tachycardie s'était arrêtée, mais je me sentais immensément fatigué.

Rêve avec Abel Gance. Comme toujours je ne vois rien — je n'ai jamais que des idées oniriques — mais je sais que nous sommes sur le plateau de tournage de *Napoléon*. Je demande à Gance comment il a inventé la steadycam. Il répond (en me cachant son visage) que l'immobilité de la caméra l'ennuyait. « Mes opérateurs faisaient tout ce que je voulais, mais ils n'aimaient pas tenir la caméra avec leurs mains. Vous voyez comme ça pèse lourd. Honegger, baisse un peu ta musique, que je puisse parler avec ce jeune homme. » Je tiens la caméra et, tandis que je filme, il crie : « Plus large, plus rapide ! Sur Antonin ! Vous voyez comme ça pèse lourd ? C'est pour ça que j'ai inventé cette espèce de cuirasse. Vous pouvez vous déplacer, avec! » Gance parle tout en fixant la cuirasse sur ma poitrine, la caméra par-dessus, puis il dirige : « Vite, vite ; Honegger, musique ! »

Dietrich et Veronika arrivèrent à l'hôtel alors que j'étais en plein dans mes sombres élucubrations.

« Alors ? En forme ? Plessner m'a dit qu'il avait eu une bonne conversation avec toi. »

Je ne parvins pas à comprendre la véritable signification de ce que Dietrich me disait. Qu'est-ce que Plessner pouvait lui avoir dit ? Mes mains tremblaient. Je les enfonçai dans mes poches.

Veronika était belle. Mais je ne ressentis pas de désir pour elle. A part d'abominables plans criminels, il n'y avait que de la gentillesse dans mon âme.

J'avais une sorte de fièvre. Mes mains n'arrêtaient pas de trembler. Je les gardai dans mes poches.

« Tu vas bien ? me demanda-t-elle.

— Oui », répondis-je en portugais. Alors seulement, je m'aperçus qu'elle m'avait posé la question en portugais.

Nous eûmes alors ce court dialogue, en portugais :

« Tu parles portugais ?

— Je l'apprends, répondit-elle.

— Tu es un génie.

— Simplement, je m'applique.

— What's going on ? demanda Dietrich.

— Nous parlons en portugais, dis-je en anglais.

— Veronika parle portugais ? Tu parles portugais ?

— Un peu. J'apprends.

— Dans pas longtemps, elle le parlera mieux que toi, dit Dietrich. Je la connais.

— Je voudrais te parler seul à seul, dis-je en portugais à Veronika.

— On va arrêter ça », dit Dietrich, de bonne humeur.

Veronika alla jusqu'à la table. Elle passa ses doigts sur le clavier du micro-ordinateur.

« On se met au travail ? demanda-t-elle.

— Allons-y.

— Vous avez besoin de moi pour quelque chose ?

— Non », dit Veronika.

Dès que Dietrich fut parti, Veronika me demanda si j'avais « cette pseudo-chose ». Je répondis par la négative.

« Je crois que j'ai la fièvre. »

Elle posa sa main sur mon front.

« Tu n'as pas de fièvre. Pourquoi tu n'enlèves pas tes mains de tes poches ?

— Pourquoi faudrait-il que je les enlève ?

— Pas la peine. Je disais ça par curiosité. »

Nous nous tûmes.

« De quoi voulais-tu me parler ?

— Je peux te faire confiance ? demandai-je.

— Non.

— Comment ça ?

— Si tu me dis que tu caches tes mains parce qu'elles sont pleines du sang d'un innocent, ne compte pas sur moi. »

Est-ce que nous plaisantions ?

« Personne n'est innocent », répondis-je.

Plaisanterie ?

« Je peux te faire confiance ? répétai-je.

— Et moi ? Je peux te faire confiance ? »

Je sortis mes mains de mes poches. Elles tremblaient moins.

« Tu as des mains de charpentier, dit-elle.

— Est-ce qu'il y a une autre personne en Allemagne à qui je puisse faire confiance, à part toi ?

— Tu ne connais personne en Allemagne.

— C'est très sérieux, ce que je veux te dire.

— Tu m'as déjà montré tes mains. Prends ton temps. »

Où était l'ingénue qui m'avait parlé de Dieu et de la complexité des êtres ?

Tandis que nous nous déshabillions, je pensais qu'un poète aurait qualifié de nacrée la couleur de son corps. Lorca. Je la portai au lit, comme si la copulation devait pouvoir me fournir des éléments qui prouveraient, ou pas, la fiabilité de Veronika. Les gémissements, la forte rougeur du visage, les gestes d'abandon, les mots — cela avait-il une signification, cela prouvait-il quelque chose ?

Nous restâmes ensuite au lit, nus côte à côte. Veronika avait les yeux fermés, mais elle ne dormait pas, je sentais à sa respiration qu'elle était concentrée comme un athlète avant le saut. Pourquoi ?

Je décidai de lui rapporter ma conversation avec Plessner, la proposition qu'il m'avait faite — tout.

Elle m'écoutait en silence.

« Et tu veux garder le manuscrit ?

— Oui.

— Plessner ne te laissera pas faire.

— Qu'est-ce qu'il peut faire pour m'en empêcher ?

— Tu ne le connais pas. Moi, si. J'ai été mariée avec lui.

— Tu as été mariée avec lui ? Pourquoi tu ne me l'as jamais dit ?

— Pour l'instant, ce n'est pas la question. L'important, c'est que tu ne sais pas ce que Babel représente pour lui. Plessner disait la vérité quand il a dit qu'il donnerait un million de dollars pour le roman de Babel. Tu sais pourquoi il s'était marié avec moi ? Parce qu'il avait appris que j'avais eu mon doctorat avec mention pour une thèse sur Babel. On couchait ensemble mais Plessner ne me baisait pas, il baisait l'écrivain. Plessner n'a plus voulu de moi après que je lui eus dit tout ce que je savais sur Babel. Pour Babel, il est capable de n'importe quoi. Même de tuer.

— Et même de se marier. Tu l'aimais ? »

Veronika hésita. « Oui. Mais il m'a abandonnée.

— Tu ne vas pas raconter à Plessner que je compte garder le manuscrit, si ?

— Non.

— J'ai besoin de ton aide.

— S'il te plaît, ne m'implique pas plus là-dedans.

— Je ne connais pas le russe. J'ai simplement besoin que tu me dises si le manuscrit que je vais recevoir d'Ivan peut être de Babel ou non. Plessner dit qu'Ivan n'essayera pas de le tromper, mais je n'en suis pas sûr. Je ne veux pas voler un faux.

— Tu es fou. Tu vas te faire arrêter à la frontière.

— Plessner garantit que les douaniers ne me fouilleront pas. Parce que je suis un réalisateur de cinéma brésilien, invité au Festival.

— Le Festival est ajourné.

— Il n'est pas difficile de cacher cent mille dollars répartis sur soi. Avec ce froid, il est naturel qu'un Brésilien ait un manteau.

— Tu vas te dénoncer toi-même. Tes mains vont trembler.

Comme maintenant. Tu crois que je n'ai pas vu que tes mains tremblaient ? Si tu es pris, tu vas rester en prison longtemps. Ça ne t'avancera à rien d'être brésilien, ou martien. Et qu'est-ce que c'est que cette histoire, les Brésiliens ne seraient pas fouillés ? Plessner te ment.

— Je cours le risque.

— Et si tu échappes aux communistes, tu n'échapperas pas à Plessner. Aucun de ses Schlaeger ne fera le travail, Plessner te tuera de ses propres mains.

— J'en doute. D'autres personnes ont essayé de me tuer et n'y sont pas arrivées.

— Tu n'es qu'un idiot, un insensé. Tu es un fou mégalomane. Tu es un criminel, tu commets un vol.

— Le cinéma a commencé par un vol important : Edison volant à Etienne Marey l'invention de la première caméra cinématographique.

— C'est vrai ?

— Absolument. Tout comme il est vrai que les types du NKVD ont volé le manuscrit à Babel, et que la maîtresse d'Ivan l'a volé à la Bibliothèque Lénine. Plessner compte s'en emparer en corrompant Ivan et en passant des dollars en contrebande. C'est un scénario ignoble. Je ne suis pas pire que quiconque.

— Tu crois que Plessner nous utilisait tous, demanda-t-elle, toi, moi, Dietrich ? Que nous avons tous été trompés ? Qu'il n'a jamais voulu faire ce film ?

— Je ne sais pas. Il n'avait pas besoin d'aller me chercher au Brésil, pour ça. Mais les spéculations, à ce niveau-là, sont sans intérêt. Tu vas m'aider, oui ou non ?

— Oui », dit-elle avec un soupir anxieux.

Je racontai à Veronika mon plan, qui était très simple.

« Je vais là-bas, je donne l'argent à Ivan, je prends le manuscrit et je reviens le jour même.

— Tu seras obligé de revenir le jour même. Ils ne te donneront probablement qu'un visa de vingt-quatre heures. »

Veronika m'attendrait à l'hôtel. Elle examinerait le manuscrit. S'il était authentique, je quitterais immédiatement l'Allemagne.

« Où tu iras ?

— A Paris. J'ai une amie, là-bas.

— Une amie ? Comme moi ?

— Différente.

— Et depuis Paris ?

— Je rentre au Brésil. J'aimerais que tu viennes avec moi. Je vais tourner *Cavalerie* au Brésil.

— Je ne sais pas.

— Réfléchis-y. A l'heure qu'il est, au Brésil, le soleil brille intensément.

— J'aime bien la neige.

— Ne réponds pas maintenant. Réfléchis-y. On en discutera après. En arrivant au Brésil, je trouverai un moyen de rembourser Plessner. Comme ça, mon geste ne sera pas si malhonnête.

— Cent mille dollars, ce n'est rien pour Plessner. Il va vouloir se venger, même si tu lui donnes dix millions. Quel jour tu vas passer la frontière ?

— Plessner me le dira. Il m'a pris mon passeport pour me faire faire un visa. »

Je passai le reste de la journée avec Veronika. Nous sortîmes, nous allâmes au cinéma, nous dînâmes ensemble.

Lorsque je rentrai à l'hôtel avec Veronika, Plessner m'attendait dans le vestibule, une mallette à la main.

Maintenant que je savais qu'ils avaient été mariés, je les voyais différemment. Il l'appela Veronika, et elle monsieur Plessner. Comme avant. Mais, pour moi, ils n'étaient plus comme avant.

« J'ai eu une idée pour le film, dit Plessner, et je suis impatient de vous en parler.

— Il faut que j'y aille, dit Veronika.

— Dommage que tu ne puisses pas rester. J'aurais aimé avoir ton opinion.

— Malheureusement, il faut que j'y aille », dit Veronika.

Tout semblait avoir été combiné.

Je montai dans ma chambre avec Plessner. Il posa son attaché-case sur le lit. Il sortit mon passeport de sa poche. Dedans, il y avait une feuille de papier à en-tête.

« Voici votre visa. Vous y allez demain. Vous avez vingt-quatre heures pour y aller et revenir.

— Il faut que ce soit demain ?

— La date et les lieux ont été fixés par Ivan, il y a déjà plusieurs jours. Je ne peux pas le joindre, selon notre accord. C'est lui qui décide de l'opportunité des contacts. Il faut que ce soit demain. »

Puis Plessner ouvrit la mallette. Dix liasses de dix mille dollars en billets de cent.

« Des billets neufs, dit Plessner. Ça prend moins de place. »

Chaque liasse semblait faire au maximum deux centimètres d'épaisseur. Les dollars que j'avais apportés du Brésil m'avaient semblé prendre plus de place.

Je pris les liasses de billets et les répartis sur mon corps. J'en mis cinq derrière ma ceinture, tout autour de ma taille. Deux dans les poches intérieures de ma veste. Deux autres dans les poches extérieures. Il restait une liasse. Je passai mon manteau. Je mis la liasse dans la poche du manteau.

« Il vaut mieux garder votre manteau ouvert », dit Plessner en prenant son cache-col rouge, qu'il me passa autour du cou. « Marchez un peu, pour voir. »

Je marchai à travers la chambre, sous les yeux de Plessner.

« Personne ne peut rien y voir. Encore un avantage d'être maigre », dit Plessner.

Je m'arrêtai devant la glace de l'armoire et je me regardai longuement. Le cache-col, qui pendait des deux côtés, le long du manteau ouvert, donnait un aspect informel à mon habillement. On ne voyait pas que je transportais autant d'argent.

« Autre chose : ne prenez pas de chapeau. La tête découverte vous donnera un air innocent et fragile de Latin imprévoyant. »

Puis Plessner sortit de sa poche un petit plan coloré, Ubersichtsplan, et une sorte de livre sur lequel figurait le mot Stadtplan. Il posa les deux sur la table. Penché sur le plan, un stylo à la main, Plessner commença à me donner ses instructions.

« Vous partez en U-Bahn, puis vous prenez le S-Bahn. N'oubliez pas de prendre votre ticket dans un des distributeurs automatiques. Nous ne voulons pas que vous soyez pris sans ticket dans une des vérifications aléatoires faites par les contrôleurs. Il y a des gens — surtout des étudiants, et des Turcs, comme vous le savez nous avons été envahis par les Turcs — qui ne prennent jamais de billet et qui préfèrent courir le risque d'avoir à payer une amende de quarante marks s'ils se font prendre. C'est une humiliation publique — les contrôleurs sont très grossiers — qui pourrait vous énerver et vous décourager. Rappelez-vous, achetez un ticket.

— Où se trouvent les distributeurs ?

— Vous les verrez. Ils sont jaunes. Si vous n'avez pas de

monnaie, les machines automatiques vous en donneront. N'oubliez pas.

— Je n'oublierai pas.

— Vous prenez l'U-Bahn ici, à la station Uhlandstrasse, au coin du Kurfürstendamm, la plus proche de cet hôtel. » Avec son stylo, il traça un cercle sur la carte. « Vous prenez la ligne Rathaus-Steglitz, direction Osloer Strasse, cette ligne orange. C'est un trajet court. Vous descendez à la station Zoo Garten » — autre cercle, cette fois sur un petit carré du plan à côté duquel on lisait Zoologischer Garten — « ici, vous prenez le S-Bahn en direction de la station Friedrichstrasse. » Alors Plessner entoura plusieurs fois, en appuyant nerveusement, le petit carré à côté duquel était écrit Friedrichstrasse en lettres noires. Là se trouvait le point où je devais franchir la frontière entre les deux Berlin.

« Vous devez arriver à la Friedrichstrasse vers midi, dit-il. A cette heure-là, les hommes et les femmes de Berlin-Est âgés de plus de soixante-cinq ans, qui ont le passage libre pour venir faire leurs courses de ce côté-ci, seront en train de rentrer avec leurs sacs pleins de marchandises. Les douaniers perdent un temps énorme à examiner le chargement de ces gens. L'attente dans les files va vous énerver. Mais la vigilance des douaniers sera moins rigide. En sortant de la station, vous faites ce trajet pour aller jusqu'au musée et, si nécessaire, au cas où Ivan n'y serait pas, jusqu'à l'Alexanderplatz. »

Plessner traça ce trajet sur la carte. Puis il me tendit la main.

« Vous n'imaginez pas combien j'admire votre geste. Moi, je n'aurais pas le courage de le faire. » Une pause, tandis qu'il me serrait la main avec force. Il poursuivit : « Il est vrai que je risquerais infiniment plus, si j'y allais à votre place. »

Après le départ de Plessner, je remis mon manteau et répartis de nouveau les liasses de dollars sur moi, de différentes manières, jusqu'à ce que je trouve celle qui me semblait la meilleure. Je la notai sur un papier — trois sous la ceinture pardevant, deux sous la ceinture par-derrière, etc., afin de m'en souvenir le lendemain matin, quand je me préparerais.

Puis je me couchai. J'éteignis la lumière.

Je prenais un gros risque en passant des dollars en Allemagne de l'Est en contrebande, je risquais, si j'étais pris, de rester de longues années en prison. Mais le gain était important, il valait la peine.

Je rêve d'une femme avec une dent postiche foncée, le pied sur la grille d'égout. Elle dit : « Maintenant, dis-moi si tu te souviens ou non du jour où nous avons dansé sur le carrelage froid. — Tu as la tête de Claudette Colbert, dis-je. — Je te parle de danse, tu ne t'arranges pas, mon vieux, je connais très bien ma tête ! — Tu as de petits seins ronds, dis-je. — Ça alors, dit-elle. — Claudette Colbert représentant Cléopâtre au Musée d'art moderne, dis-je. — Tu es allé trop loin », dit-elle en ôtant son pied de la grille. Je suis aspiré et, avant de glisser dans le tourbillon, je crie : « C'est un parfum de fleur de pomme ! » Mais il est trop tard pour me sauver. L'angoissante sensation de chute aveugle m'envahit, une angoisse physique.

En me réveillant, je pensai un instant que mon malaise n'était encore qu'une « idée » de mon rêve. Mais des rêves sans images n'auraient pas pu me transmettre cette réalité corporelle douloureuse. J'étais en pleine crise de pseudo-syndrome de Menière, j'éprouvais l'horrible vertige qui l'accompagne.

Je tentai de me lever, mais je tombai en entraînant avec moi la table et la lampe de chevet. Je restai immobile sur le sol. Si je bougeais, ce serait pire. Mes médicaments se trouvaient dans l'armoire de la salle de bains. Quelle heure pouvait-il être ? J'avais dû dormir un certain temps, au moins deux heures. Il faisait encore noir dehors, mais cela signifiait seulement qu'il pouvait être entre trois heures et huit heures du matin. Dans quelques heures, Ivan m'attendrait au Pergamon. Du coin de l'œil, je tentai de découvrir quelque indice de l'aube. Heureusement, je n'aperçus au-dehors qu'une noirceur profonde, aucun signe que le jour pourrait se lever bientôt. Il valait mieux que le moins de temps possible se soit écoulé depuis le moment où je m'étais couché, vers une heure du matin. J'aurais d'autant plus de temps pour récupérer.

Je restai allongé sur le dos, par terre, sans bouger, pendant un moment. Les pires vertiges me prenaient quand je bougeais ma tête latéralement ; ce fut donc en gardant ma tête rigidement immobile et mes yeux grands ouverts que je commençai à soulever très lentement mon thorax du sol. Lorsque je fus assis, j'eus un tel vertige que je faillis retomber. J'avais envie de fermer les yeux et de me laisser sombrer dans l'abîme, mais je savais que je devais les garder ouverts pour ne pas perdre totalement l'équilibre, bien que l'obscurité fût totale et que je ne dispose d'aucun objet visible pour me servir de repère.

Je restai une demi-heure assis, les yeux exorbités, tâchant d'apercevoir le volume obscur et flou du lit tout près de mon nez. Je faisais un tel effort pour maintenir ma tête immobile que les muscles de mon cou commencèrent à me faire mal.

Alors, je m'agenouillai. J'étais moins engourdi. Puis je me levai. Je sentis qu'à nouveau je m'évanouissais et sombrais dans le précipice.

Je fus long à recouvrer mes sens. Maintenant allongé sur le ventre, je sentais une humidité tiède sur mon visage.

Une lumière délicate, diffuse, commença d'arriver de la fenêtre. Je ne pouvais pas rester là, abandonné à mes faiblesses. Babel m'attendait. En maintenant ma tête raide, comme une tortue-jabuti, je me traînai sur le sol en direction de la salle de bains. Je sentis le carrelage froid sous mes mains et mes jambes. Je m'accrochai au lavabo et me redressai lentement. Je sentis que j'allais encore m'évanouir. Tout en gardant une main agrippée au bord du lavabo, je tendis l'autre pour chercher l'interrupteur. Une forte lumière envahit la salle de bains. J'aperçus devant moi le flacon de médicaments. La lumière, la vue du petit flacon de pilules, me donnèrent de la force. J'ouvris le flacon et pris deux pilules. Je fus surpris de voir mon visage couvert de sang, dans le miroir. J'avais dû me blesser à mon deuxième évanouissement.

Après avoir pris mes médicaments, je m'assis par terre, cramponné à la cuvette des WC, en attendant que la crise passe.

Il était dix heures du matin lorsque je fus en état de m'habiller. Je ne pouvais toujours pas bouger ma tête latéralement, il me fallait tourner mon corps entier pour voir sur les côtés, mais je pouvais déjà tenir debout et marcher dans la chambre.

Le plus difficile fut de mettre mes chaussettes et mes chaussures, car je ne pouvais pas regarder mes pieds.

Une fois habillé, je glissai les liasses de dollars sous ma chemise et les coinçai derrière ma ceinture. Le contact des billets sur ma peau me répugna. Je répartis les liasses restantes dans les poches de ma veste, selon le schéma que j'avais fait. Puis je mis mon manteau et passai le cache-col sans l'enrouler autour de mon cou, comme Plessner l'avait suggéré.

Je me plaçai devant la glace, le cou raide, et m'examinai en entier, sans rien bouger d'autre que mes yeux. Le manteau ouvert et le cache-col pendant à mon cou me donnaient un air décontracté. J'étais prêt à partir pour mon aventure.

Il était onze heures quand je sortis de l'hôtel. Une neige fine, qui devait avoir commencé de tomber pendant la nuit, recouvrait les rues. Je marchai jusqu'à la station Uhlandtrasse. La froideur de la neige eut un effet stimulant. Je restai un moment devant l'entrée de la station, laissant la neige se déposer sur ma tête.

Je ne repérai pas tout de suite mon train — U9 Rath Steglitz. La rame était déjà arrivée dans la station quand je m'en aperçus, et j'y montai aussi rapidement que mon cou rigide me le permettait. J'en ressortis immédiatement, alors que les portes commençaient à se refermer, en me rappelant que je n'avais pas acheté de ticket. Je ressentis un début d'étourdissement en voyant le train s'éloigner. J'étais un criminel bien merdique, pour agir aussi négligemment. Le crime ne valait le coup que s'il était bien planifié et si le héros, ou le bandit, agissait pour une bonne cause. J'avais déjà vu ce film bien des fois, je devais suivre le script à la lettre.

Je trouvai un distributeur automatique et achetai mon ticket. J'attendis qu'un nouveau train arrive, ce qui prit un peu plus de cinq minutes.

Je me tins debout dans le wagon, près de la porte, et je regardai dehors. Avant même que le train ne s'arrête complètement, je vis les mots Zoo Garten écrits quelque part. Je descendis. Je pris le S-Bahn, direction Friedrichstrasse.

Dans le train, les hommes et les femmes âgés portaient de gros manteaux râpés et des sacs remplis de marchandises. Dans plusieurs, j'aperçus des bouteilles de Metaxa. Je songeai à ce que pouvait être l'explication de la préférence pour cette marque d'eau-de-vie. D'autres personnes, dans le train, avaient l'air de touristes.

La station Friedrichstrasse était le terminus de la ligne. Les personnes âgées ramassèrent leurs sacs. Je les laissai sortir avant moi.

Le train était arrêté sur une plate-forme assez élevée. Un escalier menait au rez-de-chaussée, où les douaniers examinaient les passeports et les bagages. Les vieillards avançaient lentement et je me retenais pour ne pas les dépasser.

Nous arrivâmes dans une gigantesque salle. Les gens formaient des files afin d'aller montrer leur passeport aux agents en uniforme.

Je vis qu'un double contrôle était fait successivement par deux agents, pour chaque file. Les files étaient divisées en deux secteurs : celui des gens qui avaient un passeport de l'Allemagne de l'Est, et celui des visiteurs étrangers. Plessner n'avait pas prévu cela. Je n'étais pas dans une des files de personnes âgées.

Les agents étaient des hommes grands et portaient de beaux uniformes. Je regardai avec admiration leur belle tenue, leur posture martiale. A mon arrivée, j'avais vu quelques militaires en uniforme, avec leurs bottes longues et lustrées, et leurs manteaux de laine bien taillés. Je pensai : personne ne porte aussi bien l'uniforme que les Prussiens.

Mais mes préoccupations esthétiques ne durèrent pas. Le regard des douaniers était dur et attentif. Ils regardaient le passeport des gens, puis leur visage, bien dans les yeux. Cet examen était d'abord fait par le premier agent, puis par le second. Celui-ci avait une mine encore plus implacable que le premier. C'était de la routine, mais je me mis à transpirer, préoccupé. Plus je suais, plus j'étais tendu. Ma transpiration allait peut-être attirer l'attention des agents sur le fait que je gardais mon manteau, quoique ouvert, et mon cache-col.

Je repensai à *Die Angst des Tormanns beim Elfmeter*, de Wim Wenders. Un policier explique à un gars comment un criminel peut être découvert : « Il faut qu'on les regarde dans les yeux. » Le type qui parle avec le policier est un assassin recherché, mais le policier ne le soupçonne pas un instant. En fait, les policiers regardent l'assassin dans les yeux mais ils ne voient rien. Ou plutôt, ils voient la même chose que dans les yeux de l'innocent. Ces policiers de la frontière des deux Berlin, avec leurs uniformes, regardaient les gens dans les yeux, juste pour les intimider, sans rien voir eux non plus, mais pour suivre leur routine bureaucratique. Si je ne me laissais pas intimider, mon regard aurait la même pureté que celui de la petite vieille de la file d'à côté, avec son sac de marchandises.

Je ne transpirais plus lorsque j'arrivai devant le premier policier. Il me dévisagea, puis prit mon passeport, l'ouvrit, regarda la photo et recommença à me fixer, menaçant, omniscient, impitoyable comme on le lui avait appris à la Polizeischule.

Mais j'avais déjà vu le film.

Je le laissai me regarder droit dans les yeux quelques secondes, le temps suffisant pour qu'il voie que j'étais innocent, puis je détournai mon regard — je ne devais pas insister, les innocents ne sont pas arrogants.

Le policier me rendit mon passeport.

Puis la même mise en scène se répéta. Le deuxième agent examina mon passeport de la même façon que le premier. Il me laissa passer. Mais je ne pouvais pas me considérer comme libre. Il y avait encore une cabine, dans laquelle n'entrait qu'une personne à la fois, le dernier obstacle à passer.

Une lumière s'alluma au-dessus de la porte et l'agent me fit entrer.

C'était une espèce de petit couloir avec deux portes. La lumière du plafond était très forte. Sur la gauche, en entrant, je remarquai une ouverture fermée par une vitre. Certainement quelqu'un m'observait-il, là derrière, mais je ne distinguais rien à travers la vitre.

Gêné, je feignis de m'occuper de mon passeport, dans lequel se trouvait le visa. Je glissai mon passeport dans une ouverture, au-dessous de la vitre.

J'attendis.

« Levez la tête », dit une voix dure, humiliante.

Je levai la tête. Il me sembla apercevoir une silhouette imprécise derrière la vitre sombre. Est-ce que, depuis là, on me regardait dans les yeux ?

J'attendis.

« Vingt-cinq marks », dit la voix dure. C'était le Zwangsumtausch, le change obligatoire de tout visiteur. Je lui donnai de l'argent d'Allemagne de l'Ouest.

Le temps semblait s'être arrêté. Pas le moindre son ne venait de la cabine obscure. Que manquait-il ?

Scénario : L'agent perçoit sur mon visage des signes de culpabilité. Il sait que je porte sur moi cent mille dollars, crime abominable en Allemagne de l'Est, et il commence à me punir par l'angoisse de l'attente, il remarque avec plaisir les premières gouttes de sueur froide sur mon front, le tremblement de mes lèvres, il pose doucement le doigt sur un bouton qui va faire sonner, quand il le voudra, l'alarme qui me dénoncera.

J'entendis un léger bruit. Mon passeport, enfin poussé par la main invisible de l'être menaçant qui se cachait derrière la vitre, réapparut, avec le visa et les marks est-allemands.

Une lumière s'alluma en haut de l'autre porte. Je l'ouvris et sortis. J'étais de l'autre côté.

6

Je montai, calmement, les quelques marches d'un large escalier, tout en contrôlant l'impression de triomphe qui me faisait battre le cœur. Je n'avais pas encore quitté la gare. J'aperçus un café. Des passants. Plus vite je sortirais de là, mieux ce serait.

Dans la rue, il faisait froid. Je marchai quelques minutes. Arrivé dans un endroit sûr, j'ouvris la page du Stadtplan marquée par Plessner.

Suivant le tracé fait sur le plan, je pris la Friedrichstrasse jusqu'à l'Unter den Linden. Je parcourus une partie de l'Unter den Linden, atteignis le canal de la Spree et vis la Museumsinsel, où se trouvait le Pergamon. L'île des musées était située dans un triangle dont un des côtés était la Spree. Il y avait plusieurs musées sur l'île.

J'achetai une entrée. Puis je me précipitai, peut-être trop vite, à la recherche d'un groupe de visiteurs avec guide.

Le bâtiment du Pergamon était le plus grand sur l'île des musées. Ses immenses salles étaient vides, il semblait n'y avoir que des gardiens et pas un seul visiteur. Après avoir marché sans but, je m'aperçus qu'un gardien me dévisageait d'un air soupçonneux. Inconsciemment, je portai les mains à mon ventre et palpai les liasses de dollars cachées. Il n'y avait pas d'Ivan, ni de guide, ni de visiteurs dans ce maudit musée. Il était dangereux de rester dans un endroit où il n'y avait que des gardiens. De plus, je n'aimais pas les musées. Il valait mieux que je parte de là le plus vite possible.

Je compris que j'étais perdu. Mais je ne voulais rien demander aux gardiens et j'avais beau marcher, je ne trouvais pas la sortie. Après avoir erré au hasard, envahi par une insupportable détresse, je la trouvai. Je pressai le pas. A ce moment-là, je vis un groupe de gens autour d'un type qui parlait en montrant les murs.

Je me joignis au groupe. Le guide parlait en allemand, en français et en anglais. Nous étions dans un long et large couloir aux murs de briques vitrifiées montrant en relief des lions en mouvement, qui semblaient rugir. Le guide expliqua que cette babylonische Prozessionsstrasse, rue de la procession de Babylone, avait été reconstruite avec des fragments originaux. Elle datait du temps de Nabuchodonosor II, qui régna de 604 à 562 et détruisit Jérusalem cinq ans avant de mourir. Marrant, que le guide parle de ça. Les faits de la vie réelle présentent parfois des coïncidences inespérées. Aureo de Negromonte, l'artiste de carnaval, qui était entré de façon imprévisible dans ma vie, avait eu un déguisement basé sur la cour de Nabuchodonosor.

Tandis que le guide décrivait maintenant les Stiere und Drachen, taureaux et dragons, du fronton de la porte d'Ishtar, je tentai discrètement de découvrir lequel des autres visiteurs à mes côtés pouvait être Ivan. Dans le groupe, il y avait presque autant d'hommes que de femmes. Ivan était certainement un homme. Il est vrai que si nous avions été dans un film, Ivan aurait pu être une femme. De toute façon, je décidai de chercher d'abord parmi les hommes. Le meilleur moment pour cela serait quand le guide nous ferait nous arrêter plus longuement pour écouter ses explications. Cela se produisit lorsque nous arrivâmes devant l'autel de Pergame, qui occupait toute une grande salle.

« Cet autel, disait le guide, est une Weltwunder, une des merveilles du monde, il fut construit en hommage à la déesse Athéna, dans l'ancien royaume grec de Pergame, en Asie Mineure, aujourd'hui Bergama, en Turquie. »

L'autel avait été découvert au cours de fouilles faites par des archéologues allemands, au XIXe siècle. « Il représente la lutte des dieux contre la race des géants. Voyez comme ces figures sont impressionnantes, qui se mordent les unes les autres, voyez la confusion dramatique des formes, des ailes, des corps musculeux, dans un fantastique mouvement. Die Götter, les dieux, ont un corps humain, de belles têtes nobles. Les géants aussi, mais ils ont des pieds de reptiles. Ce combat a été déclenché par Héraclès. »

« Où est Héraclès ? » demanda en français un type qui insista pour préciser qu'Héraclès, en France, c'était Hercule. Jusqu'alors, j'avais soupçonné ce Français, parce qu'il avait un comportement nerveux, il regardait de côté, il observait les gens.

Le guide répondit que c'était une bonne question, qu'il n'y avait pas de sculpture d'Héraclès, que l'autel, à l'exception des parois byzantines, avait dû être reconstruit, et que Héraclès avait disparu. « Il devrait être là, dit-il en désignant un endroit du mur, les dieux sont groupés par lien de parenté, le plus important étant celui de la famille de Zeus et Athéna, mais il n'y est pas. Il a disparu. »

J'avais entrepris cette promenade dans le musée afin de découvrir Ivan, tout en feignant de m'intéresser au butin que les Germains avaient amassé au cours de siècles de guerres de conquête. (Les musées de toutes les grandes nations impérialistes permettent une intéressante réflexion sur le pouvoir.) Mais cet autel, mystérieusement, éveilla en moi un intérêt majeur. Je n'épiais déjà plus les autres visiteurs comme je l'aurais dû. Je pensais à Athéna et à Héraclès. Athéna, la déesse de la sagesse, protectrice des arts et des métiers, mais aussi déesse des combats militaires, une déesse bien germanique. Je me rappelai mes lectures d'Homère, au lycée... « Pallas Athéna aux yeux pers... » Comment ? De tout ce que j'avais lu d'Homère, je n'avais retenu que la couleur, la lueur vert bleuté du regard d'une femme ?

Un homme grand, gros, aux cheveux gris, portant un cartable noir, regarda dans ma direction. Mais je pensais à Hercule, le héros rendu fou par sa marâtre Héra et qui, après être devenu immortel, avait été tué par une épouse dépitée.

La visite prit fin, mais personne ne vint me voir. Peu à peu, tout le monde quitta le musée. Je restai encore un peu devant l'autel.

Lorsque je sortis du Pergamon, je repris l'Unter den Linden, qui menait directement à la Karl-Liebknechtstrasse. Le nom de cette rue fit naître en moi une interrogation : ce canal de la Spree, que je venais de franchir, était-ce là que Liebknecht et Rosa Luxemburg avaient été jetés après avoir été assassinés ? (En fait, les corps de Liebknecht et Rosa Luxemburg avaient été jetés depuis le pont Cornelius, dans le Tiergarten, à Berlin-Ouest.)

Je pris la Spandaustrasse — mes yeux et mon nez, à cause du

froid, s'étaient mis à sécréter un liquide abondant que j'essuyais avec des mouchoirs en papier dont je remplissais mes poches après les avoir utilisés — je passai devant la Rotes Rathaus, l'ancienne préfecture, je poursuivis par la Rathausstrasse, traversai la station du S-Bahn et vis l'énorme tour de la télévision. J'avais utilisé tout un paquet de mouchoirs en papier pour arriver jusqu'à cette place.

Ce n'était pas la même place que celle de Fassbinder, encore moins celle de Döblin. La tour de la télévision, plantée au milieu de l'Alexanderplatz, était un tribut hideux et ostentatoire à la souveraineté du progrès. Malgré le froid, beaucoup de gens allaient çà et là sur la place. Je cherchai un panier à ordures pour y jeter les mouchoirs usagés que j'avais gardés dans les poches de mon manteau. Puis, je passai devant la porte de l'office du tourisme. C'était une construction basse, presque un hangar, ce devait être une installation provisoire. Je continuai jusqu'à la tour et me postai dans l'entrée qui donnait sur les ascenseurs, de manière à me protéger du froid tout en restant visible pour quelqu'un qui viendrait de l'extérieur. Même comme ça, le froid me faisait mal au nez et aux oreilles.

Toujours pas d'Ivan.

Je me dirigeai alors vers l'office du tourisme et y entrai. Plusieurs touristes demandaient des informations, prenaient des dépliants. Je vis sur le mur une grande carte. Je me campai devant.

Un homme, à côté de moi, me dit quelque chose en allemand.

Je répondis, en anglais, que je ne parlais pas allemand.

« Vous avez visité le musée Pergamon ? demanda-t-il.

— Oui, dis-je.

— C'est votre première visite à Ost Berlin ? »

Il avait un accent prononcé. Mais il parlait anglais avec assurance.

« Nous ne nous sommes pas déjà vus au musée ? » demandai-je. C'était l'homme grand, aux cheveux blancs, qui m'avait regardé, dans le musée, pendant que je pensais à Hercule. Il avait toujours sa serviette noire.

« Vous êtes très observateur, dit-il en riant, mais j'ai trouvé qu'il y avait beaucoup de gens suspects autour de nous. Vous avez remarqué ?

— La mythologie grecque m'a perturbé.

— Ah, vous, les Américains, vous êtes marrants. » Il semblait avoir bu. « Vous êtes américain, non ? »

Plessner, astucieusement, ne lui avait pas dit qui j'étais. Ivan ne pouvait pas savoir, à mon accent, si j'étais américain ou pas. « Oui, je suis américain.

— D'où ?

— De New York.

— Ah, New York ! dit-il. Vous aimez la cuisine hongroise ? Ça vaudrait mieux, parce qu'à l'heure qu'il est, il n'y a plus beaucoup de restaurants qui servent à manger. » Il sortit de sa poche la photo de moi que Dietrich avait faite à l'aéroport. « Tenez. Je n'ai plus besoin de ça. »

Nous sortîmes ensemble de l'office du tourisme.

Il semblait s'être assuré qu'il ne courait plus de risques. Tout en marchant à côté de moi, il me prit le bras.

« Malheureusement, il n'y a pas un restaurant américain à Berlin-Est. Quelle est la cuisine américaine typique ? Le hot-dog ? » Autre éclat de rire.

Finalement, quelle était la cuisine américaine typique ?

Je ris aussi. « La mienne, c'est le hamburger.

— De McDonald's ? »

Moi : « Ah, ah, ah ! »

Le restaurant n'était pas loin de la place.

C'était une grande salle aux vieux meubles sombres, style Bauhaus, avec beaucoup de glaces aux murs. Une apparence décadente, sympathique.

Ivan demanda aussitôt une vodka.

« Vous parlez russe ?

— Malheureusement, non.

— Vous avez les dollars ? Cent mille ?

— Oui. »

Il ramassa son cartable et le posa sur la table.

« Allez aux toilettes avec cette serviette, prenez le manuscrit qui est dedans, et mettez l'argent à sa place. »

Je pris la serviette et allai aux toilettes. Je m'enfermai dans un des cabinets. J'ouvris la serviette. Je pris le manuscrit dans mes mains tremblantes. Il devait y avoir quelque deux cents pages, couvertes de petits caractères cyrilliques. Babel, enfin ! Je poussai un soupir de joie. Babel ! Babel !

Je retirai les dollars que j'avais sur moi et les mis dans le cartable. Je séparai le manuscrit en quatre paquets d'environ cinquante pages et les glissai sous ma ceinture, deux sur mon ventre et deux dans mon dos.

Je revins à la table. Les paquets de feuilles du manuscrit contre mon ventre m'empêchèrent presque de m'asseoir. Je tendis le cartable à Ivan. Une bouteille de vodka était arrivée sur la table.

« Je suis un homme sans imagination. Je vais demander un goulasch. Vous connaissez le goulasch ? dit-il.

— Vous avez lu ce manuscrit ? demandai-je.

— Ça ne m'a pas intéressé. Je n'ai lu qu'une page.

— De quoi ça parle ? C'est sur quoi, ce livre ?

— Je ne me rappelle pas. Je n'ai lu qu'une page, que voulez-vous que je me rappelle ? »

Le garçon s'approcha. Nous passâmes une commande.

En quelques minutes, Ivan but deux autres vodkas. A mesure qu'il buvait, il devenait plus loquace et son anglais empirait. Il me dit qu'il avait été trahi par « l'homme de Tomsk » (je tardai à comprendre qu'il parlait de Ligatchev) et par le « secrétaire général président ». Je regrettai de ne pas avoir fait plus attention que cela à ce que Plessner m'avait raconté sur la politique intérieure soviétique.

« Vous pensez que je suis un mauvais communiste ? Un mauvais citoyen ? Non, vous ne savez pas. » Il fit une longue pause. « Je suis poète. Voilà ce que je suis. Vous connaissez Pouchkine ?

— Oui.

— Le plus grand poète du monde ! »

Ivan récita du Pouchkine en russe, tandis que le garçon nous servait le goulasch. Je commençai à manger. Ivan avait commandé un tokay, qu'il buvait tout seul. Je remarquai que quelques personnes, aux tables les plus proches, regardaient discrètement dans notre direction.

Ivan dit qu'il n'avait pas réussi à publier ses vers. Pourtant, l'Union soviétique publiait chaque année près de quatre-vingt-dix mille titres, un tirage global de deux milliards et demi d'exemplaires, qui ne le cédait qu'au volume éditorial de la Chine. Mais la plupart des livres publiés n'étaient lus par personne ; des montagnes de livres, des millions de tonnes de papier gâchées pour un verbiage ennuyeux et inutile.

« Ce que le peuple veut lire, il ne le trouve pas dans les librairies.

— Pourquoi votre livre n'a-t-il pas été édité ?

— Politicaillerie mesquine... La mode, maintenant, c'est de dire du mal de Staline... Vous avez entendu Chatrov parler du mythe de la révolution socialiste ? Vous avez entendu Ribakov ? Il dénonce maintenant les horreurs commises au temps où il se la coulait douce dans sa datcha de Peredelkino... Ievtouchenko vient dire maintenant qu'on en a assez de la priterpelost, de la patience servile, mais personne n'a fait preuve d'une résignation aussi soumise que lui, pendant toutes ces années. A quelques rares exceptions près, comme Youri Bondariev et Vladimir Karpov, qui ont attaqué hardiment le terrorisme des libéraux, on ne peut pas compter sur les intellectuels... J'ai lu beaucoup de poèmes de ces traîtres au peuple, qui appelaient Staline le petit père... »

Selon Ivan, Gorbatchev avait transformé la politique soviétique en une farce hypocrite et répugnante. Ivan avait passé la majeure partie de l'année à Moscou, dans l'attente d'être nommé sur un poste à l'étranger, « une année pendant laquelle beaucoup de choses se sont passées, la sourde lutte pour le pouvoir dans les hauts échelons du gouvernement, la visite de Reagan, les premières manifestations de rue ».

Ivan avait assisté à la cérémonie commémorative de l'anniversaire de la naissance de Lénine, le 22 avril, au Palais des Congrès, au cours de laquelle les gouvernants avaient monté « une farce pour l'opinion publique ». Ce jour-là, Ligatchev était arrivé au palais souriant, chose rare, car « c'est un homme qui rit peu » et le premier ministre Nikolaï Ryjkov, un allié de Gorbatchev, l'avait salué d'un baiser sur la bouche, comme les Russes en ont l'habitude pour manifester leur amitié. A son tour, Ligatchev avait applaudi le discours que Gueorgui Razoumovski avait fait pour appuyer vigoureusement le programme de restructuration et de transparence de Gorbatchev.

La bouteille de tokay était vide.

« Répugnant, dit Ivan. Boris Eltsine a profité de la visite de Reagan pour se plaindre de Ligatchev. Est-ce qu'on peut imaginer chose plus humiliante en Union soviétique ? »

Quelque chose dans le visage d'Ivan, l'angoisse, la souffrance, me fit comprendre pourquoi la bibliothécaire avait volé le manuscrit pour lui. La voleuse avait eu pitié de cet homme frustré et elle avait cherché une manière de l'aider. Ou bien, hypothèse cynique, le vol du manuscrit était le moyen qu'elle avait trouvé pour l'impliquer dans une aventure qui l'éloignerait de sa famille.

« Ligatchev avait raison, poursuivit Ivan, d'exiger la chute de Boris, qu'il a obtenue. C'était une période de confusion. J'ai assisté à tout. J'ai assisté aux manifestations dans la rue, à Moscou, les premières de l'histoire de l'Union soviétique, des gens qui demandaient la liberté pour les dissidents, qui réclamaient de plus grandes réformes, pendant que la police surveillait, perplexe. Ils ont laissé Sakharov, le vieux cinglé, apparaître à la télévision et adresser des plaintes séniles à la presse occidentale, pour que le monde entier voie comme Gorbatchev est bien gentil. J'ai vu Gorbatchev et Raïssa, au Bolchoï, commémorer hypocritement le millénaire de la christianisation de la Russie, afin de trouver des alliés parmi les croyants et de berner ce pape idiot. Gorbatchev se croit très malin, mais ce n'est qu'un apprenti sorcier. »

Ivan parlait fort. Je remarquai des regards de reproche en provenance des tables environnantes.

« Parlez plus bas, s'il vous plaît », dis-je.

Ivan ne prêta pas attention à mon avertissement. « Je vais vous dire une chose : les véritables idéaux communistes ont été trahis par Gorbatchev et son gang. Un directeur du KGB, Alexeï Soloviov, est allé jusqu'à dire que des millions de personnes avaient été éliminées sous le règne de Staline, et que la fonction élémentaire du KGB était de découvrir la vérité. Le KGB, découvrir la vérité ? »

Ivan partit d'un grand éclat de rire.

« Iakovlev a pris le contrôle des questions idéologiques et Alexandre Soukharev a été nommé procureur général. Vous avez entendu ce qu'a dit Ambartsoumov, de l'Institut du marxisme-léninisme ? Le Parti et Staline seraient les grands responsables des crimes et de la corruption de la société soviétique depuis la Révolution. C'est Ambartsoumov qui a dit ça ! Et le livre du général Dmitri Volkoganov, le directeur de l'Institut d'histoire militaire du ministère de la Défense ? Volkoganov dit que Staline a plongé le peuple russe dans une tragédie dont la nation entière subit les conséquences, aujourd'hui encore. Il a traité Staline d'assassin fou, immoral et hypocrite. En plus de ces perversions, Volkoganov considère que Staline était un âne. Un général soviétique, dire ça ! Ça n'est pas incroyable, l'Américain ? Ils ont réhabilité des traîtres comme Kamenev, Zinoviev, Radek, Boukharine. Ils vont finir par réhabiliter Trotski. Iouri Afanassiev, que Gorbatchev a placé à la direction de l'Institut soviétique d'archives historiques, a dit que Trotski avait été condamné sur la base de fausses preuves. C'est la Grande Reculade, organisée par ces traîtres au peuple. Après les mensonges contre Staline, ils se sont retournés contre Lénine lui-même.

— Khrouchtchev n'a pas fait la même chose en 1956 ? demandai-je.

— Khrouchtchev n'a pas touché à Lénine. Il en avait après Staline. Même comme ça, vous avez vu ce qui s'est passé ? Il a été déposé par Brejnev. »

Ivan se pencha sur la table et me prit la main. Son visage était devenu rouge.

« Après, il y a eu le Congrès du Parti, au début juillet. J'ai tout vu sur un écran de télévision qu'ils avaient installé sur la place Pouchkine. Un clown du nom de Melnikov, homme de paille de Gorbatchev, a essayé d'attaquer Gromyko, Solomentov, Afanassiev, Arbatov, qui ont consacré leur vie à la grandeur de l'Union soviétique, mais il a dû fermer sa gueule devant la froideur des congressistes. Vous savez qui a été applaudi chaudement ? Un délégué qui a demandé " où est-elle, cette perestroïka ? Ce que je vois, ce sont les files d'attente, on continue de manquer de viande, de sucre, de pommes de terre ".

« Mais ça, c'était en juillet. Dans les premiers jours d'octobre, j'ai été envoyé ici, à Berlin, au moment même où Gorbatchev a fait son coup de force, a écarté Gromyko et limogé Ligatchev, Tchebrikov. Maintenant, c'est lui qui commande. »

Ivan tapa du poing sur la table. « Gorbatchev et sa clique révisionniste veulent liquider Lénine ! Ils veulent liquider le socialisme, ils veulent le retour du capitalisme. Mais le peuple ne les laissera pas faire. Ils ont réussi à tromper le peuple jusqu'à maintenant, par des mensonges sordides. Mais la frustration du peuple grandit chaque jour. Un autre Brejnev va arriver à tout moment, souvenez-vous de ce que je vous dis. » Ivan soupira à deux ou trois reprises. « Mais je suis en dehors de tout ça.

Je veux rester loin. Eux tous, d'un bord comme de l'autre, qu'ils s'enfoncent dans la merde ! »

Je m'aperçus que quelqu'un se levait d'une table voisine pour aller téléphoner au fond du restaurant. La manière dont ce type parlait au téléphone, tout courbé, la tête penchée sur la poitrine, la main en conque devant le combiné, ne me disait rien.

« Je dois partir, dis-je.

— La bouteille est encore pleine, dit Ivan en montrant la nouvelle bouteille de tokay que le garçon venait d'apporter.

— Mais je dois partir », répétai-je. Outre que j'étais préoccupé par le type qui avait téléphoné — et qui venait de se rasseoir à la table d'à côté, et se comportait de façon extrêmement suspecte, évitant de regarder dans notre direction, chose qu'il avait faite ostensiblement jusqu'à présent — les feuilles du manuscrit me faisaient mal aux côtes.

Je me levai.

Ivan se versa du vin et dit en russe quelque chose que je ne compris pas. Il sourit.

« Goodbye, l'Américain », dit-il.

Je sortis du restaurant et traversai la rue. Je marchai jusqu'au coin. J'attendis. Il neigeait. Je prenais des risques stupides, c'était une folie de rester là, à surveiller la porte du restaurant. Mais j'attendis. Au bout d'un moment qui me parut interminable, mais qui n'avait pas dû excéder cinq minutes, une voiture arriva devant la porte du restaurant et s'y arrêta. J'eus envie de fuir, de partir en courant. Mais j'attendis. Deux hommes en pardessus noirs, avec des bonnets de fourrure sur la tête, descendirent de la voiture et entrèrent dans le restaurant. J'attendis, affligé. Qu'est-ce qui pouvait bien se passer là-dedans ?

J'imaginai ce scénario : les deux hommes descendent de la voiture et entrent lentement dans le restaurant, promenant autour d'eux leurs regards durs et perspicaces. Ils s'assoient à la table d'Ivan et se présentent comme agents du SSD, la police politique d'Allemagne de l'Est. Ivan répond qu'il est diplomate, en service à l'ambassade d'Union soviétique, à Berlin. Qu'avez-vous dans cette sacoche ? L'ivresse d'Ivan disparaît. Il se met à suer abondamment. Des papiers de l'ambassade, dit Ivan en serrant la serviette contre sa poitrine. L'un des policiers lui arrache violemment la serviette des bras. Il l'ouvre et les dollars en jaillisssent comme des diables de leur boîte. Ivan crie qu'il jouit de l'immunité diplomatique. Le garçon qui nous a servis le dénonce : C'est un Américain qui lui a donné cet argent, contre des documents confidentiels. L'espion américain porte les papiers secrets contre lui, sous son manteau. L'espion vient de partir, il ne doit pas être loin. L'un des agents court vers la porte de la rue.

Avant que le garçon n'eût fini de parler (propos inventés dans mon scénario, mais qui pouvaient très bien être prononcés réellement dans le restaurant), je m'éloignai promptement.

La photo ! pensai-je tout en me dirigeant vers l'Alexanderplatz. J'entrepris de fouiller nerveusement mes poches en quête de la photo de moi que Dietrich avait faite à l'aéroport et que Plessner avait remise à Ivan pour qu'il m'identifie. J'avais un vague souvenir qu'Ivan me l'avait rendue. Voulant m'assurer que la photo était en ma possession, je la cherchai frénétiquement dans mes poches, glissant dans la neige accumulée sur le sol. Sans m'arrêter de marcher, je finis de fouiller mes poches, sans rien trouver. Est-ce que je l'avais laissée au restaurant ? Au Pergamon ? Non, Ivan ne m'avait pas parlé au musée. Au restaurant ! J'avais laissé ma photo sur la table du restaurant ! J'étais un homme perdu !

Je m'arrêtai au milieu de la place, sans savoir où aller. La neige me gelait la tête. Je tâchai de me rappeler mon trajet. Heureusement, je me souvins qu'Ivan m'avait donné la photo à l'office du tourisme. Je me rappelai avec netteté comment la scène s'était déroulée : « Vous êtes très observateur », avait-il dit en riant (pourquoi avait-il ri ? Il riait hors de propos, comme quand il m'avait dit quelque chose en russe, avant que je le laisse au restaurant, et « goodbye, l'Américain »), et il avait sorti de sa poche la photo que Dietrich avait faite à l'aéroport, « tenez, je n'ai plus besoin de ça ». J'avais pris la photo et... et je l'avais mise dans la poche de ma chemise, sous mon pull !

A mon grand soulagement, je la retrouvai. Je me remis en marche. Tout en marchant, je la déchirai en petits morceaux que je jetai peu à peu dans la neige, comme si, en déchirant cette photo, je m'étais rendu invisible, insaisissable.

Je n'eus pas besoin de recourir au plan pour revenir à la station Friedrichstrasse.

En passant à la douane, pour ressortir d'Allemagne de l'Est, ma nervosité était plus grande qu'à l'aller. Je n'avais pas eu peur d'être arrêté, moins encore de me faire confisquer les cent mille dollars. Mais perdre le manuscrit de Babel ! Cette simple idée m'emplissait d'horreur.

Les agents n'étaient pas les mêmes, mais ils pratiquaient la même mimique apprise à l'école de police. Est-ce que le cœur des petites vieilles, avec leurs bouteilles de Metaxa dans leur sac, battait toujours aussi fort, chaque semaine, quand elles étaient scrutées par ces immuables regards pénétrants ?

Devant moi, un Américain, après avoir montré son passeport, fut écarté de la file et conduit jusqu'à une porte derrière laquelle il disparut avec deux agents.

Scénario : Ivan avait été arrêté et il avait parlé de l'espion américain, c'est-à-dire de moi-même.

« Vous vous sentez mal ? demanda l'agent qui examinait mon passeport.

— Mauvais repas. Goulasch. Goulasch ! » dis-je en me tapant sur le ventre. Je fis une grimace vraisemblable, mais en réalité causée par l'angoisse, car ma main avait tapé sur une des liasses de papier.

L'agent me rendit mon passeport et je passai. Puis ce fut le tour de l'autre agent.

Je finis par franchir tous les obstacles, montai sur la plate-forme supérieure de la station Friedrichstrasse et attendis l'arrivée du train. Quand il fut là, je m'assis sur une banquette et fermai les yeux. La sueur me coulait sur le visage.

En arrivant à la station Zoo Garten, je faillis oublier de descendre pour prendre l'U-Bahn. Je sortis en courant avant que les portes ne se referment. J'avais hâte de revenir à l'hôtel et de retrouver Veronika. Je voulais qu'elle me lise aussitôt un passage du livre de Babel.

Comme je m'approchais de l'hôtel, j'eus une surprise. Plessner et Veronika étaient en train de discuter devant la porte principale. Je reculai instinctivement et me cachai dans l'entrée d'une papeterie, tout près de l'hôtel.

A la manière dont Plessner parlait, je vis qu'il donnait des instructions à Veronika. Elle écoutait attentivement. C'était une autre femme. Plessner, lui, n'avait pas changé, il parlait avec Veronika de la même façon qu'il m'avait parlé pour me dire ce que je devais faire pour rencontrer Ivan de l'autre côté — un homme toujours en train de donner des instructions. Mais Veronika semblait différente. Ce n'était pas ma Veronika.

Ils se séparèrent, mais pas avec une poignée de mains formelle. Côte à côte, tous deux les bras le long du corps, en un geste quasi secret, ils se prirent les mains et les serrèrent longuement, sans rien dire, mais en se regardant intensément, un *rapport* de partenaires, de complices. Puis Plessner monta dans la voiture garée devant la porte de l'hôtel et partit. Veronika releva le col en fourrure de son manteau, pour se protéger du vent froid, et entra dans l'hôtel.

Dans la rue, j'appelai l'hôtel depuis une cabine téléphonique.

« Je voudrais parler à Frau Veronika Hempel. Elle doit être dans la salle d'attente », dis-je.

Veronika ne tarda pas.

« Où tu es ? Tout s'est bien passé ? demanda-t-elle.

— Oui.

— Tu as le manuscrit ?

— Oui. Je t'attends ici, au Pressecafé am Zoo.

— Au Pressecafé am Zoo ?

— Viens vite. » Je raccrochai.

J'attendis. Je n'avais pas de montre. Je comptai, cent un, cent deux, cent trois... Au bout de cinq minutes, je sortis de la cabine et allai à l'hôtel.

Je montai dans ma chambre. Je sortis le manuscrit de mes vêtements. Avec une horrible sensation d'impuissance, je regardai ces caractères cyrilliques tracés à l'encre. Je rangeai le manuscrit dans ma valise, avec le livre comprenant *Cavalerie rouge* et les *Contes d'Odessa* que Dietrich m'avait donné à Rio, les papiers contenant mon script et mes notes, ainsi que mes quelques vêtements. Je descendis et retirai mes dollars du coffre de l'hôtel. Je payai ma note.

Dans la rue, le vent soufflait plus fort et il faisait plus froid. Un taxi me conduisit à l'aéroport. Un avion d'Air France partait pour Paris dans deux heures. J'y obtins une place.

J'avais traversé des moments difficiles ces derniers temps, mais ces deux heures furent peut-être les plus longues et les plus tendues de ma vie. Je ne tins pas une minute assis. J'arpentais l'aéroport en attendant le départ, je montais des scénarios dans ma tête.

Scénario : Veronika arrive au Pressecafé am Zoo et ne me voit pas. Elle s'assoit à une table et attend un peu. Puis elle demande à un garçon s'il a vu un homme avec un manteau (à ce moment-là, elle hésite : et une ramette de feuilles à la main ?) habillé avec un manteau etc., mais elle ne parle pas du manuscrit. Le garçon répond que non. Alors Veronika essaie de se rappeler ce que je lui ai dit. Je suis au Pressecafé am Zoo ? Je vais au Pressecafé am Zoo ? Dans le doute, elle décide d'attendre. Elle attend un quart d'heure. Son quart d'heure d'attente correspond à un quart d'heure de mon attente de l'avion, il y a coïncidence entre les deux. Moi, j'en ai pour deux heures. Veronika attend encore un quart d'heure. Je n'en ai plus que pour une heure et demie. Alors, elle va téléphoner à Plessner. Monsieur Plessner, dit-elle. Non, elle dit : Mon chéri, au lieu de venir à l'hôtel, le Brésilien etc. Plessner répond : Il n'ira pas au Pressecafé am Zoo, il t'a menti, il ne te fait pas confiance — maintenant, au moins, tu as la preuve de sa perfidie — tu sais où il est en ce moment ? Il attend le prochain avion pour Paris.

Avec ce faux scénario, je rendis moi-même ces deux heures d'attente insupportablement tendues.

Finalement, aucun des komplizen de M. Plessner n'apparut à l'aéroport. Soulagé, je pris l'avion pour Paris, mais j'avais le cœur gros. Je venais d'abandonner une femme en raison de considérations subjectives qui pouvaient très bien n'avoir aucun fondement. J'avais jugé Veronika sur la base d'un scénario qui était peut-être faux, comme tous les scénarios. Je revis, mentalement, Veronika à côté de Plessner, lui tenant la main. Cela pouvait très bien ne pas aller plus loin : Plessner cherchait une connivence qui me porterait préjudice et Veronika faisait juste semblant de marcher dans le coup.

« Il faut être très prudent, pour juger les autres », dis-je à voix haute.

« *Oui, monsieur ?*[1] » dit une hôtesse en s'arrêtant à côté de moi.

1. En français dans le texte. *(N.d.T.)*

7

Mes bagages furent minutieusement inspectés à la douane de l'aéroport de Paris. On chercha des doubles fonds dans ma valise. Je fus moi-même fouillé. On devait me prendre pour un trafiquant de drogue. Probablement parce que j'avais déclaré les dollars dont j'étais porteur.

Quand je fus débarrassé de ces désagréments, je pris un taxi pour aller au Bréa.

A l'accueil, je fus reçu par un Oriental — j'appris plus tard que c'était un Vietnamien — qui parlait un anglais horrible et me dit qu'il n'y avait pas de Liliana parmi les clients.

« Et M. Castelo Branco ? »

Castelo Branco habitait ici mais il ne se trouvait pas à l'hôtel à ce moment-là.

Je remplis une fiche d'admission et pris un petit ascenseur pour gagner ma chambre. Je sortis le manuscrit de ma valise et examinai ces signes incompréhensibles. Le manuscrit de Babel ! Je n'arrivais pas à croire qu'il était en ma possession. Je ne sais combien de temps je restai là, assis, le manuscrit dans les mains.

J'eus faim. Le Vietnamien de la réception m'avait dit qu'il y avait un coffre dans la chambre. Je trouvai le coffre, encastré dans le mur, mais le manuscrit n'y rentrait pas, je ne pus y mettre que mon passeport et mes dollars.

Je n'allais pas laisser le manuscrit dans ma chambre pendant que je sortirais manger. Veronika savait que je m'étais enfui à Paris et elle devait en avoir averti Plessner. Ils pourraient découvrir que j'étais au Bréa, pénétrer dans ma chambre en mon absence et voler le manuscrit.

Je descendis jusqu'à l'accueil, le manuscrit sous le bras. Comme je remettais la clé de ma chambre au Vietnamien, il me dit que M. Castelo Branco était arrivé et qu'il était dans la petite salle d'attente de l'hôtel.

Assis devant un jardin d'hiver minuscule et bien entretenu, quelqu'un lisait un journal. Ce devait être M. Castelo Branco. Avant de m'en approcher, je résolus de l'examiner. Je ne pouvais pas voir son visage, en partie caché, mais seulement ses cheveux noirs et lisses. Il était bien habillé, d'un costume de cachemire noir, avec une cravate à rayures noires et rouges. C'était un homme petit et maigre.

Je m'approchai.

Debout, face à lui qui continuait de lire son journal, je dis : « Monsieur Castelo Branco ? »

Il écarta son journal de devant son visage.

« Toi ? ! m'exclamai-je, surpris.

— Chut! dit-elle.

— Tu...

— Assieds-toi ici. »

Je m'assis.

« Explique-moi ça, dis-je.

— Parle plus bas.

— Tu es folle.

— Chut !

— Explique-toi, idiote ! »

Alors, Liliana me raconta qu'elle avait toujours désiré avoir une identité masculine, s'habiller en homme, comme Mlle de Maupin, dans le roman de Gautier. Aussi, elle avait acheté un faux passeport au nom d'Euribicíades Castelo Branco et avait voyagé, depuis le Brésil, déguisée en homme.

« Ça te plaît, mes cheveux noirs ?

— Ils vont s'apercevoir que tu n'es pas un homme.

— Comment ? J'ai de petits seins. J'ai déjà passé deux douanes, celle de Rio et celle de Paris, et personne ne s'est douté de rien.

— Tu vas finir en prison. Euribicíades ?

— Ce n'est pas moi qui ai choisi. Il y a quelqu'un qui s'appelle comme ça, quelque part au Brésil. » Alors, Liliana sortit un cigare de sa poche, le fit rouler entre ses doigts, près de son oreille, puis le passa sous son nez en respirant l'odeur du tabac. « Ce n'est pas comme ça que les hommes font ?

— Je ne fume pas le cigare », répondis-je. Je regardai tout

autour, pour voir si quelqu'un nous observait. « Tu sais ce que c'est, ça ?

— Un paquet de feuilles de papier volantes.

— Regarde, regarde !

— Quelle écriture bizarre.

— Alphabet cyrillique. Tu sais l'écriture de qui c'est ?

— Tu comprends ça, toi ?

— Tu sais l'écriture de qui c'est ?

— Non. C'est l'écriture de qui ?

— De Babel.

— Et alors ?

— C'est un roman inédit de Babel, dis-je en baissant le ton. Viens dans ma chambre, je vais te raconter une histoire impressionnante. »

Nous montâmes ensemble, par l'escalier. Dans le petit couloir de l'étage où je logeais, nous croisâmes une femme de chambre, qui devait être elle aussi vietnamienne. Elle nous regarda d'un œil curieux. Etait-ce un agent de Plessner ?

J'entrai dans ma chambre et allumai la télévision.

« Ce roman a été saisi par le NKVD quand Babel a été arrêté et il aurait dû être détruit...

— Je ne comprends rien. Parle plus fort ou baisse le son de la télévision. »

Je me levai, marchai jusqu'à la porte sur la pointe des pieds — ce qui était absolument inutile car la moquette aurait étouffé le bruit de mes pas si j'avais marché normalement — et j'ouvris brusquement la porte de la chambre.

La femme de chambre vietnamienne n'était pas derrière, comme je l'avais craint.

« Tu es toujours aussi cinglé », dit Liliana.

Je refermai la porte.

« Je ne suis pas fou. Simplement prudent. Ecoute bien ce que je vais te raconter. »

Liliana me prit dans ses bras. Elle m'embrassa sur la bouche. « Ça ne peut pas attendre ? »

Je la repoussai et me dégageai de son étreinte. Puis j'entrepris de lui raconter l'histoire du manuscrit. Au début, Liliana feignit de s'en désintéresser, se coucha et se roula sur le lit, bâilla, soupira. Mais peu à peu, elle s'y intéressa, et elle s'assit sur le lit, les yeux exorbités.

« Tout cela est vrai ? demanda Liliana quand j'eus terminé.

— Absolument. »

Elle alluma une cigarette. « Tu deviens un vrai protagoniste de film noir. Et maintenant ? Tu m'embrasses ?

— T'embrasser ? Tu penses à ça dans un tel moment ? dis-je. Ceci est le manuscrit de Babel, malheureuse !

— Babel est mort et personne n'a entendu parler de lui, ni de l'existence de son manuscrit inédit à l'histoire électrisante. Sauf le KGB, qui ne raconte rien à personne, Plessner, qui est un Allemand fou, Ivan, qui est un corrompu malheureux, et toi, qui es un Brésilien idiot.

— Et Gurian, dis-je.

— Qui est un vieux juif malade.

— Et Veronika.

— Qui est une Allemande perfide. Enfin, ce que je veux dire, c'est qu'on a le temps de s'amuser un peu. »

Liliana me prit dans ses bras. Dans la glace de l'armoire, je me vis enlacer un homme (un jeune homme, exactement) habillé de noir, à l'aspect androgyne.

« Enlève ces vêtements », dis-je.

Liliana se déshabilla.

« Tu penses que je devrais me teindre ici aussi ?

— Ça doit être difficile.

— Avec une petite brosse, c'est facile...

— Ne le fais pas.

— Tu préfères comme ça, ces petits poils roux ?

— Ce n'est pas ça.

— C'est quoi ?

— Je ne veux pas en parler. Je veux parler de Babel.

— Après. Déshabille-toi aussi. »

Je me dénudai.

« Tu n'as pas honte de te présenter dans cet état ?

— Liliana, je n'ai pas envie de plaisanter. J'ai une vie très compliquée.

— Vraiment ? Tu n'as pas envie ? » demanda-t-elle en se rapprochant de moi. Les pointes dressées des seins de Liliana me frôlèrent la poitrine.

« Mais qu'est-ce que c'est que ça ? Qu'est-ce que c'est que cette intumescence progressive ? Hum ! ? » demanda Liliana.

Je restai silencieux.

« Tu n'as pas dit que tu ne voulais pas ? »

Je continuai de me taire.

« Il n'y a rien de meilleur au monde, tu le sais. »

Liliana avait raison. C'était la meilleure chose au monde. Mais une fois terminée, ce n'était plus rien. On avait envie de faire autre chose.

« Tu penses que Gurian est déjà sorti de sa clinique ?

— Gurian ? Mon Dieu ! On n'a pas fini de jouer, que tu penses déjà à autre chose. Où est passée ta volupté ?

— Ma volupté, c'est avant et pendant. Mon désir, après, c'est de téléphoner à Gurian. Tu penses qu'il est déjà sorti de clinique ?

— Gurian ?

— Mon ami le vieux juif malade. Chez qui se trouvent les pierres précieuses. Tu as été chez lui avec moi. »

La téléphoniste de l'hôtel obtint la communication rapidement.

Une femme répondit. Je demandai à parler à Gurian.

Je fus très heureux d'entendre la voix du vieil homme.

« Et la santé ? demandai-je après les salutations.

— Excellente.

— Que dirais-tu de prendre un avion pour venir me retrouver à Paris...

— Aller à Paris...

— Je paye tous les frais », ajoutai-je, pragmatique.

Je compris que Gurian parlait avec quelqu'un.

« Aller à Paris... » répéta le savant.

Une voix de femme intervint : « Boris ne peut pas voyager. Vous ne savez pas qu'il est sorti de clinique hier seulement ?

— Allô, allô, dis-je.

— Allô, dit Gurian en reprenant le téléphone.

— Qui était cette femme ?

— Sara.

— Tu es sorti de clinique hier ?

— Oui.

— Alors, elle a raison, dis-je.

— Elle a toujours raison. Et par-dessus le marché, elle n'a pas d'enfants. J'ai pas de chance. »

J'entendis Sara protester.

« Qu'est-ce que tu veux que j'aille faire à Paris ?

— Traduire quelque chose du russe, pour moi.

— Les gens qui connaissent le russe ne manquent pas, à Paris.

— Tu connais quelqu'un ?

— Attends un peu. »

J'attendis.

Sara prit le téléphone.

« Boris est en train de fouiller tranquillement dans ses papiers. Ça peut lui prendre une demi-heure. Il vaut mieux que vous raccrochiez et que vous rappeliez plus tard. Ce coup de fil va vous coûter une fortune.

— Merci, Sara, mais je préfère attendre. »

J'attendis.

De nouveau la voix de Sara, en colère.

Gurian revint.

« Va voir rue Jacob, je ne sais plus si c'est au 28 ou au 30, un type qui s'appelle Jacques-Henri Gauché.

— On peut lui faire confiance ?

— Oui, pas de problème. Dis-lui que tu viens de ma part, que tu es un ami à moi.

— Je peux te demander autre chose ? Regarde dans la bibliothèque, derrière le *Mahâbhârata,* si la petite boîte de pierres précieuses que je t'ai montrée à la clinique y est toujours. »

J'attendis.

« Oui, elle y est.

— Tu me la gardes ?

— Tu reviens quand ?

— Je ne sais pas. »

Pendant que je parlais au téléphone, Liliana s'était habillée.

« On va dîner à La Coupole, j'ai réservé », dit-elle.

Nous y allâmes à pied. Nous passâmes devant la statue de Balzac. Il faisait un froid supportable, sans vent.

Le restaurant était plein.

« Je ne vais manger que des huîtres, avec du vin blanc », dit Liliana.

Je bus aussi un peu.

Liliana mangea deux douzaines d'huîtres.

« Je t'aime, dit-elle. Je t'aime vraiment. En partie à cause du vin, en partie à cause des huîtres, en partie à cause de toi. C'est-à-dire, par ta faute. Viens t'asseoir à côté de moi. »

Je quittai ma chaise pour aller m'asseoir à côté de Liliana, sur la longue banquette au dossier rouge.

« Embrasse-moi », dit Liliana.

Je l'embrassai.

Liliana appuya sa tête sur mon épaule.

Je l'embrassai à nouveau. La bouche de Liliana avait un goût étrange d'huîtres avec du chablis.

Je remarquai que des gens regardaient dans notre direction, avec des expressions variées. Certains s'amusaient, d'autres désapprouvaient ostensiblement. Que diable y avait-il à Paris, pour qu'un homme ne puisse plus embrasser une femme à La Coupole ?

Je compris alors la raison de ces regards. Je m'écartai brusquement de Liliana. J'avais le visage en feu.

« Qu'est-ce qu'il y a ? dit Liliana.

— Tu es déguisée en homme.

— Et alors ? Personne ne se doute de rien. J'ai traversé deux douanes.

— Justement, pauvre idiote. Tout le monde croit que je suis en train d'embrasser un homme effrontément.

— Personne ne nous connaît. Laisse tomber.

— Souviens-toi de la loi de l'implication universelle : si tu ne veux pas être vu, tu le seras — et vice versa. Je suis sûr qu'il y a ici plusieurs personnes qui me connaissent, un journaliste, un réalisateur de cinéma, mon dentiste — il va raconter au Brésil que je suis gay.

— Et alors ?

— On va nous foutre à la porte.

— On ne partira pas.

— Tu ne prendras plus d'huîtres ni de vin avec moi. »

A une table proche de la nôtre, un homme et une femme levèrent leurs verres pour nous saluer et burent. C'était un couple d'âge moyen. Liliana et moi, nous levâmes aussi nos verres et nous bûmes.

« Il n'y a rien de mieux que la civilisation », dit Liliana.

Aux autres tables, cependant, je ne sentis pas la même solidarité. Je fus soulagé en sortant du restaurant.

« Si j'aime les femmes, pourquoi tu ne pourrais pas aimer les hommes ? » demanda Liliana tandis que nous nous dirigions vers l'hôtel. Maintenant, un vent froid rendait la marche inconfortable.

« Déshabille-toi, dis-je lorsque nous fûmes dans la chambre.

— Tu veux me regarder ?

— Oui.

— Et le mystère ? dit Liliana.

— Dès demain matin, nous devons aller chercher Jacques-Henri Gauché », dis-je.

Portant le manuscrit de Babel dans une grande enveloppe brune, je descendis avec Liliana la rue Vavin, en direction du Jardin du Luxembourg. Nous avions décidé d'aller rue Jacob à pied, et c'était là un des itinéraires possibles. A Paris, il faisait moins froid qu'à Berlin. La traversée du jardin fut très agréable. Liliana essaya plusieurs fois de me tenir par la taille tandis que nous marchions, mais je la repoussai, je ne voulais pas attirer l'attention. Je portais une casquette de laine, mais Liliana gardait la tête nue. Elle avait mis au point une façon de marcher qu'elle jugeait virile, adaptée aux vêtements masculins qu'elle portait. En fait, elle avait l'air d'un éphèbe efféminé.

Nous mîmes une demi-heure pour atteindre le boulevard Saint-Germain. De là, nous prîmes la rue Bonaparte. Puis nous arrivâmes rue Jacob.

Le numéro 30 était une très vieille maison. Nous y entrâmes par une petite porte insérée dans un vaste portail de bois, et nous arrivâmes dans une grande cour sombre et dallée, entourée de hautes portes qui, comme les fenêtres de l'étage, étaient toutes fermées.

Nous croisâmes une jeune femme et nous lui demandâmes où habitait Jacques-Henri Gauché. Elle désigna une porte.

Sur cette porte, il y avait une vieille plaque où l'on avait du mal à déchiffrer ce qui était écrit. On distinguait cependant le mot Gauché. Nous ne vîmes aucune sonnette.

Je frappai à la porte.

Nous attendîmes.

Je frappai à nouveau, cette fois plus fort.

Un jeune homme avec une tête de Hare Krishna entrouvrit la porte.

« Oui ? dit-il.

— Nous cherchons M. Jacques-Henri Gauché.

— Entrez, je vous prie », dit-il en ouvrant la porte.

Nous entrâmes dans un grand salon encore plus sombre que la cour. Le salon était encombré de vieilles armoires en bois solide, de tables et de lourdes chaises. Mais je m'intéressai surtout aux trois personnes qui étaient là.

Il y en avait deux très jeunes. Le Hare Krishna et une fille laide et pâle, avec des cheveux blonds et de grands yeux ronds. Le troisième était un type qui devait avoir cent ans. C'était certainement lui, Jacques-Henri Gauché, l'homme qui savait le russe et bien d'autres choses. Personne ne vit cent ans impunément.

J'allai directement vers lui.

« Monsieur Jacques-Henri Gauché ?

— Jacques-Henri Gauché est mort », dit-il.

Un instant, je ne sus que dire. Liliana non plus, mais moins longtemps.

« Vous connaissez le russe ? demanda-t-elle.

— Si je sais le russe ? » dit le vieillard. Et il pencha la tête en arrière, ouvrit la bouche édentée et partit d'un long éclat de rire, qui ressemblait plutôt à un hurlement de loup. Puis il tendit sa main décharnée, la glissa dans mon manteau et saisit ma chemise, en me tirant des poils de la poitrine : « Je sais beaucoup plus que cela ! »

« Ce vieux est un loup-garou, dit Liliana en portugais, allons-nous-en.

— Il n'y a pas de loups-garous à Paris, tout le monde le sait », répondit le vieillard en portugais, avec un accent impossible à identifier. « Pourquoi un loup-garou ? » demanda-t-il à Liliana en la regardant intensément, comme si elle n'était qu'une silhouette dans la brume. Muette, Liliana s'agrippa à la table.

Le vieil homme toucha l'enveloppe brune où se trouvait le manuscrit de Babel, que je serrais fort, et il dit : « C'est ça, que vous voulez que je traduise ? » Il tritura l'enveloppe, comme s'il essayait de sentir l'écriture à travers le papier.

« Ahahahahah ! fit-il.

— Allons-nous-en, dit Liliana, effrayée.

— Merci bien », dis-je au vieillard, en faisant de la tête un geste d'adieu, tandis que Liliana me tirait par le bras.

« Idiot », dit le vieil homme.

Nous ressortîmes.

Lorsque nous arrivâmes boulevard Saint-Germain, Liliana arrêta de me tirer par le bras. « Ce mec est un sorcier. Il n'y a peut-être pas de loups-garous à Paris, mais il y a des sorciers, dit-elle. Ou bien, nous avons été hypnotisés. Qu'est-ce que tu préfères ?

— Je pense qu'il vaut mieux qu'on rentre à Rio. J'ai besoin de quelqu'un qui traduise ce manuscrit. Tu veux savoir mes intentions ? Je ne vais pas tourner *Cavalerie.* Je vais adapter ce manuscrit de Babel. » Je brandis vigoureusement l'enveloppe brune, comme si c'était un grelot.

« Et si c'est l'histoire d'une famille juive à Odessa dans les années vingt ?

— Je tournerai quoi que ce soit. Je construirai une Odessa à Jacarepaguá. »

Liliana hocha lentement la tête, comme quelqu'un qui se résigne à l'irrémédiable. En l'occurrence, ma folie.

« On va déjeuner ? dit Liliana.

— Mais pas à La Coupole, dis-je.

— Pourquoi ?

— J'ai déjà vu tous les gens qu'il y avait à voir.

— Ce n'est pas la vraie raison, dit Liliana.

— Si tu voulais trouver un Brésilien à Paris, où tu irais ?

— Aux Galeries Lafayette, aux Deux Magots, à la brasserie Lipp, sur les trottoirs du boulevard Saint-Germain et de l'avenue des Champs-Elysées...

— Et... ?

— A La Coupole.

— Alors ? Tu veux que les bourreaux de Plessner nous retrouvent ? Veronika m'a assuré qu'il me tuerait si je lui volais ce manuscrit. »

Nous nous rendîmes dans une agence de la Varig où nous retînmes des places pour rentrer à Rio, deux jours plus tard.

Pendant ces deux jours, nous passâmes la majeure partie de notre temps dans l'hôtel, au lit, à nous amuser et à regarder la télévision. Nous n'allâmes même pas dans les proches cinémas du boulevard du Montparnasse.

C'est un jeudi soir que nous prîmes l'avion pour Rio.

III

Le diamant florentin

1

Dans l'avion, en voyant Liliana dormir, je me mis à penser à Ruth, pour la première fois sans lutter contre mes souvenirs.

J'avais connu Ruth par l'intermédiaire de Liliana. J'avais besoin de quelqu'un pour faire la chorégraphie d'un court métrage que je voulais produire et réaliser. Liliana, qui avait alors seize ans, m'avait dit qu'une danseuse et chorégraphe du nom de Ruth, dont elle était amoureuse, pourrait faire ce travail pour moi. Liliana m'avait aussi dit que Ruth, à l'âge de quinze ans, avait été vendue par sa mère à un homme riche, pas comme la mère de Coralie avait vendu sa fille à Camusot, mais quelque chose de plus subtil, comme Marguerite avait été vendue au Chinois. La mère de Ruth, une fois veuve, avait découvert qu'elle ne pourrait plus mener sa vie futile et dissipée, à moins de se défaire d'une partie de ses biens. Ainsi donc, elle avait vendu ses bijoux, ses propriétés, et enfin sa fille. C'était une femme qui buvait beaucoup et avait fini par être internée dans un asile de fous, où elle était morte. L'homme qui avait acheté Ruth — et qui n'était pas un vieillard, comme dans la plupart des romans — lui avait donné les moyens de continuer à étudier la danse. Cet homme, toujours selon Liliana, était lui aussi un peu dérangé. Il s'était suicidé le jour de ses quarante ans. Ruth en avait alors dix-huit. Mais, grâce à son protecteur, elle pouvait déjà gagner sa vie comme danseuse. Le passé de Ruth, dans cette version de Liliana, en partie confirmée plus tard par Ruth elle-même, était si compliqué, si abondant en événements insolites que quand j'y songeais, comme maintenant dans l'avion, j'avais toujours l'impression que tout n'était que mensonge.

J'étais arrivé chez Ruth à sept heures du matin. Elle était en train d'arroser son jardin et avait les pieds mouillés ; le bord de sa jupe était sali de terre et sa chemise blanche, brodée au point de croix, tout éclaboussée. J'avais attendu patiemment qu'elle eût fini d'arroser ses plantes. Puis je lui avais parlé du court métrage que je tournais.

« Je ne sais pas quelle chorégraphie pourrait être faite pour un documentaire sur les misérables du centre ville », avait-elle dit.

Je lui avais alors expliqué que les personnages étaient des voleurs, des gamins errants, des acrobates au chômage, des prostituées, des travestis, des badauds désœuvrés du coin — outre les mendiants. Je voulais qu'elle conçût une chorégraphie pour une famille de mendiants.

« Une chorégraphie pour une famille de mendiants ? Vraiment ?

— Ils sont déjà d'accord pour danser pour moi, avais-je dit.

— C'est un documentaire ? » Elle avait l'air troublée.

« Appelons-le comme ça, si vous voulez. Mais à la limite, ce qu'on appelle documentaire n'existe pas, tout est montage, tout, au cinéma, est fictif, d'une manière ou d'une autre. »

Elle m'avait dit qu'elle était plus danseuse que chorégraphe.

« Pensez à ce défi : une chorégraphie pour de véritables mendiants, qui n'ont jamais dansé, avais-je répondu.

— Je crois que j'ai une bonne idée. » Elle avait fermé son robinet et jeté son tuyau d'arrosage. Elle m'avait conduit dans sa chambre. Elle avait mis une cassette dans son appareil.

« Et s'ils dansaient sur cette musique ? C'est la " Promenade aux Tuileries ", des *Tableaux d'une exposition*, de Moussorgski. »

Je ne l'avais pas laissée se changer de vêtements. Nous étions partis en ville dans une camionnette, avec le photographe et le matériel de tournage, la caméra et d'autres instruments.

Lorsque nous étions arrivés sur la place de la Carioca, je lui avais montré, depuis la camionnette, une famille de mendiants, derrière l'immeuble de la Caisse d'Épargne, près de l'entrée du métro. Ils étaient une vingtaine, dont certains couchés sur des couvertures.

Une femme jeune, au visage immonde, avait attiré l'attention de Ruth par la dignité et l'élégance de sa façon d'être.

Elle s'appelait Eurídice. En peu de temps, les mendiants avaient été prêts. Ruth avait suggéré que nous leur fassions d'abord écouter la musique.

Tandis qu'ils écoutaient Moussorgski, Ruth avait demandé à Eurídice de la regarder. Ruth avait dansé un peu, puis lui avait demandé si elle était capable de répéter les mêmes mouvements. Eurídice avait répondu qu'elle allait essayer.

Une chose merveilleuse, mélange de grotesque et de sublime, s'était alors produite. Tous les mendiants avaient décidé d'imiter les mouvements de Ruth, mais chaque visage avait une expression différente, chaque corps un langage particulier. Ce jour-là, fasciné, j'avais découvert que tout être humain possède une aptitude à la danse, une capacité de créer des mouvements corporels significatifs.

Ruth avait émis l'hypothèse que cette scène serait plus belle si tous les mendiants étaient nus. « On pourrait les emmener dans une de ces rues désertes du centre, où on les filmerait sans être dérangés. »

Un mendiant nu n'est plus un mendiant. Moins encore au cinéma, où le costume des personnages est si important.

« Tu as déjà imaginé l'allure d'Humphrey Bogart, dans *Casablanca*, s'il s'y promenait en chemisette ? Le film serait un échec. Bogart est intéressant parce qu'il porte un pardessus avec des poches où il peut mettre ses mains. Et qu'il a un chapeau. Et les autres personnages aussi *sont habillés.* »

Au lieu de dénuder nos mendiants, nous les avions couverts de haillons. Ruth avait été d'accord avec moi. D'autant que certains d'entre eux étaient gros. L'idée de pauvreté suggère la maigreur.

« C'est parce qu'ils ne font pas de régime », avais-je plaisanté.

Dans le film, toute cette scène était encore plus belle. J'avais improvisé une sorte de dolly, en employant une petite charrette à bras avec des pneus, sur laquelle j'avais installé la caméra. Je voulais que la caméra fût tout le temps en mouvement, poussée lentement sur la charrette, en avant et en arrière, parfois en sens contraire à celui des mendiants qui dansaient. Cependant que je ferais des zooms, in et out, toujours très doucement.

Le photographe qui s'occupait de la caméra avait pensé que c'était impossible. Je lui avais alors dit que la grande conquête de l'« impossible », en matière de mouvement de caméra, avait été faite par Allan Dwan, en 1915, dans le film *David Harum*. Pour la première fois, la caméra, libérée du trépied, s'était promenée dans la rue pour suivre un personnage. Depuis lors, ça ne s'était plus arrêté. J'avais ajouté qu'Altman, dans *The Long Goodbye*, avait fait ce que je demandais maintenant. Il avait répondu que nous n'étions pas à Hollywood, mais sur la place de la Carioca, et pas sur une grue sophistiquée, mais sur une charrette à bras. Comment pourrait-il bien manœuvrer, vers le haut et vers le bas, cette saloperie de caméra ?

Nous avions filmé non seulement la danse, mais presque tout, avec cette technique. L'effet obtenu était sensationnel. Ce court métrage, *Le Bal des mendiants*, avait fait le tour du monde, couvert d'éloges, mais je n'avais jamais raconté à personne le secret de cette cinématographie intrigante. En fait, j'avais obtenu un résultat meilleur que celui d'Altman, lequel, bien qu'il disposât d'une meilleure technologie, avait travaillé dans les limites de la mise en scène de studio, et n'avait pas obtenu l'effet esthétique qu'il recherchait : donner au spectateur l'impression d'être un indiscret, un eavesdropper. Moi qui avais travaillé en plein air, sur une grande place entourée de gratte-ciel, j'avais voulu placer le spectateur non seulement dans la position du voyeur qu'il est toujours, mais dans celle du magnétisé récalcitrant, celle des gens qui, devant une vision choquante, éprouvent contradictoirement de la répulsion et de l'attirance ; ce qui se passe, par exemple, quand ils aperçoivent le cadavre d'un homme nu sur le trottoir. A vrai dire, l'être humain a cette attitude ambiguë devant le sexe, le pouvoir, la folie, la misère, la douleur, la mort.

« C'est la plus belle danse que j'aie vue de ma vie », avait dit Ruth, plus tard, tandis que nous prenions une bière. Elle s'était penchée et m'avait donné un baiser sur la main.

Un instant, je n'avais pas compris ce qui se passait. J'avais cru qu'elle ne s'intéressait pas aux hommes, seulement aux filles comme Liliana, mais le regard de Ruth disait autre chose. Nous avions pris la camionnette et nous étions allés dans un motel.

C'était une chambre pleine de miroirs. Ne sachant que faire, j'étais allé ouvrir les rideaux des fenêtres. Le paysage extérieur était un grand mur en ciment.

Elle s'était approchée de moi. Je l'avais enlacée par-derrière. Nous étions restés un moment ainsi, à regarder le grand mur en ciment. J'avais senti sa respiration retenue, le parfum de shampooing de ses cheveux. Ruth s'était tournée face à moi. J'avais vu qu'elle avait peur — de ne pas jouir, d'être déçue ? Quant à moi, j'étais tranquille. Je savais ce que je voulais : principalement, lui donner du plaisir. Ce ne serait pas difficile, car je pouvais contrôler ma jouissance. Était-ce une imposture ? Une façon astucieuse d'affronter la supériorité féminine ? Cette chambre pleine de miroirs était un décor adéquat pour toutes les supercheries. Même le grand mur avait l'air faux. Mais il n'y avait pas de mensonge en moi, simplement mon self-control créait une image, que je ne recherchais pas, d'amant ardent, alors que j'étais seulement généreux.

Généreux ? Ou frimeur ? J'avais inventé pour Ruth un homme qui n'existait pas et qui, pour cette raison, ne devait pas durer. Surtout après ce qui s'était ensuite produit. Mais je ne voulais plus y penser. J'appuyai frénétiquement sur la sonnette pour appeler l'hôtesse de l'air.

« Du whisky, lui dis-je quand elle arriva. Je veux du whisky. » Je voulais oublier. A nouveau, je luttais contre mes souvenirs.

2

Il faisait chaud à Rio, le matin où nous arrivâmes de Paris. Dans le taxi qui nous conduisait, par l'avenue Brasil, vers la zone sud de la ville, la température était insupportable. Nous ne savions pas si nous allions chez moi ou chez Liliana, car nous avions peur que l'homme au pardessus fût encore à notre recherche.

« Allons chez Mitiko, dit Liliana. Elle ne doit pas être expulsée avant deux ans, d'après l'avocat qu'elle a pris. »

Mitiko nous reçut avec des marques d'affection. J'avais oublié qu'elle était aussi blanche et qu'elle avait des cheveux aussi noirs. Ils étaient de la couleur de la fausse chevelure de Liliana.

Liliana ne lui avait pas parlé de son déguisement et Mitiko ne l'avait jamais vue habillée en homme, avec les cheveux courts et teints. Mais elle n'en parut pas surprise. Elle voulut savoir ce que cela faisait de passer pour un homme, quelles sortes de sensations Liliana éprouvait, si les femmes lui faisaient des avances, des propositions galantes. Liliana répondit que quand elle était en homme, c'étaient encore les hommes qui lui faisaient des avances. Et qu'elle en avait conclu qu'au moins trente pour cent des hommes étaient des homosexuels — ostensibles, dissimulés ou latents.

Mitiko dit qu'elle allait elle aussi prendre une fausse identité d'homme. Elle avait de petits seins, un petit derrière, comme celui des hommes, elle était grande, maigre.

« Tous les jeunes Chinois ont l'air de filles, dit Liliana.

— Je ne suis pas chinoise, rétorqua Mitiko.

— C'est pareil », dit Liliana. S'adressant à moi : « Tu ne veux pas te déguiser en femme ?

— Je vais y réfléchir, dis-je.

— Il ne serait pas bien, en femme, dit Mitiko.

— On n'en sait rien, dit Liliana.

— Je voudrais m'habiller en homme et séduire une femme en lui faisant croire que je suis un homme, dit Mitiko.

— Eh bien moi, je veux séduire un homme en lui faisant croire que je suis effectivement un homme », dit Liliana.

Je n'allais pas continuer d'écouter la conversation de deux idiotes.

« Il faut que j'y aille. Je ne sais pas quand je rentre.

— Repose-toi un peu, dit Mitiko.

— Je ne peux pas, c'est urgent. »

Je pris le manuscrit.

Dans les rues, la circulation semblait avoir empiré. Les piétons étaient encore plus laids dans cette chaleur oppressante.

Gurian m'ouvrit sa porte.

« Tu es rétabli ? » demandai-je.

Avant qu'il ne répondît, j'ajoutai, en montrant le manuscrit que j'avais à la main : « Tu vois ça ?

— Oui, dit Gurian. Entre, entre.

— Ceci, dis-je en entrant dans l'appartement, est le manuscrit de Babel qui a été confisqué par le NKVD quand il a été arrêté. »

Je racontai tout à Gurian. Tandis que je parlais, Gurian, qui m'avait pris le manuscrit des mains, l'agitait désespérément sous ses yeux, trépignait et donnait des coups de pied dans les objets qui traînaient par terre — chez lui, il y avait toujours des affaires par terre, en plus des livres — tout en vociférant des paroles inintelligibles. Je finis par comprendre ce qu'il disait : « J'ai cassé mes lunettes, je ne peux pas lire !

— Tu ne peux pas lire ?! criai-je. Comment ça, tu ne peux pas lire ?

— J'ai cassé mes lunettes ce matin. J'ai marché dessus.

— Comment est-ce que tu as pu marcher sur tes propres lunettes ? C'est une histoire de fou. »

Nous hurlâmes un moment, exaspérés, lui parce qu'il ne pouvait pas lire immédiatement quelque chose d'aussi extraordinairement excitant qu'un texte inédit de Babel, moi parce que je dépendais d'un vieux fou.

« Qu'allons-nous faire ? demandai-je lorsque nous fûmes calmés. Tu n'as pas un ami qui pourrait nous lire ça ?

— Non, non, non, non, non, dit Gurian en grognant comme un chien enragé, je veux que personne au monde ne redécouvre ce texte à ma place. » (Je lui avais dit qu'après avoir été appréhendé et secrètement déposé à la Bibliothèque Lénine, le manuscrit de Babel n'avait probablement été lu par personne, pas même par Ivan ni par sa maîtresse voleuse.) « Laisse-moi ça, reprit Gurian en serrant les feuilles dans ses bras, personne au monde n'est plus qualifié que moi pour conserver cette rareté. »

Je le laissai se cramponner au manuscrit. Je sortis le *Mahâbhârata* de son étagère. Je pris la boîte de pierres qui était cachée derrière.

Les pierres étaient toutes dans la boîte. Je ne me souvenais plus combien il y en avait auparavant, mais j'eus la certitude qu'il n'en manquait aucune.

Je voulais les emporter avec moi. Mais je changeai d'avis.

« Je peux laisser ces pierres ici ? Encore juste quelques jours ? »

Gurian me dit que oui. Je remis la boîte à sa place.

« Quand est-ce que tu auras tes lunettes ?

— Je ne sais pas. Ce sont des verres spéciaux. Peut-être aujourd'hui.

— Appelle le dentiste et demande-les-lui pour aujourd'hui, sans faute.

— Ce n'est pas un dentiste. C'est un oculiste.

— Je n'ai pas dit dentiste. J'ai dit oculiste.

— Tu as dit dentiste, j'ai parfaitement entendu. »

Nous repartîmes dans une vive dispute. Je le traitai de vieux sourd qui vivait dans les nuages. Il me traita de jeune imbécile.

Puis nous bûmes le reste d'une bouteille de whisky, que Gurian gardait sous son lit pour la cacher à Sara.

Je laissai à Gurian le manuscrit et le numéro de téléphone de Mitiko.

Liliana n'était pas là lorsque je revins.

Mitiko s'assit à côté de moi et me sourit.

Qu'est-ce qui faisait qu'une personne était attirée par une

autre ? Qu'est-ce qui me faisait prendre la main de Mitiko, à cet instant ? Casanova, selon Schnitzler, voulait bien plus donner du plaisir qu'en recevoir. Moi aussi, j'étais comme ça. Ce don du plaisir était-il une forme d'ostentation ? Une sorte de forfanterie ? J'avais agi de même avec Ruth.

« Tu penses que je suis un casanova ?

— Tu n'en as pas l'air, dit Mitiko. Tu veux que je t'embrasse ?

— Je ne sais pas.

— Pourquoi tu m'as pris la main ? demanda-t-elle.

— Si tu étais un chat, j'aurais fait la même chose.

— Les chats ont des mains ?

— J'aurais pris le chat dans mes bras.

— Alors voilà ce que je suis pour toi ? Un chat ?

— Un mystère.

— Te voilà séducteur professionnel, qui traite les femmes de mystère.

— Les femmes et les chats.

— Je veux t'embrasser », dit-elle.

Elle m'embrassa. Nous entendîmes le bruit de la porte qui s'ouvrait.

« Les gens sont complètement cinglés, dans cette ville », dit Liliana en entrant.

Mitiko se leva du canapé où nous étions. Elle était toute rouge ; elle arrangea sa chemise, nerveuse.

Liliana raconta que, pendant qu'elle faisait la queue devant la caisse, à la banque, elle s'était aperçue qu'un homme bien habillé la regardait fixement. Comme elle allait sortir, ce monsieur s'était approché d'elle et lui avait parlé, sur un ton amène et bien élevé, de la beauté de ses oreilles. Liliana l'avait remercié et l'homme lui avait demandé si elle avait les oreilles percées. Liliana avait répondu par la négative. Alors, l'homme lui avait demandé combien elle voulait, en dollars, pour le laisser lui percer les oreilles. Liliana, effrayée, lui avait demandé s'il plaisantait. L'homme avait répondu qu'il parlait sérieusement et que si elle le voulait, ils pourraient signer, avant l'opération, un contrat chez l'avocat de Liliana.

« Mais pourquoi donc tenait-il à te percer les oreilles ? demandai-je.

— Fétichisme auriculaire de type sadique semi-sublimé, dit Liliana.

— Ou pire, dit Mitiko.

— Les gens sont complètement cinglés, répéta Liliana.

— Gurian a cassé ses lunettes, dis-je.

— Je pense que nous aussi, on devient cinglés », dit Mitiko.

Puis nous nous tûmes.

« Je vais téléphoner à mon frère. » Ces deux femmes réunies me rendaient nerveux.

José dit qu'il voulait me voir immédiatement.

« Où es-tu ? Je passe te prendre en voiture. »

Mitiko avait pris une trousse d'instruments de manucure et faisait les ongles de Liliana.

« Mon frère va passer me prendre.

— Tu en auras pour longtemps ?

— Non. Je rentre d'ici peu. »

José arriva dans une grande voiture sombre conduite par un chauffeur.

Je montai dedans.

« De quoi voulais-tu me parler ?

— Plus tard », dit-il en fixant significativement le dos du chauffeur.

Nous allâmes à l'église de Copacabana.

« J'ai obtenu un émetteur de télévision, me dit-il quand nous fûmes dans son bureau.

— Comment cela ?

— J'ai obtenu le droit d'émettre. C'est-à-dire, l'Église l'a obtenu. Mais j'en suis le président-directeur. Je n'ai pas besoin de t'expliquer l'importance que ça a pour mes projets, je veux dire pour les projets de l'Église. Tu connais mieux que moi la force des moyens de communication de masse.

— Oui. Mais qu'est-ce que j'ai à voir avec ça ?

— J'ai besoin de toi. Je veux que tu m'aides.

— Je ne comprends rien à la télé. Tu t'y connais mieux que moi.

— Ne sois pas modeste. La modestie t'a joué des tours.

— Un type a écrit dans un journal que j'étais arrogant.

— On ne va pas discuter de ça maintenant. Je te propose de

t'occuper de toute la programmation non évangélique de notre station de télévision. Tu auras une bonne participation dans le chiffre d'affaires global.

— Je veux tourner mon film.

— Quel film ? Ça fait deux ans que tu essayes de réunir l'argent pour tourner un film et tu n'y arrives pas.

— Pourquoi est-ce que tu veux aussi une télévision ? » C'était une question idiote, je savais que José, ou l'Église de Jésus Sauveur des Ames, société civile dûment enregistrée comme personne juridique, exemptée d'impôts, possédait déjà une maison de disques, une maison d'édition, une station de radio.

« Il nous faut diffuser la parole de Jésus et nous voulons employer les mêmes moyens que les impies, lutter avec les mêmes armes que les hérétiques.

— Ce sont les mêmes raisons qui vous poussent à vous faire élire députés et sénateurs ?

— Oui ! La société brésilienne a atteint ce point de pourriture morale par manque de foi. Dépravation, corruption, narcissisme, consumérisme, violence, dégradation morale, pollution de l'environnement, ambition débridée, conflits sociaux — tout cela à cause du manque de foi. »

On aurait dit *Il Generale Della Rovere*, de Rossellini. Un escroc se fait passer pour un homme de bien, respecte le code de l'honneur et, pour cette raison, finit par sacrifier sa propre vie. Mon frère était-il un gredin comme ce personnage créé par De Sica, qui finalement se rachète en croyant à son propre mensonge ? Je regardai bien son visage.

A ce moment-là, une femme ouvrit la porte.

« José... » commença-t-elle, puis elle se tut en me voyant.

« Mon frère, le cinéaste, dit José. Voici notre sœur — sœur dans le Christ — Dalva. Oui, sœur Dalva ?

— Rien d'important, révérend. Ça peut attendre. Excusez-moi, dit notre sœur Dalva en ressortant précipitamment.

— Nous vivons des temps nouveaux, dit José, tu ne le vois pas ? Nous ne sommes plus ces “ croyants ” tournés en ridicule par les catholiques, parqués dans des ghettos à la périphérie des grandes villes. Rien qu'ici, à Rio, il existe deux cents dénominations, des centaines de temples évangéliques, deux millions de fidèles. Tu n'as pas idée des sommes que nous recueillons chaque mois, rien qu'avec la dîme. »

Ce n'était pas difficile à calculer, si le nombre d'adeptes mentionné était vrai, et en connaissant d'autre part le montant de l'impôt ecclésiastique perçu.

« Huit millions de dollars, dis-je. Huit millions de dollars par mois. »

José sourit. Avais-je fait un calcul modeste ?

« Vous comptez parvenir à la Présidence de la République ? »

José sourit doucement, patiemment. « Notre objectif n'est pas la Présidence de la République. Et si ça l'était ? Je te le demande : pourquoi un membre de l'Église évangélique ne pourrait-il pas être le président de ce pays ? Nous avons eu des présidents propriétaires terriens, avocats, militaires, médecins — pourquoi pas un pasteur évangélique ? Qu'est-ce qu'un pasteur évangélique pourrait faire de pire que ce qu'ont fait tous ceux qui ont déjà occupé cette charge ?

— Alors, ce serait la même saloperie ?

— Tu devrais contrôler ta rancœur. » Il fit une pause. « Pardonne-moi de te dire ça, mais j'ai été attentif aux paroles de beaucoup de nos fidèles — qui ne connaissent pas, bien sûr, notre rapport de parenté — et tous, tous ! ont détesté *La Guerre sainte*. Excuse-moi de te le dire, mais je pense qu'ils ont raison. C'est un film antireligieux, antichrétien. »

En me regardant dans les yeux, il continua : « Tu es mon frère, mais Jésus est mon père, ma famille ! » Il essaya de me prendre la main. « Ne t'abandonne pas à la dépression. Depuis tout petit, tu traverses ces phases.

— Va te faire foutre, José.

— Que Jésus te garde ! »

Il me tendit ses mains.

« Mon frère », commença-t-il sur un ton plein d'affection et de pardon.

Je tournai le dos et partis sans écouter ce qu'il disait.

En marchant dans la rue, j'éprouvai une sorte de malaise, comme si on me suivait. Je m'arrêtai pour regarder derrière moi. Mon cœur se glaça. L'homme au pardessus se tenait dans la rue, immobile. Il me sourit à sa façon torve, retenue, widmarkienne. Je marchai vers lui, décidé à lui demander, comme Raymond Burr dans *Rear Window*, « what you want from me ? »

J'arrivai assez près de lui, à environ huit mètres.

« Qu'est-ce que tu me veux ? » criai-je. (Burr avait dit cela en murmurant presque.)

L'homme au pardessus s'approcha à pas lents, calmement.

« Tu le sais, ce qu'on veut de toi.

— Va te faire foutre, toi aussi ! » criai-je.

Autre sourire. Ce salaud aurait dû faire du cinéma.

« Tu perds toutes tes chances. » Il parlait comme un heavy de Hollywood.

Je le laissai planté au milieu de la rue et me mis à marcher sans regarder derrière moi. J'avais la force, le pouvoir. J'étais en possession du manuscrit inédit de Babel, le seul roman du plus grand auteur de contes du monde, que pouvait contre moi un truand cabotin qui imitait un acteur oublié de tous, contre moi qui avais vaincu le fantôme de Joseph Staline ?

Mitiko et Liliana étaient en train de discuter, main dans la main, sur le canapé du salon, quand j'arrivai.

« Ton ami a appelé, dit Liliana.

— Quel ami ?

— Le vieux. Il a dit qu'il avait reçu ses lunettes. Il voudrait bien te parler.

— Il a reçu ses lunettes ? » dis-je en me précipitant sur le téléphone.

La ligne de Gurian était occupée.

Je l'appelai des dizaines de fois, mais son téléphone était toujours occupé.

« Attends un peu, dit Liliana. Tu es très énervé.

— Je pense qu'il a oublié de raccrocher son téléphone. Gurian est très distrait. »

C'était toujours occupé.

« Je vais chez lui, dis-je.

— Tu as passé la journée dehors. Je voudrais te parler. C'est sérieux, dit Liliana.

— Tu as vendu tes oreilles, c'est ça ?

— Idiot. C'est vraiment sérieux.

— Au retour. On en parlera quand je rentrerai.

— Moi aussi, je vais m'habiller en homme, au moins pendant un an, dit Mitiko.

— Au retour, on en parlera quand je rentrerai », dis-je.

Dans le couloir, il y avait deux types qui attendaient l'ascenseur. L'un d'eux avait dans les mains quelque chose qui ressemblait à un foulard noir plié. L'autre s'approcha et me dit : « Vous pourriez me dire l'heure ? »

Je n'eus le temps de rien faire. Ils m'enfoncèrent violemment une cagoule sur la tête. Je tâchai de me défendre sans crier, ne voulant pas faire montre de couardise vis-à-vis de Liliana et Mitiko, qui seraient sûrement les premières personnes à entendre mes cris, mais je fus immobilisé, saisi vigoureusement et entraîné. De plus, le fait d'être tiré et de devoir marcher à l'aveuglette m'étourdissait ; par moments, j'eus plus peur de tomber que de cette agression insolite. Puis je sentis que des menottes en métal me liaient les poignets.

J'entendis le bruit de l'ascenseur qui arrivait. Maintenant, nous étions dans l'ascenseur et je continuais à me débattre pour me délivrer de mes ravisseurs. L'ascenseur descendait.

« Au secours ! » criai-je.

L'ascenseur s'arrêta. Nous étions peut-être dans le hall du bâtiment. Peut-être au garage. Ma tête heurta une surface dure. Une voiture ? Je me heurtai à nouveau la tête, je savais maintenant que c'était dans le toit d'une voiture. Je baissai la tête, par un réflexe idiot qui aida mes ravisseurs. J'entendis la porte de la voiture claquer. Puis une autre.

« On y va ! » dit une voix.

J'entendis le ronflement de la voiture qui se mettait en marche.

« Au secours ! » criai-je à nouveau.

On me plaça brutalement un bâillon sur la bouche.

Je bougeai. Il y avait de la place, là où j'allais allongé. Ce devait être un fourgon, ou une camionnette.

« J'avais pas dit que ça serait facile ?

— La ferme ! »

Celui-ci doit être le chef, pensai-je.

Musique de rock. La radio de la voiture. La musique avait d'habitude un effet tranquillisant sur moi, mais ce son me parut agressif et la peur me gagna. L'enlèvement était sûrement le fait du gang de contrebandiers. Ils me tueraient si je ne leur donnais pas les pierres. Ils me tueraient de toute façon.

Dans peu de temps, je serais un homme mort, comme Babel.

L'idée que Babel était mort et que je le serais bientôt me semblait absurde, extravagante. Je ne pensais pas à l'immortalité de l'âme, je n'y croyais pas. A la limite, mes sentiments vis-à-vis de l'homme Babel n'étaient pas très différents de ceux que j'avais éprouvés quand un chien à moi était mort. Après que le chien eut été emporté — il est presque aussi compliqué de vous débarrasser d'un chien mort, un chien que vous aimez comme un ami, que d'une personne morte — je m'étais demandé comment avaient pu disparaître la douceur, l'intelligence, l'élégance de cet être. Il n'était resté de lui que mon souvenir et un collier — rien. Qu'était-il resté de Babel ? Des mots, comme le collier de mon chien — rien ? Où était la douleur de Babel voyant son père lécher les bottes du cosaque ? La joie de connaître Eugenia Gronfein ? La peur devant le bourreau, dans cette prison de Sibérie ?

Et de moi ? Que resterait-il de moi ? Où passerait ma stupeur de voir la chatte vermeille de Liliana ? Mon bonheur de lire un poème de Drummond ?

« Cette musique m'énerve », dit le chef des ravisseurs.

J'entendis le bruit des stations de radio pendant que quelqu'un tournait rapidement le bouton. Le ronflement du moteur était très fort.

Ruth.

Maintenant, je voulais bien repenser à Ruth. Et il était bien que j'eusse la tête recouverte de cette cagoule, car ainsi personne ne verrait ma douleur.

Chaque fois que je repensais à l'accident, je me disais que ce n'était pas de ma faute. Une danseuse promise à un grand futur, qui devient paralytique dans un stupide accident d'automobile, ça a l'air d'un film larmoyant fait pour passer l'après-midi à la TV. Mais c'était arrivé. Et ce n'était pas de ma faute.

J'étais passé la prendre au théâtre, après le spectacle. Habituellement, c'était Ruth qui conduisait la voiture. « Conduire une voiture, c'est une affaire de femme », disais-je souvent. A vrai dire, elle conduisait bien mieux que moi. Mais ce jour-là, elle m'avait dit qu'elle était très fatiguée et m'avait demandé de conduire. Un dérapage, un léger choc contre un poteau — c'était tout ce qui était arrivé. Mais Ruth somnolait. Sous le choc, sa tête, non protégée, avait été violemment projetée en avant puis en arrière, ce qui avait provoqué une rupture de la colonne vertébrale, affectant la moelle épinière. Le système nerveux central avait été atteint.

Ruth somnolait. Ruth m'avait demandé de conduire la voiture. Quelle était ma faute ? Auparavant, je n'avais pas pensé à l'accident dans ces termes. Mes ratiocinations devaient m'amener à tenir Ruth pour responsable de ce qui s'était produit.

« J'ai toujours été quelqu'un d'indécis, m'avait-elle dit cet autre maudit soir. En hésitant à devenir danseuse classique ou moderne, j'ai essayé les deux styles et je n'ai réussi qu'à être médiocre dans les deux. J'ai tellement tardé à me décider à avoir un enfant ou pas qu'il est maintenant trop tard, je suis une estropiée qui n'a plus le choix. »

Je m'étais penché sur son fauteuil roulant pour la serrer dans mes bras. J'avais senti les larmes de Ruth mouiller mon cou. « Ne dis pas ça », l'avais-je suppliée.

« J'ai été invitée à danser avec Béjart, mais je n'ai jamais réussi à décider si je devais quitter le Brésil ou non. Maintenant, il est trop tard. Nous façonnons notre destin et je n'ai pas su façonner le mien. Mais maintenant je sais ce que je veux. »

Maintenant je sais ce que je veux. Ah ! comme j'avais été stupide.

« C'est bien », avais-je dit.

Je l'avais déposée sur le lit, comme je le faisais toujours. Nous continuions à dormir dans un lit pour deux, bien que nous ne fussions plus un couple, par ma faute. Je n'arrivais plus à avoir envie de Ruth. Chaque jour, je massais ses jambes atrophiées par la paralysie. Ses jambes fortes, qui avaient été pleines de chaleur et de vie, s'étaient transformées en deux membres rachitiques, recouverts d'une peau terne et rugueuse, sous laquelle je sentais, avec mes doigts, le tibia et le péroné, comme si j'avais palpé les os d'un squelette. Nous n'étions plus un couple d'amants. Je n'avais plus envie de Ruth, je n'avais que de la peine dans le cœur.

« Tu m'aimerais si je n'avais pas les jambes atrophiées par la paralysie ? » m'avait-elle demandé.

Je n'avais pas répondu. En fait, j'avais cessé de désirer Ruth bien avant l'accident. Pourquoi ? Qui peut expliquer pourquoi on peut cesser de désirer une belle femme ? Je ne dois pas, je ne peux pas continuer à mentir. Cet accident m'avait fourni une raison de ne plus avoir à faire l'amour avec elle. Je l'aimais, oui, je l'aimais, je voulais vivre avec elle, comme on vit avec une sœur, avec un ami. Comme amante, je voulais Liliana.

Ce maudit soir, Ruth avait avalé toute sa boîte de somnifères. Quand je m'étais réveillé, elle était morte à côté de moi.

Et où était passée la joie de Ruth quand elle dansait *Le Fils prodigue* ? Où étaient les mouvements qu'elle avait décrits de manière éblouissante dans l'espace qui l'entourait ? Sa douceur ? Qu'était-il resté d'elle ? Un tampon hygiénique ?

3

Je tentai désespérément de me débarrasser de la cagoule. Je voulais de l'air, de la lumière — la lumière m'empêcherait de penser à Ruth. Je me roulai d'un côté et de l'autre, dans le petit espace où j'étais étendu. J'essayai d'arracher les menottes qui me liaient les poignets. Je finis par m'arrêter, épuisé, le corps tout endolori. J'avais les mains humides de sang. Je tâchai de mesurer l'écoulement du temps. Cent un, cent deux, cent trois, cent quatre — chaque nombre correspondait à une seconde — cent cinq, cent six... Arrivé à neuf cent un, j'y renonçai.

Je sentis une piqûre douloureuse dans mon bras. Je m'endormis.

Dans la plaine, l'escadron se met en formation pour la charge, les chevaux sont tenus alignés. Nous attendons les ordres. Chacun de nous tient dans sa main droite, en position verticale, une lance sur laquelle est fixé un fanion vert et jaune, aux couleurs de notre Brésil ; nous portons en bandoulière, en travers du dos, un mousqueton Mauser, le canon pointé vers le haut, du côté droit. Les chevaux s'impatientent et se frottent les uns aux autres, en nous écrasant douloureusement les jambes, malgré la protection de nos bottes. Le commandant crie l'ordre d'avancer. Nous éperonnons légèrement les bêtes. Les chevaux, le frein serré dans leur bouche par la courte bride, relèvent la tête, car ils savent ce qui va se produire. Le commandant chevauche seul devant. Il se tourne en arrière et ordonne le trot, en criant. Les chevaux, freinés, tordent le cou et écarquillent les yeux. J'essaie en vain d'apercevoir l'ennemi. Le commandant lève son épée et ordonne : « Escadron ! Chargez ! » de sa voix rauque et stridente. Une force électrisante s'empare des hommes et des bêtes. Nous plaçons nos lances en position verticale et les chevaux, éperonnés, s'élancent dans un galop impétueux, la tête penchée en avant. L'un des cavaliers lâche un premier cri d'euphorie et, aussitôt, tous les hommes crient, devenus fous, et tous les chevaux écument, déchaînés. Je sais que si je galope plus vite que les autres, je serai le vainqueur — « allez ! allez ! » demandai-je à ma monture, qui obéit à mes désirs et bondit violemment. A un moment, en plein galop, le cheval tourne son museau en arrière et plante son regard affolé dans le mien. Peu après, nous rattrapons presque le cheval du commandant de l'escadron, le capitaine Mario Bocamole. « Allez ! » criai-je à mon cheval, « à la charge ! » Le cheval, en plein galop, se rue en avant et j'arrive à planter ma lance dans la tête du capitaine. La lance lui entre dans la nuque et ressort par le nez, et le fanion vert et jaune de la patrie tremble au vent, rouge de sang. J'y vais si fort qu'après avoir arraché la tête de Bocamole, je dépasse sa monture et brandis le trophée à la pointe de ma lance, devant le capitaine décapité qui continue de chevaucher, comme toujours, droit et élégant.

Le bruit du moteur du véhicule me réveilla de mon premier rêve imagé. Nous devions être dans une montée. Ce bruit dura longtemps, probablement des heures. Puis nous prîmes une route non goudronnée. Nous étions certainement sur une route en terre, pleine de bosses qui secouaient fortement la voiture. Je ne savais pas combien de temps j'avais dormi, j'avais été drogué, et je ne pouvais pas m'orienter. J'avais mal aux poignets. J'eus envie de vomir. Je savais que si je me mettais à vomir, je mourrais étouffé par le bâillon.

La voiture s'arrêta.

On me tira d'où j'étais. Je n'arrivais pas à tenir debout et mes ravisseurs m'aidèrent. Nous descendîmes un escalier. J'avais froid. Nous étions probablement dans une cave. On me fit asseoir sur une chaise.

« Tu peux lui enlever son bâillon », dit le chef.

J'essayai de parler, sans y parvenir, les mots sortaient hachés.

« Mais qu'est-ce qu'il raconte ? »

Je répétai.

« Articule, merde. »

Je répétai.

« Il demande qu'on lui enlève la cagoule, dit le chef. Mais pas pour l'instant, poursuivit-il, c'est le patron qui décide et il n'est pas encore là. »

J'entendis des pas qui s'éloignaient. Étaient-ils tous partis ou bien en restait-il un qui me surveillait en silence ? L'idée qu'il y eût quelqu'un d'autre en train de me surveiller en silence dans cette cave m'épouvanta.

« Il y a quelqu'un ? » demandai-je.

Silence.

« Allez, répondez. »

Silence. Quel bruit entendis-je ? La semelle d'une chaussure foulant la terre ? Un petit passage d'air légèrement aspiré entre des dents ? Ce pouvait aussi être une souris. Comme ça serait bien, si c'était une souris, pensai-je. J'entendis un chant d'oiseau, au loin. Et du rock.

Ils n'allaient pas m'ôter la cagoule de la tête. C'était une façon de m'entraver. Je ne devais pas me désespérer. Je devais me consacrer à songer à des choses qui me feraient oublier ma peur. Sinon, la peur aurait raison de moi.

Je décidai de recréer dans ma pensée — et dans mon cœur, les anciens ne disaient-ils pas que le cœur était le siège de la mémoire ? — les récits de *Cavalerie rouge*. D'abord, celui que Boudienny détestait le plus, « Le cimetière de Kozino ». Il ne doit pas faire plus de vingt lignes, comment si peu de mots avaient-ils suscité une si grande haine ? Nous sommes dans le cimetière d'une petite localité juive, où des pierres tombales vieilles de trois siècles portent des inscriptions et des hauts-reliefs grossièrement sculptés. Des agneaux et des poissons au-dessus d'une tête de mort, des rabbins avec des bonnets de laine. A côté d'un chêne déchiqueté par la foudre, se trouve la sépulture du rabbin Azriil, tué par les cosaques de Bogdan Khmelnitski. Quatre générations sont enterrées là, et la pierre parle de ces gens avec éloquence, elle dit qu'ils ont lutté contre l'oubli : ô mort, ô insatiable, ô cupide voleuse, pourquoi ne nous as-tu pas épargnés, au moins une fois ? Était-ce là toute l'histoire, ou ma mémoire me jouait-elle des tours ? Si c'était tout, pourquoi Boudienny avait-il eu tant de rancœur ? J'avais oublié une autre chose : l'un des morts était rabbin de Cracovie.

Était-ce là la raison de la haine ? Parce que des Juifs polonais étaient les protagonistes de cette élégie ? Parce que Boudienny trouvait que, d'après ce conte, il était clair que Babel était juif avant tout ?

Je me souvins d'un entretien que j'avais eu avec une journaliste.

« Quel est votre rêve habituel ? m'avait-elle demandé.

— Croire en Dieu, avais-je répondu.

— Cela changerait quelque chose ?

— Peut-être mon style. J'ai un langage asyndétique, plein d'ellipses de conjonction. La foi rendrait mon style hyperbolique, polysyndétique. » Etc. A l'époque, j'avais pensé que je plaisantais.

« Si les films brésiliens, avait écrit la journaliste, étaient aussi intéressants que les entretiens avec leurs réalisateurs, le cinéma brésilien serait le meilleur du monde. »

Mon rêve habituel, je le savais maintenant, c'était la liberté. L'être humain se caractérise, à vrai dire, par une grande stupidité. Il ne s'aperçoit qu'un bien est fondamental qu'en le perdant. Prisonnier dans cette cave, je découvrais que la liberté la plus importante qui fût était celle d'aller et venir, la liberté de mouvement. Prisonnier dans cette cave, je possédais toutes les autres libertés — de penser, d'insulter mes ravisseurs, d'avoir une religion (si j'en voulais une), de choisir mes convictions politiques. J'avais la liberté de rêver. Mais à quoi tout cela m'avançait-il, si j'étais enfermé dans une cave ?

« Il y a quelqu'un ? criai-je. Je veux uriner. »

Bruit de pas.

« Tu veux pisser ? dit une voix d'homme.

— Oui. »

Quelqu'un m'aida à me mettre debout. J'éprouvai un étourdissement et m'appuyai sur la personne qui était à côté de moi.

« Emmène ce mec pisser. » C'était la voix du chef.

On me conduisit. Par peur de tomber, je traînais mes pieds par terre. Il n'est pas facile de marcher avec une cagoule sur la tête, qui plus est les menottes aux poignets. Nous nous arrêtâmes.

« Ouvre-lui sa braguette, dit le chef en riant.

— Moi je l'ouvre et toi, tu lui feras tomber la petite goutte », dit l'autre.

Éclats de rire.

« Tu te débrouilles, ou tu vas faire dans ton pantalon. »

Malgré les menottes, je parvins à ouvrir ma braguette et à sortir mon membre flasque. Je me tenais le pénis, sans arriver à uriner.

« Alors ?

— Je n'y arrive pas, dis-je, je suis inhibé. Il m'est difficile d'uriner devant quelqu'un d'autre.

— On va le laisser tout seul. »

Je me souvins qu'en une certaine occasion, j'avais été hospitalisé, par crainte d'une hémorragie stomacale, mais ce n'était d'ailleurs qu'une fausse alerte. On m'avait mis au lit avec l'ordre formel de ne pas me lever. Une belle infirmière était entrée dans la chambre pour apporter un de ces récipients métalliques qu'on appelle un urinal, et qui permettent aux patients d'uriner couchés. « C'est l'heure de faire pipi », avait-elle dit avec un sourire. Puis elle avait soulevé le drap et, avant que je puisse me défendre, elle m'avait introduit la verge dans le col du récipient. Ceci fait, elle m'avait regardé. « Ça y est ? » avait-elle demandé au bout d'un moment. « Non. » Dix minutes plus tard, je n'y étais pas encore arrivé. Une demi-heure après, idem. « Nous avons besoin de votre urine », avait-elle dit. Elle m'avait alors mouillé les poignets avec un verre d'eau. « Quelquefois, ça marche. » Ça ne marchait pas. Elle avait ouvert le robinet de la chambre et avait laissé l'eau couler. « Vous entendez ce petit bruit ? Pensez à l'eau qui coule. Quelquefois, ça marche. » J'avais désespérément pensé à l'eau qui coulait. Inutile. « Je suis inhibé », avais-je dit. Elle : « Je vais appeler le médecin. » Quand elle fut partie, je pensais arriver à uriner. Mais quelque chose s'était produit, un blocage, le fait est que je n'y étais pas parvenu. Le médecin, un gros homme aimable, sympathique, vêtu de blanc, avait beaucoup tardé à venir. « Alors ? Qu'est-ce qui se passe ? Vous n'arrivez pas à faire votre petit pipi ? — Je suis inhibé. — Il y a longtemps qu'il essaie ? — Presque une heure », avait dit l'infirmière. Le médecin avait pris un verre d'eau. « Je lui ai déjà mouillé les poignets », avait dit l'infirmière. « Il y a un meilleur truc, avait dit le médecin en donnant le verre d'eau à la jeune femme, allez, mouillez-lui le zizi. »

L'infirmière, le verre à la main, avait saisi le coin du drap, pour le soulever. Mais je ne l'avais pas laissée faire et, serrant le drap contre moi, je m'étais écrié : « Je vous interdis de faire ça ! » Que diable, ne comprenaient-ils pas que ma rétention urinaire avait précisément pour origine le fait que cette belle femme ait voulu assister à ma miction ? « Nous avons besoin de votre urine, pour les examens, nous en avons vraiment besoin », avait dit le médecin. Ce n'était plus un gros homme aimable et sympathique ; son regard était devenu amer, sa voix froide et menaçante : « Nous allons devoir vous introduire une sonde ! » Et le pire de tout, c'est que je n'étais même pas en mauvaise santé, comme je devais l'apprendre par la suite.

Et maintenant, dans cette cave, il m'arrivait la même chose. « Il y a quelqu'un ? » criai-je. Ma cagoule puait. J'entendis des pas.

« Alors ? demanda le chef. On t'a laissé tout seul, et pour rien ?

— Je n'y arrive pas.

— Alors, rentre cette saloperie dans ta culotte. Le patron va venir te parler. »

Je rangeai mon pénis. On me reconduisit à ma chaise.

J'entendis des pas très légers, comme ceux d'un enfant.

« Laisse-moi seul avec lui, dit le patron.

— Oui, monsieur », dit le chef. J'entendis des pas qui s'éloignaient.

On m'ôta la cagoule.

Devant moi se tenait Alcobaça, l'homme très pâle qui commandait les contrebandiers.

« Enchanté de vous voir, monsieur Alcobaça. »

Il me regarda. Il n'y avait aucun sentiment dans son regard. Peut-être, à la rigueur, une vague curiosité.

« Je veux ces pierres », dit-il. En l'entendant, j'eus la chair de poule : sa voix était celle de quelqu'un incapable de connaître la faim, la haine, l'amour, la peur. Olivier aurait exulté s'il avait trouvé une telle voix pour le fantôme du père de Hamlet. « J'en ai besoin... Où sont-elles ? » demanda-t-il.

Je ne pouvais pas lui dire où étaient les pierres. J'aurais mis en péril la vie de Gurian et, pire encore, le manuscrit de Babel. Par ailleurs, si je disais où elles étaient, on pourrait me tuer.

« Je ne le dirai pas. Vous pouvez me torturer, si vous le voulez.

— Torturer ? Comment ? Pourquoi ? J'ai horreur de la violence. »

Je m'étais levé. « Avec votre permission, dit Alcobaça, je vais m'asseoir sur votre chaise, je suis très fatigué.

— Vous avez tué le portier. Vous avez tué la grosse Angélica.

— C'était une idiotie de Ricardo. Il a été puni pour cela.

— Qui est Ricardo ? Le type qui est toujours en pardessus ?

— Lui-même.

— Il s'appelle Ricardo. Richard. Incroyable.

— Où sont les pierres ?

— Je ne peux pas le dire.

— Écoutez. Je vais vous laisser sans manger, ni boire, jusqu'à ce que vous me disiez où sont ces pierres. »

Il fit mine de me remettre la cagoule sur la tête.

« Je peux vous demander une faveur ?

— Une faveur ?

— Ne me remettez pas cette cagoule. Elle pue. »

Alcobaça me fixa. Il sourit, montrant ses gencives blanches.

« D'accord. »

Il sortit en marchant lentement. J'entendis le bruit de la porte qu'on verrouillait.

J'examinai la cave. Quand j'étais enfant, avant que nous n'emménagions au-dessus du magasin de chapeaux féminins, j'avais habité une maison où il y avait une cave comme celle-ci. J'y passais tout le temps que je pouvais, à regarder les souris, les scolopendres, les araignées, les scorpions. Je considérais ces animaux — oui, ce sont des animaux comme nous, pas de simples insectes — comme mes seuls amis véritables. La cave où j'étais maintenant prisonnier ressemblait beaucoup à celle de mon enfance, ce qui éveilla en moi une confortable nostalgie. Les murs étaient en pierre et le sol en terre battue, avec une énorme pierre au milieu. C'était tout ce qu'il y avait, à part la chaise où on m'avait attaché auparavant. La solide porte en bois ne bougea pas d'un millimètre quand je m'y appuyai de tout mon poids. A la fenêtre, de gros barreaux de fer. A travers, je pus apercevoir une grande plaine pierreuse.

Dans un coin, une souris courut et disparut par une fente du mur. Je vis aussi, avec un mélancolique pincement au cœur, une grande mygale velue marcher par terre. Ces araignées nomades ne tissaient pas de toile, comme les autres. Leur piqûre était un peu douloureuse, mais pas très dangereuse. Enfant, j'avais été piqué plusieurs fois par des spécimens de cette espèce. Je me penchai pour examiner une scolopendre. Je me souvins du jour où j'avais essayé de vérifier combien ça avait de pattes. C'était la seule fois que j'avais tué un de ces animaux, par curiosité, disons, scientifique, si tant est qu'un profane ignorant comme moi a le droit d'employer ce terme solennel.

En me voyant penché sur lui, l'animal dressa ses griffes vénéneuses derrière sa tête, prêt au combat. Son venin tropical pourrait me tuer. Je poussai un cri pour l'effrayer, je ne voulais pas le blesser, j'aurais eu beaucoup de peine si je l'avais tué. Il resta immobile, en garde. Je frappai le sol du pied et alors seulement, il s'enfuit en agitant toutes ses pattes, comme un pantin dans un film fantastique japonais.

Il y avait sûrement des scorpions dans cette cave. Quand j'étais enfant, ma mère, pour me tenir à l'écart de la cave, me racontait des histoires de gens qui étaient morts piqués par des scorpions. J'avais toujours joué avec eux prudemment, au contraire de la façon dont je jouais avec les souris et les araignées. J'avais souvent vu des femelles mettre au monde des bébés scorpions et se déplacer sur le sol avec leurs petits sur le dos, jusqu'au jour où la famille se séparait et où les jeunes, avec leur aiguillon déjà plein de venin, allaient de par le monde, en solitaires. Car le scorpion est un solitaire, le plus asocial des animaux, il ne s'approche de ses semblables que pour baiser ou pour se battre à mort.

Je scrutai les recoins pour voir si j'en trouvais. Les fissures de ces murs de pierre étaient propices à leur développement. Je finis par trouver deux scorpions noirs énormes, ils devaient mesurer une vingtaine de centimètres de long et se faisaient la cour. J'avais déjà vu plusieurs accouplements de mes dangereux amis. Le mâle, qui est plus svelte et a une queue plus longue, faisait sa cour en tenant deux des pattes de la femelle et en frottant contre elle sa queue tendue. Ils commencèrent alors à copuler. Je savais ce qui se produirait, dès que la fornication serait achevée. La femelle tuerait le mâle, s'il n'arrivait pas à s'enfuir, ce qui était très rare, puis elle le dévorerait, ou plutôt, elle le sucerait. Les scorpions tuent leur proie en la blessant et en lui inoculant une toxine qui provoque un empoisonnement semblable à celui produit par la strychnine. Puis ils injectent dans les blessures qu'ils ont faites des enzymes digestifs, qui fluidifient les tissus internes de la proie. Après quoi, ils la sucent et n'en laissent qu'une enveloppe vide.

Mes deux scorpions étaient immobiles, ils avaient fini de copuler. Soudain, la femelle attaqua le mâle avec ses deux grandes griffes en forme de pinces et commença à l'écraser. Les deux animaux se débattirent en un ballet macabre ; la femelle, pour son œuvre de destruction, utilisait ses deux pinces et aussi ses chélicères, deux pinces plus petites, mais très fortes. Le mâle lutta tant qu'il put, mais il fut bientôt mort.

Tandis que la femelle entreprenait de le dévorer, de le sucer, je la regardais, fasciné, et elle aussi me regardait, je savais qu'elle me regardait, je savais depuis mon enfance que les scorpions me regardaient, surtout quand je leur parlais, dans la cave de chez moi : les scorpions peuvent avoir jusqu'à douze — douze ! — yeux, et quelqu'un qui a autant d'yeux est forcément très perspicace.

La nuit ne tarderait pas. J'allai jusqu'à la fenêtre et observai le monde extérieur à travers les barreaux. Oui, la nuit tombait rapidement.

Je rentrai mon pantalon dans mes chaussettes, improvisant ainsi des sortes de bottes. D'ici peu, l'obscurité serait totale, et je ne voulais pas sentir un scorpion me monter le long de la jambe, c'était un animal qui faisait ce genre de choses, il avait un caractère imprévisible, je le savais aussi, et si l'un d'eux faisait cela, il me faudrait le tuer. Je me rappelai la parabole de la grenouille et du scorpion, racontée par Orson Welles dans *Mr Arkadin*, où le scorpion est présenté comme un personnage ignoble, capable de toutes les traîtrises. Pauvres animaux. On a même inventé qu'ils se suicidaient quand ils sont menacés, ce qui est une sordide calomnie. Je m'assis sur la chaise, les jambes croisées comme quelqu'un qui fait du yoga, en tâchant d'apercevoir les animaux qui me tenaient compagnie. Puis il fit si noir que je ne vis plus rien.

J'étais heureux, malgré mes menottes, car j'aime l'obscurité. Elle m'apporterait la paix et la solitude que je désirais. Enfant, j'attendais que tout le monde, à la maison, fût endormi — je me mordais les doigts, je m'appuyais fort sur le nerf de l'épaule, je me mortifiais physiquement pour que la douleur m'empêche de dormir, et que j'aie le chemin libre pour aller à la cave, avec une lanterne, voir mes amis nocturnes. Là, malheureusement, je n'avais pas de lanterne.

Deux fois, pendant la nuit — une belle nuit de ténèbres, si noire que l'obscurité semblait moins foncée quand je fermais les yeux — je somnolai et tombai de la chaise. De temps en temps, je me levais et tapais du pied par terre ; puis je tapais sur le sol avec la chaise, en tâchant de ne pas écraser de bêtes. Après quoi je me rasseyais, les jambes pliées, et je me laissais aller aux réminiscences de l'époque la plus heureuse de ma vie.

J'entendis des coqs chanter, et le jour commença d'entrer lentement entre les barreaux de fer de la fenêtre.

Puis j'entendis un bruit aigu, très fort, insupportable, qui me hérissa. C'était un bruit comme je n'en avais jamais entendu auparavant. Que diable était-ce ?

La porte de la cave s'ouvrit et l'homme au pardessus entra.

« Qu'est-ce que c'est que ce bruit ?

— C'est un triturateur. »

Je reconnus la voix de l'homme qui avait dirigé l'enlèvement. Ce ne pouvait être que lui, c'était logique.

« Il triture quoi ?

— Je ne sais pas, dit-il en mentant avec un sourire en coin. Tu m'as donné beaucoup de travail. J'ai eu du mal à t'attraper. Où tu étais passé, ces temps derniers ?

— J'étais en voyage.

— Ah ! je m'en doutais... »

L'Homme au Pardessus n'était pas si antipathique que cela, pensai-je.

« Je suis venu te dire que tu vas rester sans manger. Au moins, tant que tu n'auras pas rendu les pierres. Si tu les rends, je te ferai préparer un petit cochon de lait bien grillé.

— Merci beaucoup.

— Réfléchis bien. Ne te fie pas aux apparences du patron. Il a une tête de poète mais c'est un dur, je ne connais personne d'aussi dur que lui.

— Je vais y réfléchir. »

Autre sourire. Widmark jouant le rôle d'un bon garçon.

Non, je n'allais pas trouver l'Homme au Pardessus sympathique. Merde alors, je n'étais pas un de ces idiots qui se font enlever et qui, au bout d'un certain temps, se mettent à trouver que leurs ravisseurs sont de braves types, simplement parce qu'on ne les a pas tués ou qu'on ne leur a pas arraché les ongles et les dents avec des tenailles. Les scorpions valaient mieux.

Diderot entra aussitôt après que l'Homme au Pardessus fut parti.

« Tu vois dans quel pétrin tu t'es mis à cause de cette grosse ? dit-il. Un beau gars comme toi... Ça, c'est pour tes besoins. »

C'était un rouleau de papier hygiénique.

« Où est-ce que je peux aller aux toilettes ?

— Nulle part. Tu es comme l'homme au masque de fer, tu ne peux pas sortir de ton cachot. L'homme au masque de fer faisait tout dans son cachot, à la Bastille.

— Comment tu le sais ?

— Je me suis renseigné. Quand je faisais des défilés — tu sais que moi aussi, j'ai fait des défilés, avant de devenir imprésario ? — un jour, tout d'un coup, j'ai eu envie de me faire le déguisement de l'homme au masque de fer, et j'ai tout lu sur lui. Tu veux que je te dise ? Il n'était ni prince, ni duc, ni comte, ni rien. Il n'était même pas français. C'était un Italien, un nobliau. Mais ce n'est pas pour ça que j'ai renoncé à me déguiser en homme au masque de fer. Tu sais pourquoi ? Parce qu'il faisait ses besoins dans l'ergastule même où il était prisonnier. Une chose immonde, répugnante. C'est pour ça que j'y ai renoncé.

— L'ergastule ?

— J'ai été en fac de lettres. Ma mère était professeur de piano. Un oncle à moi a été candidat à l'Académie brésilienne des lettres, dit-il avec un sourire de supériorité.

— Tu m'apportes un verre d'eau ? dis-je.

— Non. Tu ne peux ni manger, ni boire. Ce n'est pas moi qui vais désobéir au patron. Il me tuerait, si je le faisais. D'ailleurs, il va te faire mourir de faim et de soif, si tu ne rends pas les pierres.

— Et si je les rends ?

— C'est lui qui décide.

— Il me tuera, si je rends les pierres ?

— Qu'est-ce qu'il t'a dit ?

— Comment ça ?

— Qu'est-ce que le patron t'a dit qu'il ferait, si tu rends les pierres ?

— Il a seulement dit ce qu'il ferait si je ne les rends *pas*.
— C'est un homme de parole.
— Trouve-moi un verre d'eau.
— Tu es fou, dit-il.
— Une dernière chose : qui est-ce qui a la manie d'écouter du rock ?
— C'est Ulisses. Un simple d'esprit. »
Je ne connaissais pas encore Ulisses.
« Qu'est-ce que c'est que ce bruit ?
— Tu ne sais pas ?
— Si. C'est un triturateur. Qu'est-ce qu'il triture ?
— Tu ne sais pas ? répéta Diderot.
— Non. Dis-le-moi.
— Moi, hein ? »
Il sortit.

Quand je regarde un film, je me demande par exemple : pourquoi est-ce que le scénariste a mis telle phrase dans la bouche de tel personnage ? Quand je lis un livre, je me demande la même chose : pourquoi l'écrivain a-t-il écrit cela ? Ces types sont des fabricants de phrases professionnels, ils doivent savoir ce qu'ils font. Je fais aussi très attention à ce que se disent les gens au coin de la rue. L'Homme au Pardessus avait parlé de cochon de lait grillé. Cela devait avoir quelque signification. Il me disait au moins que j'étais dans un endroit où l'on mangeait du cochon de lait grillé dans les grandes occasions. Comme j'avais été drogué pendant le voyage, je ne pouvais pas savoir avec certitude combien de temps j'étais resté dans la voiture, mais je pensais ne pas y avoir passé plus de cinq heures. Si j'avais voyagé quelque cinq heures dans un fourgon, un véhicule pas très rapide, je pouvais être resté dans les limites de l'État de Rio, à condition, hypothèse peu probable, que mes ravisseurs aient fait plein de détours pour me perdre ; ou bien être arrivé quelque part dans les États des Minas Gerais, de São Paulo, ou d'Espírito Santo. Le cochon de lait grillé, c'était une spécialité des Minas ou de São Paulo ? Je savais que c'était un plat de pécore. Je ne me rappelais pas dans quelle grande région du Brésil les gens, à Noël, au lieu de dinde, mangeaient du cochon de lait grillé. Bon, et alors ? Alors, rien. Du reste, peu m'importait de savoir dans quel État de la Fédération je me trouvais. Soudain, le bruit s'arrêta.

Ce même jour, je reçus la visite d'Alcobaça. Il entra, flanqué d'un grand type qui portait un fauteuil. Ce devait être Ulisses.

« Tu peux partir », dit Alcobaça quand le type eut posé le fauteuil par terre.

Ulisses se retira et Alcobaça s'assit sur le fauteuil, les yeux fermés. Il était plus pâle que jamais.

Il resta deux minutes comme mort. Puis il dit : « Je souffre d'une pathologie étrange, une rupture de mon équilibre corporel interne, d'étiologie inconnue. » Une pause. « Ma vie est un vrai film. »

Chaque fois que j'entends dire ça, je sais que mon interlocuteur veut me raconter une longue histoire. Je me calai bien sur ma chaise. Il ne me coûtait rien d'essayer de m'attirer les bonnes grâces de celui que mes ravisseurs appelaient le Patron.

Alcobaça commença alors son histoire, en parlant tout bas, comme quelqu'un qui souffre d'emphysème. Jusqu'à la trentaine, il avait été un homme en pleine santé. Puis il avait commencé à se sentir mal, une grande faiblesse, insomnies, perte d'appétit, douleurs diffuses dans le corps. Comme il était d'une famille très riche, il avait pu consulter les médecins des meilleures cliniques du monde, en quête d'un diagnostic. Il avait été soumis à tous les examens connus de la médecine moderne, mais on n'avait découvert aucune cause de sa maladie. Son état ne pouvait être attribué à l'hérédité, ses parents et ses quatre grands-parents étaient vivants et jouissaient d'une santé parfaite ; ni à une physiologie morbide, tous ses organes et ses glandes fonctionnaient correctement ; ni à des parasites, traumas, tumeurs, infections, virus, bactéries, etc. Son système immunologique ne présentait aucun défaut.

Bien que ne sachant pas de quoi il souffrait, certains des nombreux médecins consultés par Alcobaça avaient essayé plusieurs thérapies : chimique, biologique, diathermique, radiologique, etc. Il avait pris des dizaines de médicaments.

Jusqu'à ce que quelqu'un lui suggérât d'essayer la médecine alternative. Les meilleurs guérisseurs, traditionnellement, sont les estropiés, les aveugles, les prêtres et les vierges hystériques.

On lui en avait recommandé un qui était simultanément prêtre (quoique défroqué) et bossu, ce qui lui avait semblé être une garantie d'efficacité.

« Tu es en train de mourir, avait dit le Bossu à Alcobaça quand il était allé le visiter.

— Je ne veux pas mourir, avait dit Alcobaça. Donne-moi un remède, il doit y avoir un remède.

— Je ne crois pas aux drogues modernes, produites par la cupidité des multinationales pharmaceutiques, avait dit le Bossu. La guérison, comme a dit Hippocrate, est dans la Nature — la Nature qui est au-dedans et en dehors de l'homme. »

Le Bossu avait alors exposé une théorie basée sur la médecine grecque millénaire d'Erasistrate et Galien, et combinée à l'antique médecine chinoise, quelque chose qu'Alcobaça me résuma ainsi : la vie était une vapeur, un gaz subtil, un souffle, en somme un esprit qui imprégnait l'organisme, l'alimentait et lui permettait de se mouvoir. L'être humain était un réseau de veines, d'artères, de nerfs, qui formaient ensemble un tissu. Le sang et deux sortes de souffles, l'un appelé *esprit vital* et l'autre *esprit animal*, étaient les sources de la vie. Le sang transporté dans les veines et l'air, qui passait des poumons au cœur, donnaient le souffle vital qui sustentait l'organisme ; puis ils étaient envoyés, par les artères, aux différentes parties du corps et, en arrivant au cerveau, ils donnaient le souffle animal, qui produisait le mouvement. Cette conception médicale éclectique du Bossu combinait l'usage d'herbes et de minéraux, non pas simultané et cumulatif, mais par phases successives.

Le Bossu avait d'abord essayé les herbes, sans résultat. Puis il s'était mis aux minéraux, prescrivant à Alcobaça l'usage de kaolin ou, comme disent les Chinois, de kaoling, mot qui signifiait colline élevée, une argile blanche utilisée pour le traitement de la diarrhée et aussi, dans la céramique, pour la production de porcelaine. Mais le kaolin n'eut pas plus que les herbes les effets thérapeutiques escomptés par le guérisseur.

Le Bossu affrontait la maladie d'Alcobaça comme un défi. Il avait emménagé dans la villa de son patient pour mieux pouvoir suivre le traitement. Le Bossu était sûr d'une chose : la lithothérapie, l'usage médicinal des pierres, était le traitement indiqué pour cette maladie mystérieuse. Il avait alors décidé d'essayer une pierre qui ne viendrait pas directement du règne minéral mais qui aurait une constitution plus complexe, un minéral conçu dans le règne animal. La première pierre de cette sorte, dont il connaissait l'existence et qu'il prescrivit à Alcobaça, était l'alectorienne, une pierre qui se forme dans le foie, ou dans les intestins, du coq.

« Alektor, en grec, signifie coq », dit Alcobaça. Cette pierre était administrée sous forme de poudre, en petite quantité comme on le fait dans la médecine homéopathique. Il fallut tuer des milliers de coqs pour en recueillir en quantité suffisante pour le traitement, car rares étaient les gallinacés qui en contenaient. La riche famille d'Alcobaça était allée jusqu'à mettre sur pied un élevage de coqs, afin de fournir la pierre alectorienne nécessaire.

Pendant un an et deux mois, Alcobaça avait pris l'alectorienne préparée par le Bossu et s'était bien porté. Il avait voyagé de par le monde, car il pouvait à nouveau marcher sans devoir s'asseoir sur une chaise tous les deux cent vingt pas, comme avant.

Mais, après ces quatorze mois, la poudre de pierre alectorienne ne faisait plus d'effet. Le Bossu, très préoccupé, ne savait que faire. Il avait alors cherché une issue dans l'alectryomancie, une forme de divination qui consiste à faire manger à un coq des grains de maïs posés sur des lettres. Pendant l'expérience, le coq avait d'abord picoré la lettre *b*, puis *e*, puis *z*, puis *o*, puis *a* et enfin la lettre *r*. Bezoar. Bézoard ! Le Bossu venait de découvrir, grâce à la magie, un nouveau remède. Ce mot (de l'arabe bazahr) désigne une concrétion calcaire qui se forme dans les intestins et les voies urinaires des quadrupèdes et des hommes, et tenue comme antidote dans la médecine médiévale. Comment le Bossu avait-il pu oublier cette pierre ovale — parfois sphérique — si riche de propriétés thérapeutiques ?

Le traitement était semblable à celui de l'alectorienne, à la différence que le bézoard était plus facile à pulvériser. Pendant un an, Alcobaça avait été maintenu en vie par l'administration de la poudre de bézoard. Mais de nouveau, il avait décliné, rechuté, et la mort le menaçait, car la poudre de bézoard, comme auparavant celle d'alectorienne, ne donnait plus de résultat. Le Bossu, qui avait abandonné tous ses autres clients pour se consacrer à Alcobaça, ne se décourageait pas. Bien qu'il fût défroqué, ou peut-être à cause de cela, il avait une grande foi dans son Dieu. Il avait alors passé toute une journée à prier, et trouvé la réponse à ses doutes : pourquoi ne pas suivre un traitement plus simple, en employant un élément purement minéral, non plus des pierres formées dans un organisme animal, comme l'alectorienne et le bézoard, mais des minéraux formés au plus profond de la croûte terrestre, sous une forte pression et une haute température. C'était ainsi, le Bossu devait l'apprendre, que se cristallise le diamant, avant que l'éruption de sa roche matrice ne le projette vers la surface à travers les cheminées volcaniques.

Jusqu'au début du XIXe siècle, poursuivit Alcobaça, les pierres étaient utilisées non seulement comme amulettes ou talismans, mais aussi comme remèdes contre des maladies, et l'on pouvait suivre divers types de cure : *a*) par la simple présence de la pierre ; *b)* en la plaçant sur la partie malade ou douloureuse du corps ; *c*) en l'ingérant, selon la lithothérapie classique. Au Japon, on vendait encore, au XXe siècle, à des fins médicinales, des pastilles calciques faites de perles pulvérisées. Mais le Bossu savait, par une inspiration divine, que seul le diamant pourrait soigner son patient.

Ç'avait d'abord été un diamant petit que le Bossu servit, pulvérisé en petites doses, à son client. L'amélioration de l'état d'Alcobaça, au bout de quinze jours, était impressionnante. Sa résistance augmentait considérablement, il retrouvait l'appétit, dormait mieux. Au bout de deux mois, lui qui avait été au bord de la mort, il s'était remis à faire du cheval.

« J'ai alors décidé de devenir *garimpeiro* et j'ai acheté cette propriété ici, au Mendanha. J'étais en si bonne santé que, pour chercher des pierres précieuses, je cassais moi-même, à la massette, les agglomérats que je trouvais.

— Agglomérats ? »

Alcobaça m'expliqua que les agglomérats étaient des roches constituées par des fragments volcaniques anguleux, agglutinés aléatoirement, et facilement trouvables dans la région. Des pierres précieuses pouvaient se trouver incrustées dans les agglomérats. Il n'avait jamais trouvé de pierre qui vaille quelque chose, mais cet exercice avait amélioré sa santé.

« Vous savez que j'étais fasciné par ce travail ? C'est un jeu fantastique. J'ai acheté cette propriété parce que j'avais entendu dire qu'une entreprise de la région, la Tijucana, avait obtenu, par l'exploitation des pierres, dix-huit mille carats de diamants en une seule année. Mais moi, je n'ai trouvé que des diamants si ordinaires que je n'ai même pas pu m'en servir pour mon traitement. On disait que dans le ruisseau qui traverse la propriété, je trouverais des diamants et du sable aurifère, et que sur les crêtes des pitons rocheux je trouverais des diamants à la pelle et des pépites d'or pur. L'or ne m'intéressait pas, mais je regrette de ne pas avoir trouvé de diamants. »

La lithothérapie diamantine l'avait délivré de sa mystérieuse maladie. Il était guéri. Mais il ne pouvait pas arrêter son traitement, il avait continuellement besoin, pour se maintenir en vie, de diamants d'excellente qualité, pulvérisés.

Seule la poudre de diamant incolore produisait un effet bénéfique. Les diamants colorés ne faisaient aucun effet. Les autres pierres précieuses pulvérisées, même incolores et à la brillance adamantine, comme la cassitérite, le saphir incolore, le zircon, la cérusite, lui faisaient du mal.

La pulvérisation des diamants, à cause de leur extrême dureté, était faite par une meule spéciale, un engin conçu par le Bossu. Le diamant était d'abord trituré, puis pulvérisé. Le bruit aigu de raclage, que j'avais entendu, était celui du dernier diamant d'Alcobaça que l'on triturait et réduisait en poussière.

« Au bout d'un certain temps, j'avais dépensé toute la fortune de ma famille. Il ne m'est resté que cette maison, perdue au milieu de nulle part, comme disent les Américains, poursuivit Alcobaça. Un jour, mon fournisseur de pierres précieuses, après avoir refusé de me céder encore une seule pierre, si je ne la lui payais pas d'avance, m'a suggéré de faire de la contrebande pour lui. J'ai accepté sa proposition. Je lui passais des pierres en contrebande et il me payait en diamants incolores, un peu comme ce qui se passe avec certains toxicomanes, qui travaillent pour des trafiquants et reçoivent de la drogue en paiement. Au début, j'emportais moi-même les pierres à l'étranger. Ensuite, j'ai eu l'idée de les passer en contrebande dans les déguisements de carnaval. J'ai besoin d'une quantité de poudre de plus en plus grande pour me maintenir en vie. Pour payer mon fournisseur, j'ai besoin des rubis, des saphirs, des émeraudes que la Grosse m'a volés et que vous détenez. C'est ma vie qui est en jeu, vous comprenez ? Je possède encore un diamant, une pierre d'une grande pureté et d'une extrême beauté, un héritage, mais je ne veux pas le détruire, je ne le ferai qu'en dernier recours. Dans trente jours, il me faudra préparer une autre dose. J'espère que vous ne tiendrez pas tout ce temps sans manger. »

Je restai coi, réfléchissant à ce qu'il m'avait dit. J'avais pitié d'Alcobaça, mais j'étais décidé à ne pas sympathiser avec mes ravisseurs, ni à me laisser impressionner. Ils avaient fait preuve d'une violence impardonnable à mon égard.

« Je vais y réfléchir, dis-je.

— Je n'ai pas beaucoup de temps, dit Alcobaça. Un mois.

— Où sommes-nous ? C'est où, Mendanha ? J'en ai déjà entendu parler, mais je ne m'en souviens pas. »

Alcobaça se leva.

« Votre ignorance me surprend », dit-il en sortant, et il verrouilla la porte. Encore un qui me traitait d'ignorant.

4

Un scorpion peut passer un an sans manger. Une salamandre sibérienne a passé quatre-vingt-dix ans congelée, en état de mort apparente, et on l'a rendue à la vie en la plongeant dans un récipient d'eau froide, alors que leur espérance de vie moyenne est de dix ans. Nous, les êtres humains, nous n'avons pas la moindre résistance aux privations. Nous ne sommes pas un animal doté de beaucoup de recours.

Cela faisait cinq jours que je n'avais pas mangé mais je n'avais plus faim. J'avais avec moi une gourde d'aluminium recouverte de tissu vert, comme celles qui servent à l'armée, pleine d'eau, qui était arrivée entre mes mains de façon inespérée.

Ricardo, l'Homme au Pardessus, était entré dans la cave pour apporter cette gourde, pendant mon deuxième jour d'abstinence totale.

« Le patron t'envoie ça. Il ne veut pas que tu meures de soif. Il a dit que mourir de soif est horrible. » Il éclata de rire. « Il veut que tu meures de faim. »

Ceci dit, il m'avait ôté mes menottes, puis était reparti.

Deux fois par jour, l'un des ravisseurs échangeait la gourde vide par une pleine d'eau. Mon urine, qui était devenue très sombre et malodorante, revint à la normale. Mes glandes salivaires fonctionnaient à nouveau, me permettant de cracher, ce que je fis plusieurs fois, en me souvenant d'un camarade de collège qui avait l'habitude de se promener dans les rues en crachant sans arrêt, jusqu'à ce que sa bouche fût complètement sèche et qu'il fût assoiffé au point de pouvoir boire de l'eau avec la plus grande avidité et le plus grand plaisir.

J'avais déféqué une seule fois, une boule fécale dure et fendillée que j'avais eu beaucoup de mal à expulser. Curieusement, elle ne sentait rien. J'avais pensé qu'il faudrait que je raconte ça à Diderot.

A mon cinquième jour d'abstinence, je sentais la musculature des parois de mon tube digestif se contracter en mouvements vermiculaires, tâchant d'expulser un contenu qui n'existait pas. Pauvre *ieiunum intestinum*, sans matière à avaler et à pousser en direction du cul par son incoercible mouvement péristaltique, frustré de ne pas pouvoir fournir leur ration au sang et à la lymphe. Pauvre corps, dont les cellules, par un automatisme perturbateur, continuaient de sécréter du mucus et des enzymes pour digérer ce qui n'existait pas.

Le corps a, cependant, une certaine intelligence, tel un robot sophistiqué sous la commande d'un software raffiné. Ainsi, mon corps commença à manifester des signes d'adaptation très intéressants, comme il s'apercevait de sa nouvelle situation d'extrême abstinence. Il réduisit d'abord sa masse physique afin que, pour moins de tissu, son métabolisme employât moins d'énergie. Mes pantalons commencèrent à me tomber sur les jambes et je dus resserrer ma ceinture de plusieurs crans. Puis mon corps fut envahi par une sorte de léthargie qui me contraignit à éviter les efforts musculaires inutiles, comme d'aller à la fenêtre voir les arbres, ou d'aller observer une souris qui faisait ses besoins dans un coin de la cave, ou une mygale qui courait laborieusement par terre. Mon pouls était de plus en plus lent. Je comptai cent un, cent deux, cent trois, cent quatre, cent cinq, cent six et mon pouls ne battit que quatre fois pendant ces six secondes, ce qui donnait quarante pulsations par minute. Je me souvins d'avoir lu — ou bien en avais-je rêvé ? — que, dans les camps de concentration, les femmes soumises à une extrême privation alimentaire souffraient d'aménorrhée, leur flux menstruel s'arrêtait ; probablement une preuve de plus de la relative sagesse du corps. Je repensai au tampon hygiénique de Ruth. Où l'avais-je mis ? Je voulais ne jamais le perdre, pensai-je avec indolence. Pourquoi, en fait, voulais-je ne pas le perdre ? Une énorme apathie s'était emparée de moi. La seule émotion que je ressentais était un immense désir de nourriture.

Les ascètes croyaient que le jeûne prolongé conduisait au développement de la vertu et à la perfection spirituelle. Selon eux, la faim aiguë que je ressentais alors aurait dû être considérée comme une grande lutte contre moi-même, qui permettrait le jaillissement de l'étincelle divine que je portais en moi, la domination de mes instincts, le renoncement au monde et le perfectionnement de mon âme, qui préparerait celle-ci à la contemplation de Dieu. Je me remémorais, autant que je le pouvais, les contes de Babel. Jusqu'au jour où je n'eus même plus le courage de penser. Je ne voulais pas renoncer au monde, mais le monde était devenu une chose fatigante. J'étais tellement épuisé que je n'avais même pas la force de m'ôter de la morve du nez. Mieux valait dormir.

A un certain moment, j'entendis une voix, semblable à celle de mon frère, qui disait « accepte cette privation et ce martyre avec joie, tu es en train de te purifier ». A part la voix énervante de José, je n'entendis plus rien. Je n'eus pas de visions, aucune étincelle divine ne jaillit en moi ; un sommeil invincible s'emparait de moi. J'allais mourir parce que mon corps ne savait pas s'arrêter de fonctionner à plein régime pendant une période donnée, comme un ours polaire, par exemple, ou une salamandre, ou une bonne machine.

Rêve. Des gens silencieux. La fille aux gencives humides me lèche avec sa bouche aux dents de perle. D'autres femmes, aux bustes abondants et aux cheveux décolorés, marchent au milieu de la place et donnent des coups dans l'échafaud. Il fait chaud, bien qu'on soit en hiver. « Ce n'est qu'un blasphémateur », dit l'une d'elles. Le silence écœurant est rompu par le bruit d'os brisés et par les hurlements du prisonnier qui demande qu'on l'achève tout de suite. Les mains du bourreau sont petites et blanches. Le corps du condamné est couvert de merde et de pisse, qui commencent à sécher. Les femmes le regardent avec dégoût et attention, péniblement. Discipline, horreur, pouvoir, récompense et punition, ainsi est le monde, disent-elles en chœur, tout en se bouchant le nez.

Je me réveillai et vis quelqu'un debout, près de moi. Cet homme énorme — il est vrai que j'étais allongé par terre et que la perspective exagérait ses proportions — s'accroupit à côté de moi.

« Tu es fou, dit-il, tu vas mourir de faim bêtement. Donne-lui les pierres. »

C'était le Bossu. Je tentai de me relever. Le Bossu m'aida à m'asseoir sur la chaise. Il était effectivement grand, le plus grand bossu que j'eusse vu de ma vie.

« Je n'aime pas les menaces.

— Je t'en supplie », dit le Bossu.

Je ne me souvenais pas qu'il y eût aucun bossu dans *Cavalerie rouge*. Seul me venait à l'esprit Charles Laughton, gros, petit, laid, demandant « Water, water ! » (qui lui est donnée par la belle Maureen O'Hara) dans *The Hunchback of Notre-Dame*, de William Dieterle.

« De l'eau », dis-je.

Le Bossu ramassa la gourde qui était sur le sol et l'appliqua contre ma bouche. Je bus une petite gorgée.

« Il faut que je fasse un film, dis-je.

— Oui, fais ton film. Tu seras libre, si tu rends les pierres. Tu pourras faire un, deux, trois films, autant que tu voudras. »

Nous nous regardâmes en silence, le Bossu et moi. Je perçus dans son regard qu'il avait pitié de moi.

« Il va vraiment mourir ?

— Oui. C'est un homme bon, dit le Bossu.

— D'accord. Je vais les rendre. Mais dites-lui que je veux qu'il vienne me demander pardon. »

J'avais dit cela très lentement, à cause de mon inertie.

« Il va venir », dit le Bossu.

A cet instant, on entendit ce qui semblait être un coup de fusil. Le Bossu courut vers la porte et disparut.

J'entendis des cris, des ordres lancés. D'autres détonations. Des cris. Des détonations. Des pas. D'autres détonations. Cette fois, je suis perdu, pensai-je. Je restai assis. Le silence se fit. Alors, d'autres éclats de voix, plus bas.

La porte de la cave s'ouvrit et un type entra. Il portait un costume bleu marine et il pointa son fusil sur moi. J'étais perdu.

« Qui es-tu ? » demanda-t-il.

Je lui dis mon nom.

« Lève-toi. Mets tes mains contre le mur. »

Je fis avec difficulté ce qu'il me demandait. Il me fouilla. Il sortit mon portefeuille de ma poche.

« Tiens-toi tranquille. Ne bouge pas. Je reviens », dit-il, et il sortit aussitôt.

Je me fatiguai de rester les mains au mur et je retournai m'asseoir. Si je devais me faire tuer, autant que ce soit avec un certain confort. Du reste, mourir n'était plus une idée douloureuse, alors. Quand un homme est très affaibli, comme je l'étais, la vie perd pour lui sa saveur.

Environ trois minutes plus tard, le type revint.

« Reste ici cinq minutes, après tu pourras partir. Si tu sors avant, tu reçois une balle, c'est compris ? »

Je restai assis sur la chaise.

J'entendis les pas de gens qui s'éloignaient.

Le bruit d'une automobile qui démarrait. Puis un silence si profond s'abattit sur la cave que j'eus l'impression d'entendre les araignées marcher sur le sol.

Je calculai que les cinq minutes devaient être écoulées et je sortis de la cave.

L'escalier de la cave conduisait à un cellier. En bas de l'escalier gisait le Bossu, mortellement blessé à la tête. Il avait un beau profil, il aurait pu faire le galant dans un film romantique s'il n'avait pas été bossu. Plus loin, dans un grand salon garni de meubles foncés, de style colonial, je trouvai le corps de l'Homme au Pardessus. Il était mort selon son rôle, il ne lui manquait qu'un chapeau sur la tête pour avoir l'air d'un protagoniste de série B de la Republic ; il avait un revolver dans chaque main et ses vêtements étaient trempés de sang. Aussitôt après, je découvris les corps de Diderot et Ulisses. Ils étaient morts dans les bras l'un de l'autre.

« Alcobaça ? » criai-je.

J'entendis un gémissement qui semblait venir de la partie supérieure de la maison. Puis un autre.

Je montai lentement l'escalier, en m'agrippant à la rampe de bois ouvragé. Les gémissements provenaient de l'une des nombreuses pièces de l'étage, dont les portes donnaient sur un vaste couloir, aux murs décorés de portraits peints à l'huile. J'ouvris plusieurs portes avant de trouver la personne qui gémissait.

Alcobaça était appuyé contre un grand lit surmonté d'un

dais. Il serrait un foulard contre sa poitrine. Il me regarda et me dit avec mélancolie et tristesse : « Il a emporté le *Florentino.* » Puis sa tête retomba en avant. Il était mort.

Je descendis les escaliers en direction du cellier. J'ouvris le réfrigérateur. J'y trouvai un de ces récipients en aluminium, avec un couvercle doté d'ouvertures circulaires, qui servent à faire bouillir du lait. Il était rempli d'un épais liquide blanc, couvert d'une crème avec des taches dorées. Je bus le lait directement dans le récipient, en en renversant sur mon visage et mes vêtements. J'eus envie de vomir.

J'emportai le lait avec moi dans le salon et m'allongeai sur un canapé. Sur les murs de cette pièce, il y avait aussi de vieux portraits peints à l'huile, avec des cadres dorés écaillés. Qui étaient ces hommes et ces femmes ? Des parents d'Alcobaça ?

La vue du massacre et mes déplacements du haut en bas de la maison m'avaient encore plus épuisé. J'ai besoin de reconstituer mes forces pour foutre le camp d'ici, pensai-je. Ces derniers temps, je n'avais rien fait d'autre que fuir.

Je ne sais combien de temps je restai couché, à boire le lait. J'eus envie d'aller aux toilettes pour déféquer. Le lait avait eu un effet purgatif. Je dus remonter les escaliers, car je ne trouvais pas de toilettes au rez-de-chaussée. En fait, le rez-de-chaussée était trop encombré de cadavres pour que je puisse y circuler tranquillement.

Assis sur le siège, je passai en revue ma vie récente. Une femme que j'aimais s'était suicidée. Mon père était mort peu avant, au terme d'une longue agonie. J'étais devenu un voleur. J'avais dérobé les pierres précieuses d'une pauvre artiste de carnaval, obèse, assassinée par des gangsters qui étaient maintenant morts. Et j'avais passé de l'argent en contrebande. Et alors ? A vrai dire, tout ce que je voulais, à ce moment-là, c'était satisfaire mon envie de chier.

Puis je fis quelque chose de répugnant : je fouillai les cadavres, à la recherche d'argent. Je ne trouvai ni argent, ni papiers d'identité. Les tueurs avaient dû faire le ménage. Je ne trouvai qu'une carte de crédit, dans la poche de Diderot.

Devant la maison, je découvris un jardin plein de fleurs rouges et blanches. Je me retournai pour contempler la façade de la maison, et mon cœur se mit à battre aussi vite qu'il était possible chez un homme affamé qui venait d'apaiser sa faim avec un peu de lait. Sur cette façade, on voyait, « gravée entre deux gorgones répugnantes, sur une saillie en demi-lune, la date de 1831 ». Je me souvins de cette phrase et de la personne qui l'avait prononcée. Je vis aussi les fenêtres aux vitres colorées, l'énorme porte de bois et les montagnes pierreuses des alentours. Encore heureux que la mémoire me revenait.

C'était un paysage rocailleux ; de quelque côté que je me tournasse, je ne voyais que des pierres entassées, des montagnes de pierres. La voiture qui m'avait amené ici avait disparu.

Je m'assis sur les marches du perron et attendis que le lait gras me donnât la force de fuir.

5

Lorsque je me sentis en état de faire le tour de la maison, la nuit tombait. Un moment, j'eus l'espoir de trouver une voiture cachée dans un des deux hangars derrière la maison. Dans le premier, je ne découvris que des battées, des massettes et des outils inconnus. Ainsi que la meule dont Alcobaça devait se servir pour pulvériser ses diamants.

Je ne trouvai pas non plus de voiture dans l'autre hangar. Mais il y avait un chariot, deux selles, une à haut pommeau et une anglaise. Sur la même armature de bois étaient accrochés un harnais avec des rênes doubles, un frein et un bridon. Ce n'était pas un harnachement d'amateur, fait pour n'importe quel canasson. Les chevaux rustiques de l'intérieur du pays — je ne savais pas où j'étais, mais c'était quelque part dans une région de l'intérieur, peut-être au purgatoire, avec toutes ces pierres — n'avaient qu'un simple frein, ils n'étaient pas difficiles à mener. Je me rappelai qu'une fois, dans une ferme, j'avais parié avec Ruth que je pourrais monter un de ces chevaux avec juste un licou.

Je me mis à la recherche du cheval. Ce devait être un animal impétueux, pour avoir besoin d'un double mors. Il était dans un box et je vis, de loin, que c'était un grand cheval pommelé, aux yeux doux et intelligents, au pelage lustré et brillant, ce qui signifiait qu'il était bien traité. Je lui fis une caresse sur le front. J'étais tellement content de trouver un cheval, un animal au tempérament si bon, ce qui n'était guère arrivé ces derniers temps — je ne le comparais pas aux scorpions qui m'avaient tenu compagnie dans la cave, mais aux personnes à qui j'avais eu affaire — j'étais tellement content que je l'embrassai sur la joue, et je sentis les gros os durs de ses mâchoires. Je donnai de petites tapes amicales sur son cou et son épaule. Je passai la main sur son dos légèrement courbé, jusqu'à la croupe. J'eus envie de chanter. De pleurer. De danser.

Je n'en fis rien. Une corde trouvée dans le box me fournit un licou improvisé. Je conduisis le cheval jusqu'au hangar où étaient les selles. Je choisis la selle au pommeau haut, bien qu'un cheval comme celui-là eût mérité d'être monté avec une selle anglaise. Mais j'étais très affaibli et j'allais peut-être avoir besoin de me retenir à quelque chose pour ne pas tomber, si le cheval était fougueux.

Tandis que je le harnachais, je calculai, en utilisant mon propre nez comme repère, que ce cheval devait faire un mètre soixante-dix au garrot. Il devait peser au moins six cents kilos. Il avait un A marqué sur la croupe.

Je pris soin de vérifier la longueur des étrivières, car les étriers me semblaient bien hauts. Je dus baisser de trois crans la courroie de l'étrier. Alcobaça était bien plus petit que moi, ce devait être lui qui montait ce cheval.

Bien. J'étais prêt à monter. Je plaçai mon pied gauche dans l'étrier, mais je n'eus pas la force de soulever mon corps.

« Un peu de patience, mon cheval, c'est de ta faute, car tu es très haut », dis-je à l'animal en le caressant. Il me regarda d'un œil patient.

Je le conduisis près d'une banquette, où je grimpai pour me mettre en selle.

La selle était très confortable, bien que le pommeau fût un peu trop en arrière et m'appuyât sur la cuisse. Le pas du cheval était ferme et sa démarche plus confortable qu'un fauteuil à bascule.

Je pris un chemin où il y avait des traces de pneus d'autos, entre des collines de pierres. J'arrivai bientôt au croisement d'une route. Je m'arrêtai, ne sachant où aller. L'un des chemins était plat. L'autre montait sur une colline de pierres noires. J'étais perdu. Je choisis le chemin plat, mais je sentis une très légère résistance du cheval. Je relâchai un peu les rênes. Le cheval se dirigea vers le chemin escarpé. Je le laissai me conduire.

L'obscurité de la nuit fit totalement disparaître le paysage. Je ne sais combien de temps j'avançai ainsi sans savoir où j'allais, laissant le cheval choisir son chemin, et nous montions toujours. Ses fers produisaient un son métallique en frappant les pierres.

A plusieurs reprises, je somnolai sur le dos du cheval, qui avançait. Je repensai à un conte de Babel où un cosaque (Savitski, Vytiagaïtchenko, Lioutov-Babel ?), après une bataille sanglante, dort sur son cheval. J'avais pensé que c'était une exagération de l'écrivain. Soudain, j'eus la surprise d'apercevoir une croix lumineuse, en haut, devant moi. Je commence à avoir des visions, pensai-je. A mesure que je m'en approchais, la croix devenait plus vraisemblable, plus réelle. J'arrivai enfin près des deux grandes poutres croisées, garnies d'ampoules allumées, en haut d'une colline. En bas, pas très loin, des milliers de lumières scintillaient. C'était une ville, qui me parut énorme.

De quelle ville pouvait-il s'agir ? La croix lumineuse n'indiquait rien ; dans toutes les villes que je connaissais, à côté desquelles se dressait une colline, il y avait une telle croix au sommet. Je regrettai de ne pas connaître assez la géographie pour savoir où était le Mendanha. Ou la Mendanha. J'étais vraiment très ignorant.

Le cheval entreprit de descendre vers la ville. Il me faudrait le quitter à un moment donné, car le A marqué sur sa croupe pourrait me dénoncer. J'étais encore une fois dans une situation difficile. Je ne pouvais pas aller trouver la police et raconter l'histoire de mon enlèvement. Personne ne me croirait, la vérité était très absurde. Scénario : Monsieur le commissaire, j'ai été enlevé par les acolytes d'un contrebandier de pierres précieuses drogué à la poudre de diamants très purs. Ah, dit le commissaire, drogué à la poudre de diamants, intéressant, il la sniffe ou il se l'injecte ? A vrai dire, je n'en sais rien, dis-je. Continuez, continuez, dit le commissaire en adressant un geste codé aux autres policiers du commissariat. L'un d'eux se place devant la porte, la main sur la sacoche du revolver qu'il porte à la ceinture ; un autre va à la fenêtre et introduit ostensiblement une cartouche dans la chambre d'une carabine de calibre 44. Ces hommes m'ont séquestré dans une cave, parmi des scorpions et des mygales, ce n'est pas que ça me gêne, j'ai déjà été mordu plus de cent fois par des mygales, et comme j'étais enfermé dans cette cave, je n'ai pas vu les assassins arriver. Vous avez entendu, les gars ? dit le commissaire, il a déjà été mordu plus de cent fois par des mygales. Fils de pute, dit l'homme au fusil en me donnant un coup de crosse sur la tête, tu nous prends pour des péquenots ? On est au courant de tous les mauvais coups que tu as faits dans la région, dit le commissaire, on va t'enterrer vivant sous un tas de pierres.

Ce scénario m'inquiéta. Je descendis du cheval, et lui ôtai ses rênes. Je l'embrassai sur le museau. « Rentre à la maison, mon cheval ! » criai-je en lui donnant une tape sur la croupe, à l'endroit du A. Le cheval partit au galop. Je ramassai les courroies et les jetai dans un fossé. Puis je m'assis et attendis que le jour se lève ; je n'allais pas entrer en pleine nuit dans une ville comme ça. Un inconnu à pied ne peut se montrer qu'à l'heure de l'arrivée d'un bus. Normalement, les bus arrivent tôt le matin ; les voyages de nuit, sur les trajets longs, étaient très communs et, bien que j'eusse été drogué pendant mon enlèvement, je savais que mon voyage avait duré longtemps.

Il soufflait un vent froid, bien que ce fût l'été. Je me penchai et pris mes jambes entre mes bras. Malgré le froid, je somnolai un peu. Je me réveillai au moment où le jour se levait. Un soleil tout rouge apparut au loin, illuminant des collines de pierres noires qui s'étendaient à l'infini. Celle où je me trouvais était entièrement couverte d'énormes pierres aux formes étranges et variées, de différentes tailles, dont certaines immenses, polies, érodées, sculptées par le vent. Dans les fentes entre les roches poussait une végétation clairsemée, jaunâtre. C'était un décor d'une extrême aridité. Un chemin de terre foncée et de cailloux, que j'estimai d'environ cinq kilomètres de long, descendait jusqu'au pied de la colline.

Je marchai à pas lents vers la ville, tandis que le soleil inondait de lumière cette agglomération de maisons coloniales et d'églises, entrecoupée de ruelles en pente, pavées de grandes pierres foncées ; cette ville baroque ressemblait à Ouro Preto, mais je savais que la cité des Minas Gerais avait une autre topographie. Où diable étais-je donc ?

Je finis de descendre. Je me retournai et vis la montagne que je venais de traverser, une ténébreuse muraille de pierre grise. Je trouvai les premières maisons et croisai un homme qui ne montra aucune curiosité, ce qui me rassura.

Je demandai à une femme qui passait : « Quelle est cette rue ?

— La rue de l'Areião. »

Toutes les petites villes ont une place avec une cathédrale : « Comment puis-je aller à la place de la Cathédrale ?

— La place de la Cathédrale... Ecoutez, vous passez par là,

vous prenez la rue du Rio Grande, puis la rue du Burgalhau... après, vous montez jusqu'à la place du Baron de Guaicuí, là vous prenez une petite rue étroite, sur la droite, et en montant vous verrez aussitôt la cathédrale. »

Je me sentais énormément fatigué. Le mieux serait de prendre une chambre dans un hôtel, de téléphoner à Liliana, de me reposer un peu. Je n'avais pas d'argent, mais j'avais pris avec moi la carte de crédit de Diderot.

J'entrepris de monter la rue du Burgalhau, chaussée de ces larges pierres gris foncé dont je voyais maintenant, de près, qu'elles étaient de format irrégulier. J'entendis le ronflement d'un moteur, un bruit semblable à celui de la voiture dans laquelle j'avais voyagé, les yeux bandés, lors de mon enlèvement. Je me retournai, effrayé, et vis monter vers moi un fourgon noir aux vitres foncées. C'étaient les assassins, pas la peine de fuir, pensai-je. La voiture s'approchait. Je m'adossai au mur en pierre d'une maison. J'écartai les bras, en un geste de reddition.

Le fourgon passa devant moi. Il y avait dedans un homme, avec un chapeau de vacher, qui ne regarda même pas vers moi. Sur sa plaque d'immatriculation était écrit Turmalina. Etait-ce le nom de la ville, Turmalina ? Quelle coïncidence amusante. Je poursuivis mon chemin dans les étroites rues en pente. Droguerie Paratodos, Caisse d'Epargne Nationale. Autre voiture, avec une plaque de Gouveia. Encore une voiture, avec une plaque de Datas. Merde : Turmalina, Gouveia, Datas, où diable me trouvais-je ? Scénario : J'entre dans la Casa Jove et demande : s'il vous plaît, où suis-je ? Un instant, répond un jeune homme. Un agent arrive, du fond...

A ce moment-là, au milieu de mon angoissant scénario, j'aperçus un fourgon de police, gris et blanc, avec une flèche rouge en forme d'éclair peinte sur la portière, ainsi que les mots Radio Patrouille, PMMG, qui longeait lentement la rue où j'étais. Mon cœur se mit à battre, mais le véhicule me dépassa et disparut.

J'atteignis enfin la place de la Cathédrale. J'étais encore plus fatigué. Dans toutes les villes, il y a une place de la Cathédrale et un hôtel Metrópole.

J'arrêtai une femme dans la rue. Il valait toujours mieux parler aux femmes.

« Où est l'hôtel Metrópole ?

— Montez cette rue-là, prenez à gauche. Montez encore. C'est la rue de la Quitanda. Vous verrez aussitôt l'hôtel Metrópole. »

Toujours monter, une ville aux rues en pente. Rue de la Quitanda, je croisai plusieurs voitures portant une plaque de Diamantina. Je savais enfin où j'étais : dans les Minas Gerais, à Diamantina, une ville aux maisons baroques et au sol de pierre. Encore une voiture avec une plaque de Diamantina. Je ne me sentais plus perdu. Alcobaça s'était installé à Diamantina, la ville qui devait son nom à l'abondance des diamants qu'on y avait trouvés, la ville idéale pour un homme qui mangeait des diamants. Elémentaire.

Je pénétrai dans l'hôtel Metrópole en grimpant les marches d'un petit escalier. Il y avait une étroite cour où se trouvaient trois voitures, avec des plaques de Belo Horizonte, et un énorme bougainvillier couvert de fleurs écarlates.

Au centre du vestibule de l'hôtel se tenait un éphèbe en bois, portant une tunique grecque, les bras levés et tenant sur sa tête une glycine. Dans les angles, deux petites colonnes de bois, au fût torsadé, supportaient des pots argentés contenant des assortiments de fleurs. Dans un coin, une pièce de bois qui semblait être une torchère d'église soutenait aussi un vase de fleurs. Il y avait des fleurs de tous les côtés. Il y avait aussi des tableaux aux murs : un orpailleur en train de chercher des diamants dans une rivière, avec entre les mains une gamelle en bois pleine de cailloux ; deux hommes et deux femmes pique-niquant, dans une composition semblable au *Déjeuner sur l'herbe*, mais sans femme nue et sans habits noirs pour les hommes ; des toitures coloniales de Diamantina.

A la réception, lorsque j'entrai, un jeune homme se leva derrière le comptoir.

« Je voudrais une chambre.Vous acceptez les cartes de crédit ?

— Oui. Avec douche ?

— Oui. »

Le jeune homme posa une fiche devant moi. La carte de crédit était dans ma poche et je ne savais pas le nom entier de Diderot.

Je sortis la carte de ma poche.

« Vous voulez que j'écrive le numéro de ma carte ? » demandai-je tout en lisant le nom de Diderot. Diderot de Sousa.

« Non, pas la peine. »

Je remplis la fiche. Diderot de Sousa, nationalité brésilienne, professeur, marié, résidant 242 rue Barata Ribeiro[1], app. 101. Je m'impressionnai moi-même par la façon astucieuse dont j'avais inventé ces données sans hésiter, avec une ruse tranquille. De fait, il me serait facile de me faire passer pour un professeur de portugais du secondaire, il n'y aurait sûrement personne, dans cet hôtel, pour me poser des questions embarrassantes sur notre langue. La rue Barata Ribeiro comptait des centaines d'immeubles. Le fait d'être marié inspirerait plus confiance. Le seul problème serait que la carte de crédit fût sur la liste noire. Mais je ne croyais pas à cette hypothèse, Diderot n'était pas du genre à ne pas payer ses notes.

« Et votre valise ? demanda-t-il.

— Je l'ai perdue, dis-je.

— Vous l'avez perdue ?

— A Belo Horizonte. En changeant de bus. »

Je lui racontai une longue histoire, qu'il m'aida en partie lui-même à inventer. J'appris ainsi le nom d'une compagnie de bus qui pouvait m'avoir conduit à Belo Horizonte, et celui de celle qui m'avait soi-disant amené à Diamantina.

« Le pire, c'est que tout mon argent était dans ma valise. Vous pourriez me procurer un rasoir ?

— Je vous l'apporte sans tarder. Voici votre clé. Votre chambre est au premier étage. »

Je pris la clé. Je m'engageai dans l'escalier, recouvert d'un tapis rouge, qui menait à l'étage.

« On ne sert le café que jusqu'à dix heures du matin, dit-il.

— Je vais juste prendre une douche et me reposer un peu. Où se trouve le Mendanha ?

— Derrière cette colline où il y a une croix. »

Il n'y avait pas de téléphone dans la chambre. J'ouvris la fenêtre. J'aperçus les toitures coloniales de la ville, abîmées par le temps, illuminées par le soleil du matin, et la colline de pierre par où j'étais venu, avec la croix au sommet. Là-bas derrière se trouvait le Mendanha, le Vieux Domaine avec ses morts.

---

1. L'une des principales rues du quartier de Copacabana, à Rio. *(N.d.T.)*

Le rasoir que le portier m'apporta avait une lame émoussée à force d'avoir servi, mais je réussis quand même à me raser. J'avais meilleure mine. Je pris une douche et me couchai pour me reposer, tout en sachant que je ne pourrais pas dormir. Plus vite je partirais de là, mieux ce serait. Les morts de chez Alcobaça pouvaient être découverts à tout moment et la police s'intéresserait sûrement à des gens comme moi. Après avoir pris le café, je me consacrerais à trouver un moyen de trouver une place dans un bus pour Belo Horizonte.

Je rêve d'un tunnel vertical, une espèce de cheminée, où je m'enfonce lentement, en planant, dans une sorte de lévitation inversée. Le tunnel est tout en pierres noires, mais les diamants qui y sont incrustés éclairent mon trajet de leur scintillement, à mesure que je descends en flottant. Je vois les diamants, pensai-je en rêve. J'en suis si ému que je me réveille.

Combien d'heures avais-je dormi ? Je me réveillai en sursaut et ouvris la fenêtre. Rassuré, je vis les toitures coloniales baignées par la même lumière solaire et matinale. Il n'était certainement pas encore dix heures du matin. Je devais avoir dormi au maximum une heure. Mais ce petit somme m'avait complètement remis sur pied. J'avais faim.

Je descendis dans la salle où l'on servait le café.

Il y avait là encore plus de fleurs que dans le vestibule de l'hôtel. On sentait leur forte odeur.

Dans le salon, une seule table était occupée, par un homme.

La table du petit déjeuner était mise avec grand soin. La vaisselle semblait être d'argent. Il y avait des petits pains, des biscuits, de la confiture, des biscottes. Du fromage et du jambon. Un verre de jus violet de betterave. Et un bouquet de fleurs, au milieu. Des fleurs partout. Des anthuriums, des rhododendrons, des lis blancs, des dahlias, des chrysanthèmes, des marguerites.

Un homme s'approcha.

« Je m'appelle Odilon. Je suis le patron de l'hôtel. Je peux m'asseoir ? »

Il s'assit.

« J'ai vu sur votre fiche que vous êtes professeur.

— Oui. Je suis professeur de portugais. Et d'histoire. Je fais des recherches d'histoire ici, à Diamantina. J'ai laissé tomber le portugais. »

L'homme qui déjeunait à la table voisine se leva et se rapprocha de nous.

« Venez vous asseoir ici, Gaspar, n'ayez pas peur, dit Odilon.

— Quand est-ce que vous êtes arrivé à Diamantina ? demanda Gaspar en s'asseyant à notre table.

— Ce matin, dis-je.

— Pas ce matin, hier matin, dit Odilon.

— Ce matin, dis-je.

— Hier. Vous avez dormi vingt-quatre heures. João, le jeune portier, m'a dit que vous étiez monté dans votre chambre hier matin à huit heures et demie, et que vous n'êtes redescendu qu'aujourd'hui. »

Je sentis que le sang me montait au visage.

« Qu'y a-t-il ? demanda Gaspar.

— Je n'aurais pas dû dormir autant.

— Pourquoi ?

— Il fallait que je passe un coup de téléphone à Rio. Je n'ai plus d'argent. Le jeune homme ne vous a pas dit que j'ai perdu ma valise, et...

— João me l'a raconté. Mettre de l'argent dans sa valise ! Où aviez-vous la tête ? dit Odilon.

— Eh bien, il faut que je voie si on peut m'envoyer de l'argent.

— Alors allez-y, allez téléphoner. »

Il me faudrait appeler depuis l'accueil. João me regarda avec un sourire, de derrière son comptoir. Je demandai à appeler Liliana en PCV.

« Donnez votre nom et la ville où vous êtes, dit la voix enregistrée.

— Diderot, à Diamantina », dis-je. Il fallait que je donne le nom que j'avais déclaré, João m'écoutait.

J'attendis un peu. J'entendis la voix de Liliana : « Qui ça ? » puis le bruit du téléphone qu'elle raccrochait. Bien sûr, Liliana ne connaissait aucun Diderot.

« Il n'y a personne, dis-je à João. J'essaierai plus tard. » Je regardai autour de moi. Dans une salle, à côté, il y avait une télévision, deux canapés et quelques fauteuils.

« Vous allez déjeuner à l'hôtel ?

— Oui, répondis-je. Où est la gare routière ?

— Vous ne savez pas ?

— Si, bien sûr, où ai-je la tête, ah, ah ! C'est là où je suis arrivé, bien sûr, ah, ah. »

Le jeune homme se doutait-il de quelque chose ? Ou me regardait-il de la sorte simplement parce qu'il me prenait pour un crétin ?

Je sortis.

Après avoir marché un moment, je demandai à une passante où était la gare routière.

« Passez par ici, prenez la rue des Mercês et montez tout droit », me dit-elle. Cette ville n'était pas faite pour être visitée par un type en état d'inanition.

Je fis comme la femme m'avait dit. J'arrivai finalement à la gare routière : un arrêt de bus avec quelques bancs, un kiosque à journaux et un guichet.

« Vous acceptez les cartes de crédit ? demandai-je.

— Quoi ?

— Vous acceptez les cartes de crédit ?

— Pourquoi ?

— Pour acheter un billet.

— Acheter un billet ? »

Je lui montrai ma carte. Il tendit la main. Je passai ma carte sous la vitre du guichet. Il la prit et l'examina longuement.

« Un instant », dit-il en quittant sa chaise.

Il revint bientôt, la carte à la main. Il sourit, en me laissant voir une carie entre ses deux incisives tachées de nicotine.

« On l'accepte pas », dit-il.

Je repartis, descendis par la rue Francisco Sá, qui décrivait une courbe, et arrivai passage A. Nelson, près de la rue de la Quitanda. Comment allais-je sortir de cette maudite ville ? Il fallait que je parte, vite. Mendier ? Voler ? Demander à Odilon. Je me regardai dans la glace d'une pharmacie. J'étais tout chiffonné, ma chemise était déchirée. Je m'imaginai sous les traits d'Oscar Wilde ruiné, dépenaillé, rencontrant la chanteuse d'opéra Nellie Melba dans une rue de Paris et lui disant : « Madame Melba, vous ne savez pas qui je suis ? Je suis ce célèbre écrivain et je vais vous dire une chose horrible... » Non, je n'avais pas une mine de mendiant, plutôt d'assassin. Il valait mieux que j'agresse quelqu'un pour trouver l'argent du voyage.

Je montai la rue de la Quitanda en direction de l'hôtel, en me demandant quel serait l'endroit le plus adéquat pour perpétrer mon agression. Je choisis une ruelle étroite, sur la gauche en montant vers l'hôtel, avec quelques recoins qui me serviraient de cachette. J'avais élaboré un plan abominable, que je serais incapable de réaliser. L'alternative était d'appeler Liliana à une heure où il n'y aurait personne à l'accueil. Mendier, jamais.

Je m'arrêtai dans un magasin qui acceptait les cartes de crédit et achetai un jean, deux caleçons, deux chemises et une montre sans bracelet, en discutant mesquinement le bout de gras avec le marchand, pour qu'il ne se doute pas que j'avais une carte volée. Je demandai une facture. J'avais l'intention, ensuite, de le rembourser, mais cet âne refusa de me donner une facture, sous prétexte qu'il m'avait fait un gros abattement sur le prix des marchandises.

« Diderot ? Drôlement bizarre, comme nom, dit-il.

— C'était un philosophe, dis-je.

— Comme Socrate ?

— Plus ou moins. Lui, il était français. Il se prénommait Denis.

— Denis, c'est plus joli, non ?

— Je trouve aussi.

— Pourquoi votre père ne vous a pas appelé Denis ? »

Le mec voulait bavarder. Je bavardai tant qu'il voulut. Je racontai mon histoire du professeur qui avait perdu ses bagages, etc.

Il était onze heures du matin. Je rentrai à l'hôtel, montai dans ma chambre, pris une douche et me changeai. J'avais faim. Je descendis, mais le salon était fermé, le déjeuner n'était servi qu'à partir de midi. J'allai dans la salle de télévision, à côté de l'accueil.

La télévision était allumée. Il y avait trois hommes dans la pièce. Je m'assis, déprimé, morose. Soudain, je sentis que quelqu'un me regardait. Il y avait trois hommes dans cette salle, mais aucun d'eux ne regardait vers moi (ni vers la télévision), ils regardaient une femme brune aux jambes croisées. C'était elle qui me regardait. Elle fumait une cigarette. Je ne vis que cela car je détournai aussitôt mon regard.

Le jeune homme de l'accueil entra dans la salle et dit que le déjeuner allait être servi.

Je me levai et, tout en regardant par terre, je me dirigeai vers l'escalier qui conduisait au restaurant.

Je m'assis à l'une des tables, tout aussi soigneusement ornée que celle du petit déjeuner. Une silhouette s'arrêta à côté de moi. Je levai les yeux.

C'était la femme. Je remarquai qu'elle était très grande.

« Je peux m'asseoir ici ?

— Bien sûr », dis-je en me levant et en tirant une chaise pour elle.

Elle s'assit.

« J'étais dans la salle de télévision, et ces hommes désagréables me regardaient quand vous êtes entré. J'ai tout de suite vu que vous étiez quelqu'un de sensible et triste. Cela m'a fendu le cœur. Si différent des autres. »

A ce moment-là, les hommes qui étaient dans la salle de TV entrèrent dans le restaurant. Ils furent surpris de voir la femme à la même table que moi. Ils regardèrent effrontément dans notre direction. Ils avaient une mine agressive. Etaient-ce les assassins du Vieux Domaine ?

« Je connais ce genre d'hommes, dit la femme en les regardant de dos après qu'ils furent passés, vous ne pouvez pas savoir à quel point. D'où êtes-vous ?

— Rio.

— Je m'appelle Dália. Je suis de Curvelo. » Pause. Ironique : « Le cœur des Minas Gerais. »

Odilon apparut à la porte du salon. Il sourit à Dália, dit quelque chose au garçon et vint promptement vers nous.

« Vous avez déjà fait connaissance ? C'est parfait, je pense que vous avez tout pour vous entendre.

— Nous venons de faire connaissance à l'instant, dis-je.

— Vous savez ce que cette dame a été ?

— Arrêtez avec ça, Odilon.

— Elle a été miss Curvelo. Et si elle n'a pas été miss Minas Gerais, c'est parce qu'elle n'a pas voulu. En fait, à cause de ce chien.

— Changeons de sujet, demanda Dália.

— D'accord. Mais ne vous fâchez pas avec moi, une belle femme comme vous n'a aucune raison d'être jamais fâchée. Vous savez ce que j'aime, en elle ? Son soin d'elle-même, Dália est toujours parfumée, élégante. » Il tendit son nez et respira

Dália. « Hum... Vous savez, je suis pareil, moi. Avant de me coucher, par exemple, je me prépare comme pour une fête. Je mets un pyjama de soie — ou de satin, ça dépend des draps, j'ai toujours un pyjama assorti à mes draps — je me brosse les cheveux, je me parfume, puis je me couche et je me prélasse, et les jours où je me fais les pieds, je me les frotte l'un sur l'autre... c'est si bon. Je m'aime tellement. Je m'aime moi-même.

— Pourquoi vous vous frottez les pieds l'un sur l'autre ?

— Quand je me fais les pieds, ils sont bien lisses, c'est si agréable de se frotter un pied lisse sur l'autre... »

Un homme en costume et cravate apparut à la porte de la salle. Il regarda, une à une, les personnes qui se trouvaient aux tables, puis il entra lentement.

« Commissaire, quel plaisir, vous venez déjeuner avec nous ? »

Le commissaire ne répondit pas. Il s'assit. Il me dévisagea.

« Voici le professeur Diderot, de Rio, il fait des recherches historiques sur notre ville. Dália, vous la connaissez.

— Je veux voir les fiches de ces hommes », dit le commissaire d'une voix basse et dure, en montrant les types qui étaient avant dans la salle de télévision. « Tout de suite. »

Odilon se leva, l'air indigné. Il ne devait pas avoir apprécié le ton du commissaire.

Le commissaire le suivit.

« Vous avez de la peine ? me demanda l'ex-miss Curvelo.

— Non. Je ne me sens pas bien. J'ai perdu ma valise.

— Je sais quand quelqu'un souffre, dit Dália. Je suis passée par là. J'en suis encore là. »

Je commandai au garçon du poulet avec du *quiabo*[1], l'un des plats qui figuraient au menu. Dália prit une côte de porc avec des haricots et du chou.

Dália avait peut-être remarqué quelque chose sur mon visage, mais c'était du commissaire que je devais me méfier, pas d'elle. Elle ne s'intéressait pas à moi. C'était une personne plongée dans ses propres problèmes et qui voulait seulement que quelqu'un écoute ses confidences.

Je lui posai la question qu'elle voulait entendre : « Vous souffrez pourquoi ?

1. *Quiabo* : sorte de légume. *(N.d.T)*

— Ah ! je préfère ne pas en parler. » Et elle commença son histoire. En moins de deux minutes, je savais tout. L'ex-miss Curvelo avait été la maîtresse de l'homme le plus riche de la ville, un homme marié. Sa femme s'en était aperçue — un mot bêtement oublié dans une poche — et elle avait obligé son mari à rompre sa liaison.

« Je ne m'attendais pas à ça de lui, dit Dália, prête à pleurer. Vous vivez deux ans avec un homme, et tout d'un coup vous découvrez ce qu'il est réellement : un rat. Il n'a pas besoin de son argent, à elle, alors pourquoi reste-t-il marié avec cette vache ?

— C'est vrai, dis-je.

— J'aurais pu être miss Minas Gerais, mais il m'en a empêchée. J'étais la concurrente la mieux placée. Vous pouvez demander à n'importe qui, à Curvelo, à Belo Horizonte, à Juiz de Fora. La fille de Belo était très jolie, mais comparée à moi, modestie mise à part, elle avait l'air d'un singe à côté d'une panthère. C'est comme ça qu'on m'appelait : la panthère des Minas. Ce nom m'avait été donné quand j'ai gagné le concours miss Eté, à Rio. »

Dália se mit à manger avec plaisir, maintenant qu'elle s'était soulagée un peu. Elle coupait une bouchée de côte, y ajoutait un peu de haricots et de chou, et mettait le tout dans sa bouche. Elle mastiquait avec vigueur. Elle avait de grandes dents.

« Une fois miss Minas, je serais facilement devenue miss Brésil. On était à deux jours du concours et toute la presse parlait de moi, la télévision me proposait de participer au show Fantástico, la radio, les revues, on voyait mon nom partout et il a été jaloux, il m'a obligée à renoncer. Si j'avais été élue miss Minas Gerais, je suivrais une carrière artistique, je serais au moins modèle, mais non, il ne m'a pas laissée, il me voulait soumise, dépendante. Je me suis sacrifiée pour lui et voilà comment j'ai été remerciée. »

Odilon revint à la table.

« Vous avez vu ce malappris ? Parce qu'il est commissaire, il croit qu'il peut traiter les autres comme une brute. J'ai failli pleurer mais je me suis retenu. Vous imaginez, pleurer à cause d'un policier grossier. Moi, je ne pleure que par amour. Et quand je pleure, ma petite, c'est à gros bouillons, si fort que ça gicle sur le mur.

— Moi aussi, je pleure comme ça, dit Dália, de grosses gouttes qui jaillissent loin.

— Et vous ? demanda Odilon.

— Je ne pleure jamais, répondis-je.

— Vous ne savez pas ce que vous perdez, pas vrai, Dália ? Pleurez, c'est bon, ça soulage.

— Que voulait le commissaire ?

— Je ne sais pas si je dois le dire... Il m'a demandé de n'en parler à personne, avant qu'il ait interrogé les suspects.

— Les suspects ?!

— Pas la peine de vous inquiéter. Après avoir vérifié que vous étiez professeur à Rio, le commissaire ne s'est plus intéressé à vous. Il pense que les assassins sont des voleurs de pierres précieuses.

— Les assassins ? demanda Dália.

— Ah ! Mon Dieu, je ne devais pas le dire.

— Comment le commissaire a-t-il vérifié que j'étais professeur à Rio ?

— Je lui ai dit que je vous connaissais depuis longtemps, que vous veniez souvent à Diamantina faire vos recherches. Vous n'avez pas une tête d'assassin, et j'ai voulu vous débarrasser de cette brute épaisse.

— Assassin ? s'exclama de nouveau Dália.

— Bavard, dit Odilon en se donnant trois petites tapes sur la bouche.

— Quelqu'un a été tué ? demandai-je en tâchant de prendre un ton indifférent.

— Dália et vous, vous devez me jurer de ne le répéter à personne.

— Allez, Odilon, racontez-nous vite.

— Puisque vous insistez... Là-bas, du côté d'un district de Diamantina qui s'appelle le Mendanha, au lieu dit Vieux Domaine, il y a eu une tuerie, cinq hommes ont été tués. Il y a longtemps qu'il n'était pas arrivé une histoire de ce genre dans le coin. »

Odilon raconta tout ce que le commissaire lui avait dit, c'est-à-dire pas grand-chose.

« Je pense que ceux qui ont fait ce mauvais coup sont déjà loin. Mais le commissaire n'est pas de cet avis. »

Je tâchai de manger, sans y arriver. Je feignis d'avaler une bouchée.

« Vous n'aimez pas ce poulet au *quiabo* ? demanda Odilon.

— C'est que j'ai très mal à la tête, dis-je.

— J'ai un très bon remède pour le mal de tête, dit Dália.

— Merci, j'ai des analgésiques dans ma chambre. Si je m'allonge un peu, ça va passer. »

J'allai m'étendre, tout habillé. Je ressentais une anxiété, une inquiétude qui oppressait ma respiration. Et s'ils identifiaient Diderot ? Ils me trouveraient aussitôt. Ce nom n'était pas très courant, même en France. Fuir, il me fallait fuir : Babel m'attendait !

Je dormis.

Rêve : Prisonnière des flammes, se noyant dans du sang où l'on jette des pétales de roses sous une incroyable lumière violette du matin, elle (qui ?) me dit : « Le feu est meilleur que la moisissure. — Attends, criai-je, ne brûle pas avant que je te réponde. »

6

Je fus réveillé en sursaut par des coups à ma porte.

« Qui est-ce ? demandai-je.

— Dália. »

Je lui ouvris. Elle s'était changée.

« Ça va mieux ?

— Oui. Merci.

— Tu ne veux pas faire un tour ? Cette ville est jolie le soir, aussi. C'est pour ça qu'il y a tellement de bohèmes, de joueurs de sérénade. »

J'hésitai.

« Je t'attends en bas », dit-elle.

Elle devait avoir compris que je venais de me réveiller et elle supposait que je voulais m'arranger un peu avant de sortir. Arranger quoi ? « Allons-y », dis-je en attrapant la clé de la chambre, puis je fermai la porte.

Tandis que nous descendions l'escalier au tapis rouge, je songeais. Madame Dália, vous ne savez pas qui je suis ? Je suis Diderot, et je vais faire quelque chose d'horrible — je vais vous demander de l'argent.

« Quand je suis énervée, ça me donne une faim terrible, dit Dália. Je ne pense qu'à manger. Ce malheureux va me rendre obèse, par-dessus le marché. Tu es pareil ?

— Comment, pareil ?

— Les soucis et la tristesse, ça te donne faim ?

— Au contraire.

— Alors, tu es triste et soucieux.

— Plus ou moins.

— Ça t'ennuie de m'accompagner dîner ?

— Bien sûr que non. Ce sera un plaisir. » Madame Dália,

vous ne savez pas qui je suis ? Je suis Diderot et je vais faire quelque chose d'horrible — je vais vous demander de l'argent. Je ressassai cette phrase tandis que nous marchions, les semelles de Dália heurtaient bruyamment les pierres de la chaussée.

Il n'y avait presque personne dans la rue. Les bohèmes dont Dália avait parlé devaient être chez eux, en train de regarder la télévision.

L'auberge était dans une rue proche, l'impasse du Mota. Nous montâmes l'escalier, sous les yeux d'un garçon noir, qui se tenait sur le palier du haut. La salle de restaurant était vide.

La cuisine des Minas Gerais est faite pour les gens qui ont très faim. Dália étudia le menu, hésitant à choisir. Elle réduisit ses choix au poulet en sauce et aux croquettes. Nous optâmes pour le poulet en sauce. J'étais affamé.

Avant que le repas ne fût servi, Dália but deux verres de *cachaça*[1].

« Je me suis tellement énervée que je dois me retenir pour ne pas commander aussi les croquettes. Tu vois ce que ce salaud a fait de moi. Je fais cinquante centimètres de tour de taille et je pèse soixante kilos, ce qui est très bien pour une femme d'un mètre quatre-vingts. Mais d'ici un an, je serai énorme ! Tout ça à cause de ce salaud. »

Dália avait dit cela en prenant dans ses doigts la cuisse du poulet, pour sucer le jus foncé, sanguinolent, qui était resté sur les morceaux de cartilage qu'elle n'avait pas réussi à défaire avec sa fourchette et son couteau. Puis elle engloutit une pleine bouchée de riz saturée du jus sanglant marron foncé. Je repensai aux femmes allemandes que j'avais vues manger dans un stand, à Berlin. La désinvolture candide de Dália était-elle un manque de pudeur, ou bien jouait-elle la comédie ?

« Odilon et moi, nous sommes très amis, tu sais, bien qu'on se soit connus il n'y a que relativement peu de temps, après que j'ai été élue miss Curvelo. Il est allé à Curvelo le jour du défilé, on a été présentés et on s'est aperçus tout d'un coup que, lui comme moi, on avait dû surmonter des obstacles terribles pour réussir dans la vie. Il a commencé à travailler à l'âge de douze ans, comme ouvrier dans une usine de tissus, où il a fini par

1. *Cachaça :* eau-de-vie de canne à sucre. *(N.d.T.)*

devenir gérant. Ma vie a été encore plus difficile que la sienne. Odilon avait une mère qui était son idole tant qu'elle a vécu. Moi, je suis orpheline de père et de mère. Tu ne devineras pas le travail que je faisais. Ça m'étonnerait.

— Ouvrière.

— Si seulement j'avais pu être ouvrière. Allez, voyons si tu trouves. »

Pendant que je réfléchissais, Dália essuya son assiette avec un morceau de pain. L'assiette fut si propre qu'elle semblait avoir été léchée par un chat. Dália ne m'intéressait pas. Tout ce que je voulais, c'était rentrer à Rio, m'asseoir avec Gurian et écouter le vieil homme me lire le roman de Babel.

« Tu y renonces ?

— Éboueuse ?

— Pire. Tu sais ce que je vais demander comme dessert ? Un gâteau à la papaye glacé. Tu en as déjà mangé ?

— Pire qu'éboueuse ?

— Quand tu es venu ici, ton bus s'est arrêté au grill Caverna de Maquiné, non ?

— Je ne me rappelle pas...

— Mais si. C'est un arrêt obligatoire. C'est un peu avant l'entrée de Cordisburgo.

— Ah, oui, maintenant je m'en souviens.

— Tu as été aux toilettes ?

— Ah... non.

— Il y a des toilettes pour hommes et pour dames. Moi, je m'occupais des toilettes pour dames. J'avais dix ans. Mais je n'avais pas de salaire. Je vivais des pourboires, des petites pièces que les pisseuses me donnaient. Quand le bus arrivait, je courais aux toilettes et je m'asseyais dans l'entrée, avec une boîte et quelques pièces dedans, pour voir si les gens faisaient un geste, parce que ce n'était pas obligatoire, on payait si on voulait. Je ne sentais plus l'odeur de l'urine, tu sais ? Excuse-moi de te raconter ça à table, mais ces toilettes, plus je les nettoyais, plus elles puaient. A force, un jour, ça a arrêté de puer — pour mon nez. »

Nous demandâmes du gâteau à la papaye glacé et du fromage des Minas Gerais.

« Comment tu t'en es sortie ?

— J'ai plu à une dame d'ici, de Diamantina, et elle m'a

emmenée chez elle pour que je m'occupe de ses enfants. J'ai encore souffert. Elle me frappait pour n'importe quoi, par exemple si je mangeais un biscuit sans demander ; et si je le lui demandais, elle refusait ; si je prenais une limonade, si je riais, pourquoi tu ris, petite ? si je pleurais, pourquoi tu pleures, petite ? — et elle me tapait les mains avec une férule en cuir, une vieille férule qui devait dater de l'époque de la fondation de cette ville, on s'en servait pour battre les Noirs fugitifs. Et j'ai fini par devenir moi-même une vraie esclave. Je me suis enfuie en emportant la férule avec moi, rien que pour me venger. Je l'ai encore, aujourd'hui. Quand je faiblis, je la prends et je me frappe moi-même la main. Je suis allée à pied jusqu'à Curvelo, j'ai marché un jour et une nuit. Là, j'ai trouvé une place d'empaqueteuse dans un supermarché. » Elle fit une pause. « Tu me regardais d'une drôle de manière, pendant que je mangeais. Qu'est-ce qu'il y avait ?

— Manger est un acte intime. Mais pas pour toi. Tu n'as pas honte de manger.

— Pourquoi devrais-je avoir honte de manger ?

— C'est une théorie pas très fondée.

— Je n'ai honte de rien. Tu sais que j'ai été pute, avant d'être miss ? Je n'étais pas n'importe laquelle, je suis même sortie avec un gouverneur, un ministre. A ce moment-là, j'habitais à Belo Horizonte. Quand j'ai eu beaucoup d'argent, je suis revenue à Curvelo.

— *La Visite de la vieille dame.* » Un récit de Dürrenmatt massacré par Bernahrd Wicki.

« Je n'étais pas si vieille que ça. J'ai trente ans.

— Je plaisantais.

— A Curvelo, je n'ai rien fait. J'ai ouvert une boutique où je ne vendais que des articles de Rio et des importations, de Paris, de New York... Je dictais la mode, à Curvelo... Les matrones de la ville, petites, grosses, variqueuses, crevaient de jalousie. Et de rage, parce que leurs petits maris fondaient comme du beurre, quand ils me voyaient. Je ne faisais confiance à personne, je menais une vie sérieuse, je ne sortais pas de chez moi. Tous les hommes étaient désespérés, même le curé est tombé amoureux de moi et il a voulu se suicider, parce que je me suis refusée à lui. C'est à cette époque que j'ai commencé à m'inscrire aux concours de beauté. Les femmes m'ont encore plus détestée, mais elles n'avaient pas le courage de m'affronter, pas même de me regarder dans les yeux. J'ai été élue miss Curvelo. Alors, j'ai connu ce chien. Le reste, tu le sais déjà.

— On en ferait un film, dis-je.

— Ça, je le sais », dit-elle.

Dália prit encore une *cachaça.*

« C'est moi qui devais tout faire — si tu vois ce que je veux dire... Túlio restait immobile comme un pacha, c'est moi qui devais me remuer pour lui faire plaisir... Fils de pute. Je suis la personne la plus fidèle qu'il ait rencontrée de sa vie, pendant que j'étais avec lui, je n'ai accepté personne d'autre, même pas le curé ! Et son argent n'était même pas à lui, c'était à son père... Mais je n'ai pas besoin de l'argent de Túlio, j'ai beaucoup d'économies, des actions, des dollars, un livret de caisse d'épargne, je possède un immeuble entier à Belo Horizonte. » Elle fit une pause. La *cachaça* commençait à faire de l'effet. Elle me serra le bras avec force : « Allez, emmène-moi à l'hôtel et baise-moi. »

Madame Dália, vous me connaissez ? Je suis... Diderot et je vais vous dire quelque chose d'horrible — je vais vous demander de l'argent.

« Qu'est-ce que tu attends ? Il y en a qui donneraient leur vie pour tirer un coup avec moi. »

Madame Dália, vous ne me connaissez pas, je ne suis pas Diderot et je vais vous dire quelque chose d'horrible, je vais vous demander de l'argent.

Nous partîmes. Elle s'appuyait à mon bras.

Lorsque nous arrivâmes à l'hôtel, Odilon et Gaspar étaient à l'accueil, parlant à voix basse, il y avait entre eux une apparente connivence.

« Ah... notre professeur a été conquis... Qu'est-ce que c'est, déjà, mon petit Gaspar, que le mari d'Elisabeth Taylor a dit sur la beauté des femmes de Diamantina ?

— Ce n'est pas le mari de l'actrice, dit calmement Gaspar. C'est un type qui avait le même nom, un voyageur qui a visité notre ville au siècle dernier. Il a dit que les hommes étaient les plus francs » (à ce moment-là Gaspar regarda Odilon dans les yeux et ils sourirent tous deux) « et les femmes les plus belles et les plus aimables qu'il ait rencontrés au Brésil. »

Madame Dália, je vais vous dire quelque chose d'horrible.

« Odilon, demandez à João de m'apporter une bouteille de vin dans ma chambre », dit Dália.

Nous montâmes l'escalier au tapis rouge. J'entendis Gaspar et Odilon murmurer en riant dans notre dos.

Madame Dália, je vais vous dire quelque chose d'horrible, je vais vous demander de l'argent, et j'aurais aimé vous dire ça après vous avoir baisée, mais je suis si fatigué que j'ai peur de tenir le rôle lamentable du pauvre Pasqualino, qui n'arrive pas à baiser Shirley Stoler dans le film de Wertzmuller.

De la fenêtre de la chambre, on voyait la tour de la cathédrale, illuminée.

« S'il y a quelqu'un que je déteste, dit Dália en se déshabillant, à part ce salaud de Túlio, c'est un ancien évêque de Diamantina, dom Joaquim. Il a fait raser l'ancienne église, qui était superbe, je l'ai vue en photo, pour construire cette saloperie. »

Dália était nue.

« Je n'ai pas le nez plus petit ? demanda-t-elle. Quand je suis en colère, mon nez devient plus petit, je sens que mes narines se resserrent et qu'il devient tout contracté. Quand tu verras mon nez devenir tout petit, fais attention à moi ! »

Elle avait un beau corps, je sentis mes viscères se contracter. Il ne serait pas difficile d'assumer ma libido.

On frappa à la porte.

« Tu réponds », me dit Dália en allant se cacher dans la salle de bains.

Odilon me remit une bouteille de vin blanc avec deux verres.

« C'est la maison qui offre, dit-il. Un conseil : ne buvez pas trop, laissez-la boire. Les femmes fonctionnent bien, saoules, pour les hommes c'est plus difficile. Faites-moi confiance, je sais ce que je dis. »

Il referma la porte délicatement.

Je frappai à la porte de la salle de bains.

« Tu préférais vraiment l'ancienne église ? demandai-je à Dália quand elle sortit.

— Ce qui m'énerve, c'est qu'ils l'aient rasée. Dom Joaquim aurait pu faire construire une église neuve à sa gloire, mais pourquoi avoir abattu l'ancienne ? »

Ce qu'elle avait dit me fit un peu bander. J'avais la chance d'aimer les gens.

Dália remplit les deux verres de vin. Elle siffla le sien d'un coup. Je trempai mes lèvres.

« Couche-toi là », dit-elle.

L'alcool la rendait exaltée et elle se vengeait. De temps en temps, Dália s'arrêtait pour boire. La bouteille se vida. Elle était de plus en plus excitée et je me mis à faire semblant de l'être, après tout j'avais d'énormes problèmes à résoudre, j'avais subi des privations physiques ces derniers temps et j'étais fatigué. Et Babel m'attendait !

« Il faut que je te dise une chose très sérieuse.

— En pleine baise ? demanda-t-elle.

— On n'est pas en plein. On est plutôt vers la fin.

— Moi, je suis en plein, dit-elle.

— Mais c'est une histoire très sérieuse.

— De vie ou de mort ?

— De mort.

— D'accord. Mais je vais d'abord aux toilettes. »

Un coq chanta dans la nuit. Qu'est-ce que ça veut dire ? pensai-je.

Dália revint du cabinet de toilette avec une longue tunique blanche, brodée, ouverte sur les côtés. Elle s'allongea sur le lit, à côté de moi.

« Je ne m'appelle pas Diderot », commençai-je. Je lui racontai en résumant l'histoire de mon enlèvement, sans parler des pierres précieuses, et en déclarant ignorer les raisons de toute cette histoire, ainsi que celles de l'assassinat de mes ravisseurs par des inconnus.

« Ça aussi, on pourrait en faire un film, dit-elle.

— Maintenant, je vais te dire une chose horrible.

— Vas-y.

— Je vais te demander de l'argent.

— J'ai déjà entendu ça.

— Je te rembourserai.

— J'ai déjà entendu ça aussi. C'est la première fois que c'est moi qui paye. Combien ?

— Le prix du voyage Diamantina-Rio.

— Tu n'as même pas assez pour ça ?

— On est partis de l'auberge sans payer ! réalisai-je soudain.

— Ne t'en fais pas. Tu n'as même pas assez d'argent pour prendre le bus ?

— Je n'ai même pas un sou à donner au gamin qui s'occupe des toilettes du restaurant au bord de la route. »

Elle me prit dans ses bras, émue. « Allez, viens encore un peu. Je te paie l'avion Belo Horizonte-Rio. » Elle écarta ses lèvres des miennes pour ajouter : « D'ici, on ne peut partir qu'en bus. »

Je n'arrivai pas à dormir une seconde. Dès que Dália eut commencé à ronfler, je me dégageai de ses bras, me levai et allai regarder la montagne de pierres au-dehors. Cette montagne présentait différentes couleurs sombres, des trous noirs, des stries, des fissures creusées par le vent au cours des siècles.

J'attendis, à la fenêtre, que le jour se levât. C'était la deuxième fois que je voyais l'aurore à Diamantina. Y avait-il quelqu'un d'autre que moi, d'éveillé et d'angoissé comme moi, qui regardait le soleil se lever ?

La lumière pénétra dans la chambre. Je m'assis sur la chaise et regardai Dália dormir. Je me sentais très honteux de faire cela, de violer sa pudeur, une personne qui dormait devait être respectée dans sa vulnérabilité. Avec mes pouces et mes index tendus, et mes autres doigts repliés, je formai un cadre cinématographique virtuel pour observer le corps à demi nu de Dália. Je n'avais jamais eu le courage, la dureté nécessaire pour faire cela avec Ruth, j'avais toujours détourné mes yeux de la faiblesse secrète de sa chair, aux moments où elle se révélait à moi.

Dália se réveilla et s'étira.

« Tu me regardes comme si j'avais ronflé toute la nuit.

— Tu ne m'as pas laissé dormir, dis-je.

— Menteur. Personne ne m'a jamais dit que je ronflais. » Pause. « Tu m'aimes ?

— Oui.

— Beaucoup ?

— Beaucoup... pour quelqu'un que je ne connais pas depuis longtemps.

— J'ai décidé d'aller à Rio avec toi.

— J'ai trop de choses à faire à Rio. » Je sentis que ma voix tremblait. « Ce serait infernal, je ne pourrais pas m'occuper de toi.

— Même la nuit ?

— Même la nuit. A aucun moment.

— Qu'est-ce que tu dois faire de si important ?

— Lire un livre », dis-je.

Dália sortit du lit. Elle me dévisagea.

« Ton nez est petit comme ça », plaisantai-je en montrant le bout de l'ongle de mon petit doigt.

En fait, elle semblait prête à pleurer.

« Je reviendrai ici, pour t'emmener avec moi.

— J'ai déjà entendu ça aussi. J'ai déjà entendu toutes les phrases qu'un homme peut dire à une femme. »

Je pris Dália dans mes bras. Elle se mit à pleurer, son corps tremblait en silence.

« Je reviendrai, tu verras. D'où que ce soit, je reviendrai te chercher. » Ses larmes me rendaient si triste, si malheureux, que j'en vins à croire à mon mensonge. Trouvant elle aussi que j'étais sincère, elle arrêta de pleurer.

« Je veux voir si je peux prendre le premier bus.

— Le premier bus est déjà parti. De toute façon, il faut attendre que la banque soit ouverte, pour que j'aille chercher de l'argent. »

Je dus me montrer très persuasif pour que Dália s'habille assez vite et que nous puissions quitter l'hôtel à dix heures. Elle ne me laissa pas payer ma note avec la fausse carte de crédit.

« N'arnaque pas Odilon, c'est un homme bien. Laisse-moi payer ta note. »

Dália retira de l'argent dans une agence du Bradesco.

« Voilà assez d'argent pour le billet d'avion, le taxi, le restaurant. Je ne veux pas que mon homme soit démuni. »

Je sentis mes joues brûler. Je pris la grosse liasse de billets sans rien dire. Je notai le numéro de compte en banque de Dália.

Elle insista pour m'accompagner jusqu'à la gare routière. Le bus pour Belo Horizonte partait à dix heures quarante-cinq.

J'embrassai Dália sur la joue.

« A bientôt, dis-je.

— Je vais attendre le bus avec toi.

— Pas la peine.

— Je veux », dit-elle en s'asseyant sur un banc.

Je m'assis à côté d'elle. Mon cœur battait vite. Dans quelques minutes, j'allais quitter ces lieux, m'éloigner des cadavres de la propriété d'Alcobaça, de la police, de la peur.

Une Fiat grise et blanche, avec les mots Radio Patrouille et une flèche rouge en forme d'éclair peints sur la portière, passa lentement. De dedans la voiture, les policiers regardèrent dans notre direction et j'en eus le cœur glacé.

« C'est quoi, cette place ? demandai-je comme si j'étais très à l'aise. Et ce bâtiment, là ?

— Place du Sacré-Cœur. Ça, c'est le séminaire. Tu ne sais pas lire ?

— Je ne parle pas de celui qui est bleu fané. Je parle de l'autre, couleur d'âne-en-fuite, avec les deux colonnes ioniques sur le devant.

— Tout ça, c'est le séminaire.

— Et cette antenne de télévision ?

— Les séminaristes aussi regardent la télévision, les prêtres regardent la télévision, tout le monde regarde la télévision. »

La voiture de police avait disparu.

Un prêtre maigre, aux cheveux gris, avec une soutane très noire, bien repassée, arriva sur la place. Qui donc repassait la soutane du prêtre avec autant de soin ? Il venait peut-être du séminaire, ou bien de l'église décorée d'une rosace centrale et dotée d'un insolite haut-parleur installé sur le clocher. Mais il ne pouvait pas venir de la caserne des pompiers, un autre bâtiment de la place, ni du hangar en ruine sur le mur duquel était écrit DORTOIR DU PERSONNEL DE TRACTION. La caserne des pompiers était installée dans l'ancienne gare ferroviaire.

Dália me prit la main et enlaça ses doigts aux miens.

La voiture de police revint, passa lentement devant nous, les policiers regardant dans ma direction — où était ce maudit bus ! ? — puis elle s'arrêta plus loin.

Un policier en descendit et vint vers nous. Il valait mieux en finir une bonne fois pour toutes.

Scénario. Au commissariat de Diamantina, le commissaire accorde une interview à la télévision. « L'accusé, dit-il, qui dissimulait sous les apparences respectables d'un artiste une âme trouble et malhonnête, a d'abord assassiné l'artiste de carnaval et contrebandière Angélica Maldonado, pour lui voler des pierres précieuses ; puis, sachant que les scélérats associés à Angélica avaient d'autres pierres dans la propriété du Mendanha, il s'y est rendu en compagnie de sbires que nous comptons arrêter dans les heures qui viennent, assassinant cinq hommes. C'est la plus grosse tuerie de l'histoire de Diamantina, une horreur comme on n'en avait pas vu dans le coin depuis que l'exécrable marquis de Pombal a fomenté la fameuse Intendance Royale au XVIIIe siècle » ; la télévision montre des extraits de *La Guerre sainte* ; Plessner est interviewé à Berlin et déclare : « Ich sah sofort dass er ein übler Ganove war und wies ihn aus der Bundesrepublik Deutschland aus », qu'il avait tout de suite vu que j'étais un vulgaire voleur et qu'il m'avait fait expulser d'Allemagne fédérale.

Le policier passa près de nous sans s'arrêter. Il poussa une porte où était écrit HOMMES. Le malheureux allait juste aux toilettes.

Un grand bus à huit roues, où était écrit OISEAU VERT, finit par arriver.

« C'est ton bus, dit Dália.

— Où est-ce que je pourrai t'appeler ? demandai-je.

— Au Metrópole. Je vais y rester jusqu'à ce que tu m'emmènes à Rio. »

Je montai dans le bus. Depuis le trottoir, Dália me fit un signe.

A la sortie de la ville, je vis une énorme pancarte BIENVENUE A DIAMANTINA — LE JOYAU DU NORD-EST DES MINAS. Adieu Diamantina, adieu Dália, adieu cadavres, montagnes de pierres, cheval aux yeux doux, adieu commissaire, adieu baroque. J'étais si euphorique que je me levai de mon siège et marchai çà et là. Aux environs de la ville, je vis encore des maisons luxueuses, dont beaucoup en construction, mais nous fûmes bientôt encerclés par les montagnes de pierres grises, avec de petits intervalles de végétation rachitique sur un sol moucheté de quartz. Les montagnes de pierres avaient des formes singulières, l'une ressemblait à un chameau, une autre à une tête d'homme, une autre à une nuque de zébu. Un paysage aride et inquiétant, effrayant et fascinant.

A onze heures vingt-six, nous entrâmes dans Gouveia. Le bus s'arrêta pour que quelques passagers en descendent et que d'autres y montent. L'arrêt ne dura qu'un quart d'heure mais cela me sembla une éternité.

Le paysage de pierres était le même. Par endroits, de larges fissures laissaient voir des dalles et des plaques de quartz blanc. J'entendis un type dire tout haut, derrière moi : « Il n'y a pas de statistique fiable. » Le bus s'arrêta de nouveau, dans un village. Une flèche indiquait la route de Presidente Juscelino. J'entendis plus nettement la voix de mon voisin de derrière : « Mais on est à peu près sûr qu'entre 1770 et 1821, on a extrait du sol, autour du gisement du Tejuco, pour le compte du roi du Portugal, un million trois cent vingt mille carats de diamants. »

La voix d'un autre : « Des diamants à la pelle ! »

Il était une heure moins quatre de l'après-midi quand le bus entra dans Curvelo, le cœur des Minas Gerais... J'avais encore devant moi quelque quatre heures de voyage. Le chauffeur nous informa que nous ferions un arrêt de dix minutes. Je descendis pour prendre un café. J'avais à nouveau, comme dernièrement, les poches pleines d'argent, mais j'étais maintenant porteur d'une monnaie dévaluée.

Depuis la gare routière, je ne pouvais pas voir dans quel genre de ville Dália avait vécu des moments si émouvants mais, à mesure que le bus traversait Curvelo en repartant, je pus voir que c'était une bourgade prospère, avec des rues larges et propres, et des maisons confortables.

A treize heures trente, nous passâmes devant le motel Raros. C'était là que devait avoir commencé le roman de Dália et Túlio. A deux heures dix, nous traversâmes Paraopeba, heureusement sans nous y arrêter. Le voyage semblait ne jamais devoir s'arrêter. A la moitié du trajet, des pancartes indiquant MINHOCUÇU commencèrent à apparaître. Elles étaient innombrables. Certaines disaient MINHOCUÇU JOUR ET NUIT. Quoi que fût ce *minhocuçu,* il y avait des gens qui se levaient la nuit pour en manger, en boire ou monter dessus.

Il était quatorze heures vingt et les gens dormaient dans le bus quand mon euphorie commença à se dissiper. Je vis le panneau indiquant Cordisburgo, un endroit où étaient nés des gens importants, mais ce n'était pas pour cette raison que mon état d'esprit changeait, bien au contraire. Je fus triste quand le bus s'arrêta devant le grill Caverna de Maquiné et je pensai à Dália.

« Dix minutes », dit le chauffeur.

Je descendis et me dirigeai vers les toilettes pour dames. Une femme allait y entrer et je lui dis : « S'il vous plaît, voulez-vous demander à la demoiselle qui est là-dedans de venir ici ? »

Une petite mulâtresse maigre arriva timidement à la porte.

« Vous voulez me parler ?

— Une demoiselle qui a travaillé ici t'envoie ceci. »

Je tendis à la fille la moitié de l'argent que Dália m'avait donné.

Elle resta perplexe, l'argent à la main.

« Cet argent est à toi, tu entends ? A toi. Il n'est à personne d'autre. Il est à toi. »

A quatorze heures cinquante — je savais l'heure parce que je regardais ma montre sans arrêt, en attendant le moment de retrouver Babel ! — je commençai à voir sur le bord de la route d'immenses bâtiments noirs et fumants qui semblaient tout droit sortis du *Metropolis* de Fritz Lang : Itaminas, Interlagos, centres sidérurgiques jetant leur fumée au monde.

Nous traversâmes Esmeraldas.

Il y eut un moment où je dormis.

Rêve :

Je sais que je suis en train de rêver et je décide de me regarder rêver. « C'est moi », dis-je devant un écran, un écran noir. Cela se répète et se répète encore, plusieurs fois.

Je me réveillai à quinze heures trente-cinq, déjà près de Belo Horizonte, et des motels apparurent, Status, Le Premier, ainsi que des ensembles d'habitation.

Dès que nous fûmes arrivés, je demandai à un type où je pourrais prendre un taxi pour aller à l'aéroport.

« Un taxi ? Ça va vous coûter une fortune. Prenez un bus de la compagnie São Jorge, ils partent de la gare routière même. »

Nous arrivâmes en moins d'une heure à l'aéroport de Confins, de l'extrême lointain, un nom digne des Minas.

A huit heures du soir, l'avion se posa sur l'aéroport de Rio. J'attendais impatiemment le moment d'avoir à nouveau Babel entre les mains. J'avais aussi un autre problème important à régler.

7

De l'aéroport, j'allai directement chez Gurian.

Une femme m'ouvrit la porte.

« Monsieur Gurian est là ?

— Monsieur qui ?

— L'homme qui habite ici. Qui êtes-vous ?

— Je suis la femme de ménage.

— Vous êtes la femme de ménage et vous ne savez pas qui habite ici ?

— C'est dona Sara qui m'a demandé de faire le ménage. Je vais vous dire une chose, jamais de ma vie je n'ai vu une maison aussi sale. »

Je poussai la femme et entrai.

Le manuscrit de Babel était éparpillé sur la table du salon, les pages étaient garnies de notes à l'encre rouge, des griffonnages inintelligibles, probablement en cyrillique. Ce vieux fou...

Les mains tremblantes, je rassemblai les feuilles. Puis, heureux, je serrai vigoureusement le manuscrit contre ma poitrine. La femme de ménage, ne sachant que faire, me regardait. Je la regardai à mon tour et lui fis une sale mine, pour qu'elle ait peur et ne vienne pas m'ennuyer avec des questions. Je n'avais pas de temps à perdre en explications et j'avais fort à faire.

J'allai chercher le *Mahâbhârata* dans la bibliothèque. Je pris la boîte de pierres et la glissai dans ma poche. Je rangeai soigneusement le manuscrit entre le *Mahâbhârata* et *Les Fleurs du Mal.*

Je téléphonai à Sara.

Elle me dit que Gurian était à nouveau hospitalisé.

« Il ne peut pas boire, il sait qu'il ne peut pas boire, dit Sara.

— Je suis chez lui. J'ai pris des affaires à moi qui étaient ici, dis-je. Est-ce qu'il vous a dit quelque chose sur un manuscrit de l'écrivain Babel, qu'il examinait pour moi ?

— C'est vous qui lui avez apporté ces papiers ? C'est de votre faute, si Boris a rechuté.

— Comment ça ?

— Ce ne sont pas des feuilles écrites en russe ?

— Si, c'est bien ça.

— Eh bien, je suis passée chez lui l'autre jour et Boris était saoul, comme toujours — ce malheureux va boire jusqu'à en mourir — il lisait ces papiers en prenant des notes et je lui ai demandé : “ Boris, tu t'es remis à boire ? ” et il m'a dit, en brandissant ces papiers sous mon nez, “ ceci exige de boire beaucoup plus encore ”. C'est de votre faute, parce que vous lui avez donné ces choses à lire.

— Ce sont des papiers très importants.

— Ça n'est surtout pas de l'espionnage, hein ? Boris est trop vieux pour se lancer dans des aventures. Ne lui parlez plus, vous m'entendez ? Vous avez une mauvaise influence sur lui. »

Gurian était à l'hôpital Santa Matilde, qui n'autorisait les visites que le jeudi. On était mardi, je ne voulais pas attendre encore deux jours pour le voir. J'avais une autre chose très importante à faire, mais je voulais d'abord voir Gurian.

J'arrivai à l'hôpital Santa Matilde. A l'accueil, il y avait une jeune femme en uniforme.

« Monsieur Boris Gurian est interné ici ? »

Elle consulta un fichier devant elle.

« Oui.

— Je suis son cousin. Je suis arrivé d'Allemagne, hier. Est-ce que je pourrais le voir juste une seconde ?

— Malheureusement, non. Il est au bloc d'urgence.

— Trente secondes.

— Ici, le règlement est strict, c'est pour le bien des patients.

— Mais je suis médecin. »

La femme réfléchit un instant. Elle prit le téléphone. « Docteur Paulino, il y a ici un médecin qui est le cousin d'un patient de l'hôpital. Il voudrait lui rendre visite. »

Pendant que la réceptionniste parlait au téléphone, je remarquai qu'un surveillant était posté dans le hall, devant les ascenseurs.

« Le docteur Paulino arrive. »

Il y avait une glace, dans l'entrée. Je m'y regardai. J'avais l'air de tout, sauf d'un médecin.

Le docteur Paulino était un homme d'une cinquantaine d'années, bien conservé, sympathique. Il me salua, en me qualifiant de collègue.

Mais il n'était pas idiot : « J'ai cru vous reconnaître, il m'a semblé que nous avions été ensemble à l'université, mais vous êtes bien plus jeune que moi, cher collègue.

— J'ai fait mes études à Campinas, dis-je.

— Ah, Campinas. Ils ont une bonne école de médecine. Et votre spécialité ? C'est peut-être la même que la mienne. »

Il n'osait pas me demander mes papiers, tant qu'il n'était pas sûr que j'étais un imposteur. Quelque spécialité que j'eusse mentionnée, Paulino m'aurait certainement posé des questions embarrassantes. Mais j'avais tellement envie de voir Gurian que je ne craignais pas d'être démasqué. Après tout, quel masque m'arracherait-on ? Le risque valait la peine d'être couru.

« J'en doute, dis-je.

— De quoi ?

— Que vous ayez la même spécialité que moi, cher collègue. C'est une chaire nouvelle, qui n'existe qu'à Campinas, pour l'instant.

— Laquelle ?

— Lithothérapie. En Allemagne, c'est déjà enseigné dans plusieurs universités, comme celle de Berlin, par exemple. Une belle ville, Berlin, j'y étais récemment. Berlin a été la première, et Campinas la deuxième université au monde à créer une chaire consacrée à la lithothérapie.

— La lithothérapie...

— L'emploi des pierres à des fins médicinales, comme son nom l'indique.

— Intéressant. Dites-m'en plus, je vous prie.

— Nous avons d'abord utilisé le bézoard, puis la pierre alectorienne, d'alektor, le coq, en grec, comme vous le savez, cher collègue. Plus récemment, nous avons testé certains minéraux expulsés par les cheminées volcaniques. » J'avais dit cela en trébuchant sur les mots, car je ne me souvenais plus très bien de ce qu'Alcobaça m'avait raconté.

« Je peux voir votre carte ? » demanda-t-il gentiment. Le surveillant s'approcha. Paulino devait lui avoir fait un signe.

« Je dois parler à monsieur Gurian. Une minute, je vous en prie.

— Il vaut mieux que vous partiez », dit le docteur Paulino, péremptoire. Il devait me prendre pour un fou. Les fous aiment bien se faire passer pour médecins.

Dans le miroir de l'entrée de l'hôpital, je regardai mon image et celle de Paulino. Paulino avait l'air d'un médecin de film américain, propre, beau, fiable. J'avais vraiment l'air d'un cinglé, dans un film français où la limite entre excentricité et folie n'est pas bien définie.

Le surveillant me reconduisit à la porte. Je me retournai et vis le médecin me regarder et dire quelque chose à la réceptionniste. Ils rirent tous deux.

Dans la rue, je téléphonai chez Maurício depuis une cabine et lui dis que je passerais à la Florentino une demi-heure plus tard.

« Ce soir ? »

Je raccrochai sans répondre.

Je fus reçu immédiatement. Un type m'attendait à l'entrée et me conduisit directement, par des couloirs vides, au bureau de Maurício.

« Où étais-tu passé ? me demanda-t-il.

— Tu le sais très bien.

— Moi ? »

Nous nous regardâmes. Comment pourrais-je représenter cette scène dans un film ? Tous deux tendus, et curieux ? Un certain dégoût dans mon regard ? Et dans le sien aussi, pourquoi pas ? Et de la fatigue, sur nos visages.

« Tu as fait un sale boulot, ou tu l'as fait faire, au Vieux Domaine du Mendanha, dis-je.

— Je ne sais pas de quoi tu parles. » Fatigué, fatigué.

« Toi et tes assassins, vous y êtes allés pour tuer Alcobaça.

— Tu rêves.

— Tu as commis une erreur. Tu as oublié que tu m'avais décrit la maison du Vieux Domaine. Les gorgones, l'inscription de 1831... »

Maurício soupira. Fatigué, résigné, dégoûté.

« Tu m'avais parlé du *Florentino*. Le malheureux Alcobaça, agonisant, m'a dit que tu avais emporté ce diamant.

— Malheureux, agonisant ? » Fatigué, résigné, dégoûté, curieux. Une scène difficile.

« Vous avez fait une sale boucherie. Vous l'avez laissé souffrir, avant qu'il ne meure. »

Nous nous tûmes.

« Pourquoi tu l'as tué, fils de pute ? » Sans crier, dégoût dans la voix, tristesse.

« Alcobaça allait pulvériser le *Florentino* pour l'avaler, en pensant que ça le guérirait de sa maladie, dit Maurício avec un soupir.

— Il ne l'aurait fait qu'en dernier recours. Il était fier de posséder le *Florentino.*

— Je sais. Mais il voulait survivre, avant tout. Je te prie de me laisser te raconter l'histoire depuis le début. Assieds-toi, s'il te plaît. »

Maurício écarta un tableau du mur. Il sortit d'un coffre une boîte noire, tapissée de velours, qu'il posa sur la table. Nous étions face à face, de part et d'autre de la table.

« Le grand-père d'Alcobaça, le commandeur, qui était un homme très riche, commença Maurício, a acheté le *Florentino* en Europe, probablement en Autriche ou en Hongrie, pendant les années vingt. Alcobaça a été élevé en Europe, un enfant gâté qui n'a jamais travaillé de sa vie. Du reste, son père n'a jamais rien fait non plus. La bourgeoisie brésilienne de l'époque trouvait le travail avilissant. Le père d'Alcobaça a passé sa vie à avoir des aventures avec des femmes délurées, dans différents points du monde, et il y a laissé une partie substantielle de l'argent que le grand-père avait accumulé. Ce qui est certain, c'est que par prodigalité, incompétence ou négligence, la fortune familiale a été dissipée. Notre jeune Alcobaça n'était pas un dissipateur, mais par contre, il souffrait d'une grave maladie que les médecins n'arrivaient pas à diagnostiquer, et qui a fini par devenir très coûteuse.

— Il m'a tout raconté sur sa maladie, dis-je. Tu peux passer.

— Il y a quelques années, le Bossu, une espèce de gourou guérisseur, est venu me voir afin d'acheter des diamants pour Alcobaça. Il m'a parlé de la maladie et de l'étrange traitement de son client. Je me suis intéressé à cette histoire et j'ai fini par connaître personnellement Alcobaça. Il m'a parlé du *Florentino.* Je connaissais déjà l'histoire mystérieuse de cette pierre et quand je l'ai vue, j'en suis tombé éperdument amoureux, j'en suis venu à rebaptiser mon entreprise Florentino. Je rêvais constamment de cette pierre, je crois que je t'en ai déjà parlé. Pour me rapprocher d'elle, je suis devenu l'ami d'Alcobaça. Quelquefois, j'allais chez lui uniquement pour qu'il me la montre.

« La maladie d'Alcobaça exigeait un nombre croissant de diamants les plus purs. Il a acheté cette propriété au Mendanha pour essayer d'y trouver des diamants, mais il n'a trouvé que du quartz, du quartzite et du carbonate, ce que les Français appellent du *diamant concrétionné*[1], cela ne vaut pas grand-chose et ne lui servait à rien comme médicament. Je fournissais des diamants à Alcobaça, mais il ne me payait pas. J'ai fait exprès de laisser ses dettes s'accumuler et un jour, je lui ai fait une proposition : s'il me donnait le *Florentino,* je lui fournissais les diamants nécessaires à son traitement pour le restant de sa vie. Il était d'accord. Mais il ne me remettait pas le *Florentino,* alors que je continuais à lui donner tous les diamants que le Bossu me demandait. Alcobaça inventait toujours une excuse. Finalement, je me suis décidé à aller chercher cette pierre. Je savais qu'il vivait entouré de dangereux hommes de main, et j'y suis allé accompagné de quelques-uns de mes vigiles. Quand nous sommes arrivés là-bas, ils nous ont attaqués et nous avons dû nous défendre. C'est tout. Je regrette beaucoup que ça ce soit terminé comme ça. »

Maurício ouvrit la boîte en velours qui était devant lui. Il y plongea la main et en ressortit une énorme pierre scintillante qu'il tenait entre le pouce et l'index. Quand il bougea sa main, la pierre brilla intensément.

« Regarde, le *Florentino* brille comme si le soleil de midi y était enfermé... Même la nuit, dans le noir le plus complet, il n'arrête pas de scintiller... dit Maurício en plaçant le diamant entre mon visage et le sien.

— Tu es un sale menteur, dis-je. Alcobaça était invalide et il a été tué dans son lit. Le Bossu non plus n'aurait fait de mal à personne. Il n'était pas nécessaire de les tuer. Ni Diderot. C'est de la suppression de témoins. »

Impassible, Maurício rangea soigneusement le *Florentino*

1. En français dans le texte. *(N.d.T.)*

dans sa boîte. Puis il se leva, ouvrit le coffre et y replaça le diamant.

« Viens ici, salopard, je n'ai pas encore fini de te parler ! criai-je.

— Calme-toi », dit-il.

Je sortis de ma poche la boîte de pierres précieuses que j'avais prise chez Gurian et je l'agitai comme un grelot sous le nez de Maurício. Puis je l'ouvris pour que les pierres soient visibles et je la frottai sur son visage, ce qui fit tomber deux pierres par terre.

Il écarta sa tête et fit deux pas en arrière.

« Quand Alcobaça n'a plus pu payer, tu lui as suggéré de faire de la contrebande de pierres précieuses, dis-je. Et tout marchait très bien, jusqu'au jour où Angélica, la Grosse, a décidé de vous voler, et un sbire d'Alcobaça l'a tuée. Ça t'a ennuyé. Ça pouvait attirer l'attention de la police, éveiller les soupçons.

— Non, non. Tu peux garder ces pierres. Tout vient de ce qu'Alcobaça n'a pas tenu sa promesse. Il allait pulvériser le *Florentino.* » Maurício me serra fortement le bras : « Personne n'a le droit de détruire un chef-d'œuvre de la Nature pour sauver sa sale peau !

— Tu as tué cinq personnes à cause d'un diamant.

— J'en aurais tué mille pour le *Florentino* !

— Tu es fou.

— Je t'ai épargné, non ? »

Je revis Maurício, à l'âge de huit ans, jouant à la poupée, et nous, les autres enfants, qui ne faisions pas cas de lui. Je restai un instant sans savoir que faire, la boîte de pierres à la main. Puis je la refermai et la mis dans ma poche.

Je me dirigeai vers la porte. Je sortis dans le couloir.

Maurício me suivit : « Tu dois comprendre... le *Florentino* est le diamant le plus clair et le plus brillant qui ait jamais existé... Il est inclassable, il est bien au-dessus du plus haut degré de la table HRD, exceptional white plus... »

L'hôpital était vide.

Il y avait un type à l'accueil. J'allai vers lui et sortis ma boîte.

« Ceci est une aigue-marine. Je ne sais pas combien ça vaut, probablement une fortune. Elle est à vous, si vous me laissez rendre visite à monsieur Gurian, au bloc d'urgence. »

Le type prit la pierre dans sa main et la regarda à contre-jour.

« Je vais perdre mon travail.

— Personne ne saura rien. Dites que je suis médecin. Dites ce que vous voudrez. Tournez-vous.

— Venez », dit-il en mettant la pierre dans sa poche.

Nous montâmes par l'ascenseur et ressortîmes dans un couloir vide. Nous arrivâmes devant une porte. URGENCES — ENTREE INTERDITE.

« C'est ici, dit-il, il faut que je retourne à mon poste. »

Gurian avait un tube enfoncé dans la trachée et une aiguille à sérum dans le bras. Il avait les yeux ouverts et sourit tristement en me voyant. Il me fit signe de m'approcher. Il dit quelque chose que je ne compris pas. Je penchai la tête et plaçai mon oreille devant sa bouche.

« Cette fois, je suis foutu », dit-il d'une voix rauque, en parlant à moitié par la bouche et à moitié par le trou de sa trachée. « Où tu étais passé ? »

Je ne pouvais pas perdre de temps.

« Et le manuscrit de Babel ? » demandai-je.

Gurian eut un éclat de rire qui sortit par sa trachée.

« Le manuscrit n'est pas de Babel, dit-il. Je n'ai plus le goût de vivre. »

Je me retins au lit pour ne pas tomber par terre.

Au prix d'un immense effort, Gurian m'expliqua que le livre était d'un écrivain débutant, A. Koulikov, un ami de Babel, plus jeune que lui, et qui avait probablement remis ce manuscrit à Babel pour que celui-ci lui donne son opinion d'écrivain confirmé. A la fin du livre, il y avait la signature de Koulikov et un billet dans lequel il demandait « l'opinion du grand maître, auteur de *Cavalerie rouge* ».

« Tu en es sûr ? ! criai-je à l'oreille de Gurian.

— Absolument », dit-il en fermant les yeux.

J'embrassai le vieillard sur le front et ressortis. Je marchai longuement dans les rues, traversai le tunnel et assistai au lever du soleil sur la plage du Leme, allongé sur le sable. Je songeais à bien des choses, aux pierres précieuses — qu'en faire : les vendre pour faire mon film ? quel film ? je voulais encore faire un film ? les jeter à la mer ? — je pensais à Ruth, à mon père, à

Liliana, à ma vie. Je pensai à Ivan : savait-il que le manuscrit n'était pas de Babel et qu'il avait roulé Plessner ?

Je décidai que j'irais chez Gurian reprendre le manuscrit de Koulikov, que je le mettrais dans une enveloppe et que je l'enverrais par la poste à Plessner, à Berlin. Il devait être très malheureux de penser qu'on lui avait pris le manuscrit de Babel. Mais auparavant, j'avais quelque chose d'important à faire.

Les baigneurs commencèrent à arriver, avec leurs parasols. Le soleil se réchauffa. Je me levai et brossai de la main le sable collé à ma chemise pleine de sueur.

J'appelai Liliana d'un téléphone public.

« Pauvre cinglé, où étais-tu passé ? » Je sentis qu'elle était joyeuse et soulagée d'entendre ma voix.

« Je vais arriver dans pas longtemps et tout te raconter. Il faut d'abord que j'aille voir quelqu'un. »

Je pris un taxi sur l'avenue Atlântica et lui demandai d'aller vers la Tijuca.

Je me souvenais encore de l'immeuble et du numéro de l'appartement.

Je sonnai.

Mildred m'ouvrit la porte.

« Vous vous souvenez de moi ? demandai-je.

— Oui, vous aviez disparu, entrez, entrez.

— Negromonte est là ?

— Il est sous la douche.

— Et le carnaval ?

— On prépare déjà le nouveau déguisement. Il va être superbe. Regardez. » Elle fit un geste pour me montrer Marijó qui, devant une table, brodait une immense houppelande.

Je lui donnai la petite boîte de pierres précieuses.

« Ce sont quelques pierres pour le costume de Negromonte.

— Merci beaucoup », dit Mildred en prenant la boîte, qu'elle vida dans une grande caisse remplie de perles, de paillettes, de verroterie et de fausses pierres multicolores. « Vous ne voulez vraiment pas entrer et prendre un petit café ?

— Je ne peux pas. Dites à Negromonte que je l'embrasse bien fort. »

Je repartis. En arrivant au coin de la rue, je m'arrêtai et m'appuyai contre un poteau métallique, comme si c'était un arbre plein de fleurs.

Tout n'était que fantaisie, un rêve, un monde de vastes émotions et de pensées imparfaites.

TABLE

Aubin Imprimeur
LIGUGÉ, POITIERS

Achevé d'imprimer en décembre 1990
N° d'édition 8390 / N° d'impression L 36450
Dépôt légal décembre 1990
ISBN : 2-246-42861-0
Imprimé en France